Jennifer Saint

# 伊莱克特拉
# ELEKTRA

〔英〕詹妮弗·赛因特——著 胡玥——译

上海译文出版社

Jennifer Saint
**ELEKTRA**
Copyright © 2022 Jennifer Saint
The right of Jennifer Saint to be identified as the Author of the Work has been asserted by her in accordance with the Copyright, Designs and Patents Act 1988.
First published in 2022 by WILDFIRE
an imprint of HEADLINE PUBLISHING GROUP
Simplified Chinese edition copyright © 2025
by SHANGHAI TRANSLATION PUBLISHING HOUSE (STPH)
All rights reserved.

图字:09-2023-0838 号

图书在版编目(CIP)数据

伊莱克特拉 /(英)詹妮弗·赛因特(Jennifer Saint)著;胡玥译. -- 上海:上海译文出版社,2025.3. -- ISBN 978-7-5327-9753-0

I. I561.45

中国国家版本馆 CIP 数据核字第 2025RV4406 号

伊莱克特拉
[英]詹妮弗·赛因特 著 胡玥 译
责任编辑／宋金 装帧设计／张志全工作室

上海译文出版社出版有限公司出版、发行
网址：www.yiwen.com.cn
201101 上海市闵行区号景路 159 弄 B 座
苏州市越洋印刷有限公司印刷

开本 890×1240 1/32 印张 9.25 插页 6 字数 172,000
2025 年 3 月第 1 版 2025 年 3 月第 1 次印刷
印数:0,001—5,000 册

ISBN 978-7-5327-9753-0
定价:68.00 元

本书中文简体字专有出版权归本社独家所有,未经本社同意不得转载、摘编或复制
如有质量问题,请与承印厂质量科联系。T:0512-68180628

献给艾利克斯

"我知道我的热情，它无法从我身边逃离……但是当我注视着明亮星辰的颤抖光芒，或者这白昼之光之时……我永远也无法停止痛苦的哀叹。因为如果那些不幸的死者躺在泥土里化为乌有，而他们却不偿还血债，人们的羞耻之心和对神的虔敬便会消失。"

——《索福克勒斯悲剧集之伊莱克特拉》

理查德·克莱维尔豪斯·杰布 译于1904年

# 序
## 伊莱克特拉

迈锡尼静寂无声,我却无法入睡。我知道,睡在走廊尽头的弟弟一定又踢掉了他的毯子。每个早晨去叫醒他的时候,他的睡毯都凌乱地缠绕在腿间,就好像在睡梦中经历了一场赛跑。也许他追逐的是我们的父亲,那位他不曾谋面的男人。

我出生时,正是父亲给我起的名字。他以太阳为我命名,希望我如骄阳似火,熠熠生辉。我还是个小女孩时,他就告诉我:我是整个家族的希望。他说:"你的小姨有着举世无双的美貌,但你比她更加光彩照人。我的女儿,你将会给阿特柔斯家族带来更多的荣耀。"说完就在我的额头上亲了一下,然后把我放了下来。我并不讨厌被他的胡须戳得痒痒的。我对他的话深信不疑。

如今,我并不在乎王座厅里为我而来的求婚者门可罗雀。小姨海伦的轶事我早有耳闻,也从不因此嫉妒。看看她的花容月貌把她带入了怎样的歧途吧。她飘零异乡,还把我们的将士困在那里整整十个春秋。这十年里,我失去了父亲的陪伴,只能紧紧抓住匆匆而过迈锡尼的信使捎来的一条条胜利的喜讯。每一次胜利都让我心潮澎湃、欣欣鼓舞,因为正是我的父亲——阿伽门农——才会奋战如此之久,才能集结众多将士奋勇杀敌,直到特洛伊高耸的城墙在他们征服的铁蹄下轰然倒塌,化为废墟。

我的脑海中一直浮现出这样的画面：他攻开特洛伊的城门，让敌人最终在他脚下跪地求饶。待到一切尘埃落定，他将凯旋，回到我的身边。他忠诚的女儿就在年复一年中等待着他的归来。

我知道，有人会说，他从未爱过自己的孩子。有人会说，鉴于他的所作所为，他不可能爱过自己的孩子。但是，在我记忆的深处，是被他臂膀环绕时的温暖，是贴近他时耳边听到的有力心跳。我知道，在这个世界上，再也不会有比那里更安全的地方。

我一直渴望成长为他所期望的女性。要是他能活下来，我一定会成为那样的人，我一定能配得上他给我起的名字。

更重要的是，我想让他为我而骄傲。

毫无疑问，母亲此刻一定徘徊在宫殿的某个地方，凝视着远处的黑暗。她总是悄无声息，柔软的双足套着精美的浅帮鞋，头发用深红色的绸带束起来，散发出捣碎的花瓣混合着精油的香味，光洁的皮肤在月光下闪着微光。我可不想冒着撞见她的危险走出寝宫。于是，我站起身，朝着石墙上凿出的那扇窄窄的窗户走去。我把双肘搭在窗台上，向外眺望，没指望看到什么。外面什么也不会有，也许只有稀稀疏疏的几颗星。可是，当我看向外面的时候，远处山顶的一座烽火突然熊熊燃烧起来。作为回应，另一座烽火也亮了起来，接着是第三座……就这样，烽火绵延不绝地涌向了迈锡尼。我的心怦怦跳个不停。外面有人正在向我们发送讯息，眼下，我们所有人无一例外静候佳音的只有一件事。

又一座烽火点亮了，更近了。摇曳的橙色火光袅袅升向空中，我的泪水夺眶而出。我不可思议地注视着烽火，内心也点燃了一星火光。我恍然大悟，惊喜交加。

特洛伊城陷落了！

我的父亲终于要回家了！

# 目 录

## 第一部

第 一 章　克吕泰涅斯特拉 …… 003

第 二 章　卡珊德拉 …… 013

第 三 章　克吕泰涅斯特拉 …… 020

第 四 章　卡珊德拉 …… 026

第 五 章　克吕泰涅斯特拉 …… 032

第 六 章　伊莱克特拉 …… 042

第 七 章　卡珊德拉 …… 044

第 八 章　伊莱克特拉 …… 057

第 九 章　克吕泰涅斯特拉 …… 060

## 第二部

第 十 章　伊莱克特拉 …… 085

第十一章　克吕泰涅斯特拉 …… 088

第十二章　卡珊德拉 …… 091

第十三章　克吕泰涅斯特拉 …… 097

第十四章　伊莱克特拉 …… 104

第十五章　克吕泰涅斯特拉 …… 110

第十六章　伊莱克特拉 …… 118

第十七章　卡珊德拉 …… 131

第十八章　克吕泰涅斯特拉 …… 140

第 十 九 章　卡珊德拉 …… 148

第 二 十 章　卡珊德拉 …… 158

## 第三部

第二十一章　伊莱克特拉 …… 177

第二十二章　克吕泰涅斯特拉 …… 183

第二十三章　卡珊德拉 …… 187

第二十四章　克吕泰涅斯特拉 …… 190

第二十五章　伊莱克特拉 …… 195

第二十六章　克吕泰涅斯特拉 …… 197

第二十七章　卡珊德拉 …… 202

第二十八章　克吕泰涅斯特拉 …… 207

第二十九章　伊莱克特拉 …… 212

第 三 十 章　伊莱克特拉 …… 219

第三十一章　克吕泰涅斯特拉 …… 227

## 第四部

第三十二章　伊莱克特拉 …… 237

第三十三章　克吕泰涅斯特拉 …… 241

第三十四章　伊莱克特拉 …… 250

第三十五章　克吕泰涅斯特拉 …… 268

第三十六章　伊莱克特拉 …… 269

第三十七章　克吕泰涅斯特拉 …… 272

第三十八章　伊莱克特拉 …… 274

第三十九章　克吕泰涅斯特拉 …… 276

第 四 十 章　伊莱克特拉 …… 279

**后记** …… 282

**致谢** …… 285

# 第一部

# 第一章
# 克吕泰涅斯特拉

阿特柔斯家族背负着诅咒，而且是极其可怕的那种，即使按神罚的标准来看亦是如此。这个家族的历史充斥着血腥屠杀、淫乱私通和狼子野心，骨肉相残的事件远比人们想象中多得多。这些事情人尽皆知，可是当阿特柔斯的后人——阿伽门农和墨涅拉俄斯——多年以前站在我和孪生妹妹面前时，嗯，那些婴儿被煮熟呈送到他们父母嘴边的荒唐故事似乎就像阳光中的尘埃一般闪着微光，消失殆尽。

兄弟俩活力四射、年富力强，严格来说虽算不上英俊，却有着让人无法抗拒的魅力。墨涅拉俄斯的胡须闪着淡红色，阿伽门农的胡须是黑色，和他脑袋上紧紧簇拥的鬈发一样。相貌上远胜过兄弟二人的求婚者们站在妹妹面前。事实上，他们聚集的大殿已经被挤得水泄不通，嘎吱作响。这些求婚者个个颧骨轮廓分明，双肩健硕，下颌骨微微扬起，双目炯炯有神。在这群最优秀的希腊男性中，海伦可以随意挑选，但她独独中意手足无措的墨涅拉俄斯。他不安地挪动着庞大的身躯，默默地回望着海伦的目光。

她是宙斯之女，有关海伦的传说如是说道。与我涨红着脸，因为毫无体面可言的分娩嚎啕大哭来到人世间不同，妹妹据说是从一颗纯白的天鹅蛋中优雅地破壳而出，孵出来时貌美体健、明艳动人。这个传说还被添油加醋了许多细节——众所周知，宙斯可以幻化成各种形状，在那个特殊的日子里，宙斯身披雪白的羽毛出现在母亲面前，带着毋庸置疑的目的朝着她游去。

能被宙斯如此庇佑是一种荣耀。每个人都这么说。如果我们的母亲丽达能得到众神之神的垂青，这是我们整个家族的无上光荣。对父亲而言，亲自抚养如此结合而来的产物也并非什么丢脸的事。

而且海伦的美貌的确名扬四海。

他们成群结队聚集在我们的王宫，都是海伦的追求者，摩肩接踵，蜂拥向前，仔细打量着她轻轻撩动着的面纱，渴望一睹这位号称全世界最美丽女人的芳容。随着气氛的转变，人们变得焦躁不安，我留意到有些人的手已经在腰间的长剑旁徘徊良久。海伦也注意到了这一点。她朝我看了一眼，只是短暂的一瞥，但已足够我们四目交汇，彼此关切。

大殿四周，我们的守卫站得越发笔直，手里的长矛也握紧了几分。然而，我不知道这些群情激昂的人还有多久就会朝我们拥来，也不知道我们的守卫要花多长时间才能冲破乱象赶来救驾。

父王廷达茅斯搓着手。对他来说，这一天起初顺风顺水。我们的宝库堆满了每位年轻人带来的厚礼，以示对他事业的支持。我看到他沾沾自喜地谈论着今天的荣耀给他带来的战利品还有地位。他漫不经心地表示，他完全相信我强壮的兄弟们一定有能力一如既往护我们万全。但是，今天来到这里的勇士为数众多，个个志在赢得妹妹的芳心，我不免怀疑他们是否有能力抗衡。

我看了看佩涅罗佩。这位堂亲性格恬静，有一双灰色的眼眸，总是头脑冷静。但是她对我疯狂的注视毫无回应，因为她正专注地看着奥德修斯。两人相互对视良久，就好像独自漫步于芬芳的草地一般，而不是身陷险境——此刻的大殿有着数百个脾气火爆的男人，一触即发的火花随时能将他们统统点燃。

我翻了个白眼。奥德修斯在这里的身份就是海伦的求婚者，这点和其他人并无二致。当然,这个男人的所作所为一向表里不一。眼下正是需要他发挥人尽皆知的智慧的时候,他居然宁愿陶醉在缠绵悱恻的白日梦里,这让我沮丧不已。

不过,我误以为堂姐与情人之间眼神迷离的对视,其实却是两人在暗中定了计划。因为奥德修斯纵身一跃跳上了我们端坐的高台,嚷着让台下安静。虽然他个子不高,还有罗圈腿,但在台上是威风凛凛。宫殿立刻鸦雀无声。

"在海伦小姐做出决断之前,"他的声音低沉而有力,"我们所有人应当宣誓。"

大家都听他的。他天生擅长让别人顺从自己的意志,连聪慧如我堂姐这般,也不免为他倾倒,我还以为没有哪个男人能在智力上配得上她呢。

"今天我们聚集在这里,出于同样的目的,"他继续说道,"我们都想迎娶美丽的海伦,并且都有充分的理由相信自己绝不会辜负如此绝代佳人。她是世人无法想象的珍宝,谁能有幸将她拥入怀中,定将不遗余力地保护她,绝不让那些觊觎狂徒得逞。"

看得出来,大殿里的所有男性都在憧憬着此情此景,幻想着自己就是那个幸运儿。但是奥德修斯给这个梦泼了瓢冷水。他们仰起头,全神贯注地凝视着他,等待他揭晓谜底,化解难题。

"所以,我提议我们一起发誓,无论她将绣球抛给谁,我们都会和他一起并肩作战,保护海伦。我们要郑重承诺,誓死捍卫这个幸运儿享有拥有海伦、留住海伦的权利。"

我们的父亲一跃而起,欣喜若狂,因为奥德修斯将他的胜利之日从几乎铁板钉钉的灾难中拯救了出来。"我愿意献上最好的宝马!"他宣布,"你们都要用它的鲜血向众神起誓。"

就这样,问题解决了,那一天父亲损失的仅仅是一匹马而已。嗯,我应该说是一匹马和他的女儿,还有个侄女,这笔买卖相当划算。所有的困难迎刃而解,因为海伦只需轻轻吐出"墨涅拉俄斯"的名字,这个男人就会站起身,紧握海伦的手,语无伦次地说出感激与效忠之辞。奥德修斯紧随其后向佩涅罗佩求了婚,但是我的目光被他黑头发的哥哥吸引,他阴沉的目光一直盯着石砖。他就是阿伽门农。

"为何你会选择墨涅拉俄斯?"我后来问海伦。一群侍女乱哄哄地围了过来,把她的裙摆理好褶皱,将她的秀发梳出繁复的造型,细枝末节的装饰无穷无尽,纯属画蛇添足。

海伦思考了片刻才回答。人们只会谈论她的闭月羞花,有时还会吟诗作赋赞颂她,却从来没有人提过她的体贴与善良。我无法否认自己的内心深处不断孳生着嫉妒之情,冰冷而恶毒,因为和这位孪生妹妹一起长大,她的光芒足以让我自惭形秽。但是海伦待我从未刻薄过,也不曾折磨过我。她从不会炫耀自己有着沉鱼落雁之美,也不会嘲笑美貌不及她万分之一的姐姐。正如她无法让海水倒灌,所到之处总有目光如影随形,对此她也无能为力。我选择与此和解,而且实话实说,我压根不想承受绝世容颜带来的重负。

"墨涅拉俄斯……"海伦若有所思,一字一顿地说出他的名字。她耸了耸肩,将一缕柔顺的鬓发绕在了指间。这显然让其中一位侍女心生不满,因为她费尽心机的打扮倒不如海伦的无心之举让头发那么光泽而有弹性。"也许,其他人比他富有,比他英俊,"她答道,"当然也更勇敢。"她微微噘起了嘴,也许是想到了先前求婚者在大殿互相对视时涌动着的暴乱暗流。"但墨涅拉俄斯……他似乎与众不同。"

她不需要金银财宝,目前看来斯巴达已经足够富甲一方。她也不需要帅气的皮囊,无论与谁结合,她的美貌都足以传给下一代。正如我们所见,任何男子都渴望成为她的丈夫。所以,妹妹在婚姻中到底寻觅的是什么呢？我很好奇，她如何知道男女之间碰撞出了何种魔力，又如何确信某个男人就是她的真命天子。我坐直了些，等待她告诉我真相。

"我想……"她轻启朱唇，这时，一位侍女递给她一把象牙手柄的镜子，镜子背面精雕细刻着阿佛洛狄忒的小像，她正从巨大的贝壳中缓缓走出。海伦瞥了一眼镜中的自己，头发往后一甩，扶正了鬓发顶端的金色发环。我听到聚在一旁的侍女们发出一声微弱的叹息，她们正等着海伦对她们的无谓努力做出评判。"我想，"她朝侍女们微微一笑，继续说道，"他就是感恩戴德。"

我顿住了，想说的话消散在空气中。

海伦注意到我的沉默，也许还看出了其中的些许责怪，因为她挺直了肩膀，直直地盯着我。"你知道，母后是被宙斯选中的，"她说道，"她本是凡尘女子，盛世容颜令奥林匹斯山顶之神怦然心动。如果父王的性格并非沉默寡言、任劳任怨……谁知道他会作何感想呢？打比方说，如果父王的性格更像阿伽门农而不是墨涅拉俄斯的话。"

我的身体有点僵硬起来。这话是什么意思？

"那样的人看起来不会忍辱负重，"她继续说道，"爱妻被神看中，他会将此视作荣耀，还是会有别的解读？我不知道我的命运会走向何方，但我知道，自己生来就是有使命的。虽然我不清楚命运之神的安排，但是看起来——"她在思考合适的词——"审慎选择才是明智之举。"

我想到了墨涅拉俄斯，想到了他看着海伦时的仰慕。我不知道她说得对不对，也不知道他能不能像父亲一样看待问题。如果赢得大殿的竞赛本身就是胜利，谁还管以后会发生什么呢？

"当然，这样的话我就能留在斯巴达。"她补充了一句。

对此，我确实心存感激。"所以，已经定下来了吗？你们一起住在这儿？"

"墨涅拉俄斯能协助父王管理斯巴达，"海伦说，"而且，作为回报，父王当然也可以对他鼎力相助。"

"此话怎讲？"

"关于墨涅拉俄斯和阿伽门农你知道多少？"海伦问了我个问题。"还有迈锡尼？"

我摇了摇头。"我听过这个家族的故事。和你听到的一样。他们的祖先受到诅咒，父子相残，兄弟反目。不过一切都过去了，不是吗？"

"不完全是。"海伦朝身边的侍女们挥了挥手，让她们走开，然后神秘兮兮地凑了过来。我感到一丝激动。"他们是从卡利敦而来，你知道的。"

我点点头。

"但是，那里并不是他们的家乡；他们与卡利敦的国王生活在一起。国王热情有加，却无法给予他们真正想要的东西，但是我们的父王可以。"

"他们想要什么？"

她微微一笑，很高兴能讲出令人振奋的消息。"军队。"

"真的吗？派什么用场？"

"夺回迈锡尼。"海伦一甩头，说道，"他们要拿回属于自己的东西。他们与叔叔有杀父之仇，孩提时就被流放。现在已然成年，还拥有了斯巴达做坚强后盾。"

我知道这个故事的梗概。墨涅拉俄斯和阿伽门农是阿特柔斯的儿子，而阿特柔斯的兄弟堤厄斯忒斯为了皇位杀害了阿特柔斯，还将侄子们驱逐出境。我想，堤厄斯忒斯当年手下留情，只是不希望自己的手沾上孩子的血罢了。这正是这个家族几代之前被神灵诅咒的罪孽：坦塔洛斯之罪。

我想，墨涅拉俄斯引起海伦的注意也许并不奇怪。这个家族的古老传说我们耳熟能详,毛骨悚然的故事听起来不寒而栗,但似乎是遥不可及的天方夜谭。现在故事向前发展——兄弟二人伸张正义,一举疗愈饱受磨难的家族之殇。

"那墨涅拉俄斯不想回迈锡尼吗?"我问道。

"不,阿伽门农掌管迈锡尼,"海伦答道。"墨涅拉俄斯很乐意留在这。"

所以,墨涅拉俄斯得到了海伦,而阿伽门农得到了迈锡尼。毋庸置疑,这桩交易对双方都很公平。

"只有一个问题,他们要如何处理那个男孩。"

"哪个男孩?"

"埃奎斯托斯,"海伦说,"堤厄斯忒斯的儿子——还是个小男孩,很像当年与堤厄斯忒斯有杀父之仇的兄弟俩。"

"他们难道不会也将他流放吗?"

海伦扬起眉毛。"然后放任他长大成人,像他们一样?怀揣着他们当年同样的梦想?阿伽门农不会愿意冒这个险。"

我战栗起来。"但是,他不会想要杀害手无寸铁的孩子吧,肯定不会吧。"我能理解其中的残酷逻辑,但是,我无法想象自己在大殿见到的年轻人会举剑刺向啼哭的孩童。

"也许不会。"海伦站起身,抚平裙子。"不过,我们别再讨论战争了,今天毕竟是我大喜的日子。"

后来,我从庆典上悄悄溜了出来。我知道这些仪式会持续一整夜,山珍海味,觥筹交错,但是我觉得累了,不知为何意兴阑珊。我没有心情与酩酊大醉的斯巴达贵族们周旋。这些平日里不苟言笑的将军们变得面红耳赤,信口开河,笨拙的手就像章鱼的触须一样到处乱摸。为了保护墨涅拉俄斯的战利品,全希腊有头有脸的大人物歃血为盟,许下誓

伊莱克特拉

言，人人为此沾沾自喜，自鸣得意，因为这些人全都效忠于斯巴达。

我信步走到河边。欧罗达河河面宽阔，水波不兴，河流蜿蜒穿过城邦，通向遥远的南部海港，那是任何外国侵略者攻入斯巴达的唯一通道。其他方向上，西部和东部高耸着巍峨的塔格图斯山和帕尔农山脉，北部高地对任何军队来说同样一夫当关万夫莫开。我们隐藏于河谷之中，戒备森严，绝不让任何觊觎斯巴达名扬天下的财富和美女的敌人有可乘之机。如今她们之中最美的女人有了一支随时待命的军队，愿意召之即来，为她拼杀。难怪这些将士们今夜彻底放纵，一醉方休。

烽火照亮了整个山谷，黑暗中燃起的熊熊火焰宣告着今天的重要时刻。每一座神庙都会燃起青烟，带着被割喉的纯种白色小公牛的气味，穿过黑色天空，直冲上奥林匹斯山。

我注意到庆典上只有阿伽门农置身事外。显然他是因为即将对迈锡尼发起的进攻而心事重重。海伦的新婚丈夫几天内也要出发，与他的兄长并肩作战。他们有了军队，我知道斯巴达将士一贯以骁勇善战著称，所以没什么好担心的。然而就在我脑海的深处，一个想法像条狡诈的虫子一样蹑手蹑脚地爬了上来：如果战事对兄弟二人不利，如果他们不能凯旋，那么一切都无需改变。海伦和我可以继续相处下去，一如从前。

我摇了摇头，就好像这样可以把想法连根拔起。一定会变的，甚至变得翻天覆地。前来娶她的男人数以百计，立刻就会有下一个人取代墨涅拉俄斯。

然后，我看到了他，半隐在阴暗处。

他同时转过头，我们四目交汇。我看到了他眼中的惊讶与不解，表情与我如出一辙。

"我没想到这里会有人。"他说着要离开。

"你为什么出来了？"我问道。到目前为止，这是我第一次和阿伽门农说话。当然，我不应该避开旁人在暗处与他私下攀谈。但是，也许是夜晚的寂静,也许是宫殿里飘来的嬉笑喧闹声,又或是我有种我所熟知的一切即将终结的感觉,不管是什么吧,我无所顾忌起来。

他犹豫了一下。

"你难道不想和你弟弟一起庆祝吗?"

他浓密的眉头紧锁,蹙成一团。他看上去小心翼翼,不愿多谈。

我叹了口气,突然不耐烦起来。"或者你愿意等到攻下迈锡尼后再庆祝?"

"关于那件事你知道多少?"

能让他开口回答,我觉得小有成就。一阵微风吹过水面,泛起涟漪,我突然有一种莫可名状的渴望。发生了太多的事情——婚礼还有战争——居然没有一件与我有关。"我知道堤厄斯忒斯干了些什么,"我答道,"对你的父王还有你。也知道他如何偷走了你的王国。"

他草草点了点头。看得出来,他想离开这里,回到筵席上。

"但是你打算怎么处理那个男孩呢?"我问道。

阿伽门农满腹狐疑地看了看我。"哪个男孩?"

"堤厄斯忒斯的儿子,"我问道,"你会放走他吗?"

"这和你有什么关系?"

我不知道自己是不是过分了,是不是真的吓到了他。这场对话就是个错误。但是现在已经开弓没有回头箭了。"你率领的是斯巴达军队。你的所作所为都是以斯巴达之名。"

"是你父王的军队。是墨涅拉俄斯的部下。"

"看起来就是不应该。"

"对你而言如此。但是,让一个男孩带着复仇的种子长大无异于玩火自焚。"他朝河面望去,整个站姿流露出不安的情绪,但是他回头朝我看了一眼。"我的家族受到了诅咒;该有个了结了。"

"那样就能了结吗?如果更加激怒众神,该如何是好?"

伊莱克特拉　　011

他摇摇头，否定了我的想法。"你希望仁慈，"他说道，"你是妇人之仁。但打仗是男人的事。"

我火冒三丈。"有了斯巴达的支持，"我说，"你将夺回迈锡尼。大殿里所有人，所有为我妹妹而来的勇士、君主和王子，他们都宣誓效忠于你的弟弟。你手握一统万国的良机。你将拥有无上的权力——不管他长大后多么报仇心切，区区一个小男孩怎么可能成为你的威胁？他又能奈你何？有这么多人听你号令，你自然会成为最伟大的希腊王者。"

这句话引起了他的注意。"你的说法很有趣，"他沉思道，"最伟大的希腊王者。谢谢你，克吕泰涅斯特拉。"

然后我看到了，就在他拾阶而上走回大理石廊柱间，走向宫殿里那片寻欢作乐的嬉闹声之时，一丝微笑终于掠过他威严的嘴角。

## 第二章

## 卡珊德拉

我吐出的每个词都不受待见。当我碰到他们，看着他们的眼睛时，我看到了让人目眩的真相，喉咙被脱口而出的话语刺痛。我的预言从五脏六腑中被扯出，即使说出来的后果让我战栗，它们仍然不请自来。听到预言的人咒骂我，将我赶走，大笑着说我是个疯女人。

但是，年幼时，我并没有预见未来的能力。那时的我关心的只是眼前的烦扰而已，比如我最珍爱的玩偶，还有怎样打扮她才更美。即使只是个玩具娃娃，她也可以穿上昂贵的绫罗绸缎，戴上精美的珠宝。我的父亲是普利阿摩斯，母亲是赫卡柏，他们可是特洛伊的国王和王后，拥有的财富名扬四海。

但是母后能够看到异象。这令人目眩的真相无疑来自某位神灵的恩赐，他的垂青帮助我们躲避灾难。也许那正是阿波罗本尊，因为据说我的母亲蒙他垂怜，是被他选中的心头之好。母后为父王诞下了许多孩子，他的侍妾子嗣更多。每当她有孕在身时，我们都会做好准备迎接家族幸事。等到临盆之际，母亲便安睡下来，和往常一样等待美梦向她预示新生儿的未来。

可是这次不一样。当时我七岁，被一阵尖叫声吵醒，这声音打破了夜晚的寂静，不寒而栗的感觉直侵入我的骨髓。我迅速跑向她的寝宫，接生婆带着要出大事的恐慌飞奔下走廊。

她的头发上全是汗水，紧贴在前额上，像是被追捕的动物一样气喘吁吁，但是折磨母后的却并非生产的痛苦。她推开了那些想要安抚她挺过妊娠之痛的手，毕竟分娩尚未开始，悲恸地放声大哭。在我集万千宠爱于一身的年幼人生中，我从来不曾听到过这种哀鸣。

我吓得后退了几步。整个屋子忙忙碌碌，充斥着女人的嘈杂与混乱。女人们点起的火把暗淡无光，我不知所措地在暗处徘徊。狭长的橙色火苗摇曳着，扭曲着；石墙上，骇人的黑影随着火苗蛇舞的节奏上蹿下跳，看起来怪诞而丑陋。

"这个孩子。"母后气喘吁吁，最初让她陷入癫狂的强烈情绪似乎正慢慢退去。她允许侍女们上前伺候，可是当她们扶她躺回卧榻，轻声细语地宽慰她孩子尚未出世，一切正常之时，她摇了摇头，泪水顺着脸颊流了下来。双目下深黑的凹陷和额头上的缕缕鬘发让她看起来十分陌生。

"我看到他了——看到他出生。"她尖声说道。但是当侍女们咕哝说这只是个梦，无需担心时，我看到母后的王家威严又回来了。她摆摆手，让她们安静下来。"我的梦，"她继续说道，"不仅仅是梦而已。这点你们都知道。"

寝宫变得鸦雀无声。我一动不动。身后的石墙让我浑身发冷，但我仍然靠着它呆若木鸡。母后就在火光形成的诡异光圈的中央，她又开口了。

"我用力把他推向这个世界，和之前生孩子一样。我再一次感受到肉体被炙烤，我很熟悉这种痛楚，也能像先前一样忍受。只是这一次不同——这种炙烤，让人觉得……"她停了下来，我看到她的手指拧在一起，关节绷得紧紧的。"他出生的火光，要比我想象中久得多，猛烈得多。我感到自己的皮肤起了水疱，我能闻到自己肉体烧焦发黑的味道。"她咽了咽口水，在鸦雀无声的大殿里听起来格外刺耳。"他不是个孩子;他就像你们抓着的火把,他的头是熊熊燃烧的火焰,我的周围全是烟,吞掉了一切。"

我感受到了气氛的紧张,寝宫里的人变得焦躁不安起来。侍女们的眼睛扫过了母后隆起的肚子。

"也许只是个梦而已,"其中一位大着胆子说道,"许多女性害怕生产;这时候做噩梦并不少见——"

"我生了一堆孩子。"母亲厉声打断她。她漆黑的双眸死死盯着开口说话的倒霉蛋。"我根本不怕再生一个。但是这一次……我连他是不是个人都无从知晓。"

寝宫里的人一阵恐慌。侍女们你看看我,我看看你,想着要怎么回答才好。

"埃萨克斯!"其中一位侍女果断说道,她的声音回荡在石墙上,显得尖锐而猝不及防。"他是先知。我们可以请先知为您释梦,赫卡柏王后。也许眼下,可能连您自己也无法看清梦的真相。我们可以请教埃萨克斯,他一定会告诉我们答案。"

屋里的人点点头,窃窃私语表示同意。这些侍女看起来想要抓住任何救命稻草,只要能去除王后眼中极度的惊恐,任何东西都可以,万一先知可以改变王后看到的异象呢。

他被召唤进了王座厅。侍女们在母亲臃肿的身体上披了件衣服,引着她走出了寝宫。没人注意到我,所以我跟在后面走了进去,正好看到母后在父王身边的宝座上落坐。父王被人从睡梦中叫醒,愁眉不展,满脸关切的神色。埃萨克斯走上前来,父王握住了母后的手。

先知的面庞平静而淡然。他的年纪足以让脸上布满皱纹,但是他的皮肤却在颅骨上舒展开来,薄如蝉翼。他双目浑浊,上面覆着层薄翳,让人看不出本来的颜色。我很好奇他如何能看破迷雾。不过,或许对他来说外在的模糊并不重要,因为他能清楚无误地看到未知的世界。

母后再次向他讲述了梦魇。她已经恢复了平静,声音没有一丝沙哑,几乎听不出她的担忧。

先知凝神静听,直到她说完也没有开口。众目睽睽之下他穿过大殿,从石架上取下了一只铜碗。这是幽暗的深宫派作照明之用的,里面燃着火苗。他把铜碗放在了地上。松脂木材在里面燃烧着,投射的光芒在装点了绘画的墙壁上摇曳,竟把湿壁画上描绘的狼群变成了匍匐前行的怪兽。埃萨克斯用手杖拨弄着火焰,不断将木头堆在蹿出的火舌上,最终火苗不再嘶嘶作响,余烬上升腾起了一缕灰烟。他的脸色暗了下来。我注视着他,只见石柱间微风吹过,搅动起铜碗底部的灰烬。

灰烬沉了下来。我在想母亲做的那个梦,那个头上火光四射的婴儿。在想先知如何面无表情地熄灭了火焰。

"这位王子会毁了特洛伊。"他宣布。他的声音轻柔,像是从洞穴深处传来的回声,却是冷冰冰的。"如果我们任其长大成人,我看到特洛伊将被大火吞噬,他命中注定是这场大火的始作俑者。这个孩子不能留。"

没有人质疑他。他似乎证实了赫卡柏预知的未来,这就是王后从梦魇中尖叫的缘由。毕竟,这只是普利阿摩斯王众多王子中的一个,他还有许多公主在身边。损失数量众多的子女中的一个却能拯救城邦于危难之中,这个代价不算大。

然而,不管是父王还是母后,都无法直面这个代价。弟弟帕里斯出生时,他们既不忍心将幼小的婴儿从特洛伊城的高墙上抛下,也不愿用华贵的布料将他闷死,甚至连把他丢在荒无人烟的山边自行走开也做不到。于是他们把婴儿交给了牧羊人,嘱咐他丢掉孩子,让婴儿在寒冷的夜风中自生自灭,或是落入经过的猛兽之口,成为它们利爪下的美食。

我不知道他们是否和牧羊人解释过这样做的理由,牧羊人是否明白特洛伊城的命运完全取决于他能否对可怜兮兮的呜咽哭声硬起心肠。我不知道他是否试着狠下心来,将婴儿放在了灌木丛生的山边,然后一步一个脚印地走开,最后才转过身来。当他看着帕里斯小巧的鼻梁、光溜溜的脑袋,伸出软软的胳膊想要安抚的时候,他是不是把先知的话当成了无稽之谈的迷信抛之脑后?也许他想的是,一个婴儿怎么会摧毁一座城呢。也许因为妻子无法生育,他们的家多年无子嗣承欢膝下。也许他想的是,如果他把帕里斯留在特洛伊城外,把他养成个普通的牧羊人,特洛伊就能安然无恙了。这座城有着高耸入云的石塔,有着固若金汤的铜墙铁壁,它拥有的财富和权力一定无人能染指。

就这样,弟弟秘密地活了下来,从手无寸铁的婴儿长大成人,我们做梦也没想到他就在特洛伊城外的大山里。再也无人提及赫卡柏王后的梦魇,那一整晚倒成了梦境,只是我仍然记得从埃萨克斯身旁挪开时后背擦过石墙的感觉。我忘不了他眼中浑浊的薄翳,忘不了那缕青烟。几天后,看到哭泣的女奴从赫卡柏王后的寝宫里捧出来柔软的一小团时,我感到惋惜,同时又松了口气:还好,我出生时母后没有做过这样的梦。

我的确试着和她谈过一次,那是在很久以后。我的声音很怯懦,看得出来我的迟疑不决让她不快。我就是很好奇她的梦,想知道到底是什么让她如此心甘情愿地信赖先知,又有什么魔力让她确信这就是真相。现在回过头来看,这样问是麻木不仁的表现,但当时的我就是个自私的年轻人,就是想打破砂锅问到底。

"你当时并不在场,卡珊德拉。"她厉声说道。她的断然否认伤害到了我,我满脸通红。痛楚之下,我开始反击,却丝毫没意识到自己急于知道的秘密是在强迫她回忆怎样的经历。

"我在,"我不肯让步,"我记得埃萨克斯和那团火——我记得他说了什么。"

"说了什么?大声点,女儿。"她命令道。对于我的轻声细语,她厌恶至极。孩童时代,我很少能说完一句话而不被别人要求再说一遍,再说大声一点,再说清楚一点。

如今再也没人要求我重复我自己的话了。

我结结巴巴地描述起寝宫内的景象和先知的占卜仪式,但是她猛地摇头。"胡说八道,卡珊德拉,又是你的胡思乱想。"她呵斥道。她的语气刺痛了我。我想,她一定是注意到我脸上流露出的伤痛了,因为接下来她的语气有所缓和,她用胳膊搂住我的肩膀,草草抱了下我。她的语气温柔起来。"完全不是那么回事。埃萨克斯就我的梦向神请示,他听到了神谕。你又走神了。你要学会管好你的想象力,不要信马由缰。也许如果你少一点独处的时间……"

"你独处的时候阿波罗才会现身,对吗?"

她后退几步,狠狠地盯着我。

我有点窘迫,不习惯被人这样审视。

"你想要的就是这个?"她问道。

她质问的口气让我惶恐不安。为什么有人不希望得到这一神力?如果你能看清未来,知道将要发生的一切,如果你能就此保护自己——为什么她说话的语气让人觉得希望拥有神力荒唐透顶?"这只是——我是你的女儿,如果神灵赐予你看清未来的神力,我在想他们能否——我是否……"看到愁容爬上她的面庞,我的声音变得越来越小。

"众神的行事准则是我们凡人无法揣测的,"她说道,"阿波罗深爱着特洛伊,而我是特洛伊的王后——任何神谕都是为了这座城邦。这不是赐予我的礼物,也不是我苦苦追寻而来的。我们没有资格要求这样的礼物。"

一阵羞愧袭来。她的确是特洛伊的王后,但我永远不会是。我的哥哥们将统治这座城邦,而其中成为特洛伊王的那一位,他的妻子将会接替我母亲的位置。也许到时候这位王后也会有看清异象的能力,能够看到阿波罗为了特洛伊城欣欣向荣而传送出的梦境。我觉得自己如此渺小而愚蠢，我多么希望自己可以遁逃。"我不是要——"我刚开了个头，但是母亲摇了摇头。我还没弄清如何才能表达自己的本意，对话就已经结束了。

"去玩吧，卡珊德拉。"她说得很坚决，我只好走了。

但是，其实没人愿意我靠近。所有女孩子看起来都那么自信，那么落落大方。我觉得自己就像风中摇摆的芦苇，从来不敢大声说出想法，也不敢面对轻蔑和嘲笑。然而，对于赫卡柏的梦境还有先知——我没有一丝一毫的怀疑。也许她情愿改写记忆，但是，于我而言，那一晚我永生难忘，它已经深深印在了我的骨子里。

我从来无法让人听懂我的心声，即使当年也是如此。母后事务繁忙，没时间来理解我。如果当时她就能看到我的未来，如果当时她能看到我的异象而不是仅仅看到帕里斯的，我敢打赌她一定会把还是婴儿的我亲手摔死在石头上。可是，没有人仔细端详灰烬占卜我的未来。没有人介入，阻止我长成现在这副模样。

## 第三章

## 克吕泰涅斯特拉

阿特柔斯的王子们走后,我的内心焦躁不安。原本很容易打发的日子现在似乎变得漫长难挨,尤其到了下午。

佩涅罗佩已经跟随奥德修斯前往了岩石嶙峋、遍地山羊的伊萨卡王国,但是海伦留了下来。我们已经友好和睦地相处了十六年。我看不出有什么变化。我猜是因为前段时间太兴奋了吧:先是阿特柔斯的后人抵达城邦希望被以礼相待,接着是海伦的求婚者云集于此,当然还有堂姐和同胞妹妹的盛大婚礼。经历了这么多之后,也许一切自然变得平淡无奇。

嫁为人妇后,妹妹并无变化。对丈夫的离开,她也表现得泰然自若,反倒是我,因为兄弟二人赶赴迈锡尼推翻篡位的王叔而成了最焦虑的人,这着实让我气恼。

"斯巴达最骁勇的战士们任他们驱使,"海伦的话打消了我的顾虑,她沐浴在河边的阳光中,用手挡住水面反射而来的白色强光,"他们很快就会凯旋。"

"但是,难道你就不担心墨涅拉俄斯?"我用手肘撑起身子看着她。"堤厄斯忒斯有自己的军队,他从阿特柔斯手中夺走了王位,定会不惜一切守住。要是墨涅拉俄斯不幸阵亡了,那该怎么办?"

我希望在她平滑的额头上看到蹙起的皱纹,在她笑意盈盈的眼中看到惊慌失措。我爱我的妹妹胜过一切,要是她向我倾诉,说她担心墨涅拉俄斯因此丧生,我一定会竭尽全力宽慰她。可是,她一脸平静,尤其和我的心乱如麻形成了鲜明对比,这让我愤愤不平。突然间我迫切想看到她崩溃的样子。

她仅仅笑了笑。"他会回来的,"她答道,"我一点不怀疑。"

我仰面躺了下来。阳光太刺眼,突然之间,三面环绕的群山似乎过于迫近。我闭上眼睛,多么希望此时已是夜晚,多么希望无休无止的下午画上句号。一旦夜幕降临,我知道自己又会盼着黎明的到来。

"等到兄弟俩真的回来了,"她带着逗弄的口吻说道,"你可知道父王已经为你和阿伽门农安排妥当?"

她问问题从来不怕直截了当。她的魅力在于坦诚与果敢,而且任何话从她嘴里说出,似乎都不会显得唐突无礼。也许是声音中荡漾的笑意,也许是眼眸中闪烁的光芒,她的每一句话听起来都显得无忧无虑。她从不害怕被人断然回绝,或是刻薄以对。当然,她也不会介意对我打破砂锅问到底。

我从岸边捡起一块鹅卵石。石头的弧度很光滑,恰好放入掌心。我拿在手里反复把玩。"我希望他和墨涅拉俄斯能拨乱反正,平复受到的不公。"我还没告诉她,在她大婚之夜,我和阿伽门农在河边有过一场古怪而突然的对话。虽然我们过去的聊天百无禁忌,但毕竟她是个已婚女人,而我还是个女孩子。我感到一种从未有过的羞怯。

"然后呢,"她哄我说下去,"你认为他怎么样?"

既然佩涅罗佩和海伦前脚挨着后脚成婚,我知道父王廷达茅斯为我觅得良婿只是个时间问题。他是位慈祥的父亲,乐意让海伦自己选择夫婿,所以我也从来不怕有朝一日他和我谈起终身大事。妹妹和堂姐似乎对她们的命运心满意足,我也一直期望自己会和她们一样。但是现在,一想到大殿里有位王子等着迎娶,我却再也没有翘首以盼的心情了。要是被带去一片遥远的国土,陌生到远离一切熟悉的事物,那我该怎么办?如果我嫁的丈夫毫不关心我在想什么,我在说什么,只在乎我的出身和血统,还有父王赠予的嫁妆,那我该怎么办?

阿伽门农和弟弟从不公的流放中归来,勇敢地去夺回本该属于他们的东西,这让他们魅力倍增,对此我并不否认。

而且,海伦是从数百位王子中选中了墨涅拉俄斯。如果她能和他琴瑟和鸣,也许我应该相信,自己同样能和他的兄长举案齐眉。这总比我寄希望于某位一无所知的陌生人,指望他的良善要靠谱吧。

"想想看,"她继续说道,"我们姐妹俩嫁给了这对兄弟,这多好啊。"

我注视着河水潺潺奔向大海。我没有海伦那么有信心,相信未来会永远这么阳光灿烂。

但是,如果父亲的计划落空了呢?我想象着自己的未来,是不是每个午后时光都像现在这么难挨,是不是要在百无聊赖中度过一天又一天,直到下一个求婚者走下船只,向我求婚为止?

海伦让我的心中涌出了一堆问题。每一天,我都顺着蜿蜒曲折的河道向远方的南部海港望去,等待着兄弟俩船只的影子。

几周过去了。终于,有一天清晨,守卫们在岗哨间开始传递信息,他们的喊声越来越响,回荡在整条河上。"阿特柔斯人回来了!"

海伦和我飞快地相互扫视,一阵慌乱,我那镇定自若的妹妹一时竟有些站不稳。我们匆匆赶往宫门口等待他们的归来。她紧紧握住我的手。

他们就在那里,沿着河岸朝着我们大步走来。阳光照在墨涅拉俄斯淡红色的毛发上,闪闪发光,我不禁想起第一次见面的场景。不过这一次,阿伽门农再也没有怒视地面,而是抬起了头看向我们,面容显得坦诚而明净。

海伦与墨涅拉俄斯的重逢显得那么的欢欣，我往后退了几步，让他们抱在一起。紧随其后的父王握住了阿伽门农的手，语无伦次地说了一堆欢迎和祝贺的话。

阿伽门农的面容焕然一新，不再不苟言笑，面带怒容。卸下了肩上的千斤重负之后，他确实与前大不相同了。"堤厄斯忒斯死了，"他的话语中流露出一丝平静的欣喜。"但是他的儿子——埃奎斯托斯，还活着。"说这话时，他扫了我一眼。"没有无辜的人被残杀，众神可以满意了。"

也许就这么了结了。困扰这个家族的咒语终于解除了。也许这就是他变化的原因。

在他离开的这段日子，我的想象力如野马般自由驰骋。如今，他活生生地站在了我的面前。也许比我印象中要矮一点，五官也粗线条一点。然而，心情的放松确实像施了魔法一般。虽然他没有精致的鼻梁和下颌线，不会让雕塑家有雕刻成大理石的冲动，但是，他让我想起了哥哥狩猎带回的那张熊皮。为了显示自己艺高人胆大，哥哥将熊皮连着头一起扛回了家，熊的面容冻结在了咧嘴吼叫的那一瞬间。后来它被做成熊皮毯，伴着我和海伦度过了无数寒冷刺骨的冬日夜晚。阿伽门农粗硬的眉毛让我想到了它。海伦有些害怕它，但一想到不久前它还野性十足地漫步于山林间，我就兴趣盎然，忍不住伸出手来抚摸。

阿伽门农的眼睛再次投向我，这时，父王走到我们中间，用胳膊搂住他的肩膀，催促他快点进去，说要好酒好菜好好庆祝一番。阿伽门农的脸上笑意盈盈。

男人们走在前面——墨涅拉俄斯本不愿意放下妻子的手，却被我兴高采烈的父王拉着——海伦和我跟在后面。我们走在一起，海伦紧紧拉着我，她的秀发拂在我的脸上，芳香而柔软。那一刻，我的种种迟疑都被抛之脑后，被他们的凯旋抹得一干二净。

  我猜是胜利让他壮起了胆，因为那天晚上晚些时候，当庆典还在如火如荼地进行时，他毫不犹豫地找到了我。这一次，他没有躲在暗处，而是半开玩笑地轻轻抓住我的胳膊，邀请我到外面的庭院走一走，远离大殿的喧闹和嘈杂。

  我顿了顿，不知道如何拒绝才好。像上次那样在外偶遇是一回事，要是有意和他前往某个僻静之所就是另外一回事了。他注意到我的不情愿，凑上前说："你的父王同意了。"

  我陪他去了。我猜是时候了，但我完全不知道该说点什么。外面的庭院里，月光洒在彩绘的廊柱上，皎洁而明亮。

  "我明天要回迈锡尼了。"他告诉我。

  我等着他继续说下去。整个晚上我都在看着他与旁人觥筹交错，把酒言欢，我一直在想他到底有了什么变化。我发现自己留恋的是他的不苟言笑，怀念的是他曾经背负的重担。也许，我并不想要一位欢呼胜利的征服者，而是宁愿看到饱受摧残的流亡者。

  "我希望，"他清了清嗓子，"我希望如果我派人来接你，你愿意来。"

  "去迈锡尼？"我问，"理由呢？"

  浓密乌黑的鬓发下，他的耳根泛红。"走之前我说过，夺回王位之前我无心娶妻，"他说，"但是，既然我成功了，我问过你父王，他很高兴我们能成婚。"

  夜晚的空气清冽宜人，站在那儿，我感到难以名状的平静。我看着站在面前的这个男人，他是一国之君，出生的家族魅力无穷，他的弟弟被我妹妹选中，而他是父王为我挑中的丈夫。应该好过别的选择吧，我想。

  父王急于巩固联盟，我感到整个斯巴达都沉浸在心满意足的氛围中,忙着为我做好前往迈锡尼的各种准备。我知道,阿伽门农和父王一致认为,只有斯巴达和迈锡尼结成盟友,他们的权势才能增强,而希腊的其他城邦必然会臣服于他们合二为一的力量之下。似乎整个伯罗奔尼撒半岛都要尽归我们了。

"我们很快会再见的。"海伦向我保证。我们站在嘎吱作响的木头甲板上紧紧拥抱在一起。

虽然我知道她只是自我安慰罢了,但我还是忍不住觉得这无异于天方夜谭。迈锡尼和斯巴达虽相距不远,但我知道,我们的来往必然屈指可数,因为绵延不绝的阿卡迪亚群山横亘在我们之间。此外,我们之前从未分开超过一天,所以就算仅隔数月便再次相见,那也是一段无法想象的久远别离了。

身后的船帆饱满地鼓胀起来,空气打在湿润的脸庞上有种凉爽之感。阿伽门农向我保证航程会很迅速,因为顺风,而且风力强劲。随着划手们的号子声越来越响,帆船缓缓启程,激起了泛着白边的阵阵海浪。我的双手紧握,感到指间再也没有了海伦手指的缠绕。父王站在那里,我能从他脸上看到胜利的喜悦。他站在海港边目送着我们离开,威严而庄重,举手投足间透出帝王之气。海伦的脸隐在了墨涅拉俄斯的肩膀后。但是当船桨干净利落地在浪沫中一上一下时,她抬起头来看着我。我看到她的脸庞熠熠生辉、光彩照人,带着骄傲的荣光。因为早已习惯了,我几乎不曾留意她的美貌,但直到此刻我才发现她一下子就能摄人心魄。我靠在木头栏杆上,边笑边哭,疯狂地挥着手,完全不顾及自己的形象,她的笑容是我最后看到的东西。

## 第四章

## 卡珊德拉

　　我候在一边,不安地把重心从一只脚移到另外一只,热水冒出的蒸汽使我的衣服紧紧粘在皮肤上。姐姐拉俄狄刻惬意地躺在浴缸里泡澡,头发拳曲着盘在头顶,眼神迷离。奴隶们四下奔走,忙着做各种准备。我感到眼皮沉重,昨晚持续到深夜的盛宴让我疲惫不堪,很想闭上眼休息片刻。日出时分,我们就起床了,父王宰杀了一只纯种白色绵羊作为祭品献给了女神赫拉,祈求她保佑拉俄狄刻婚姻美满。这一天还有很多事要做,但我只想舒舒服服安静地躺在自己的床上。

　　我的衣服被人拽了一下,吓了我一跳。原来是我妹妹——年幼的波吕克赛娜。她圆圆的脸颊因为浴室的温暖而泛红,瞪着一双大眼睛看着浴缸,这一天有太多的新奇之事令她兴致盎然。"婚礼会是什么样啊?"又来了,她已经问了我不下十几次了。

　　我叹了口气,不想费口舌再解释一番。"我不知道。"

　　她噘起了嘴,因为好奇心没能得到满足而感到不快。"人们为什么要结婚?"她还不死心。

　　"我真的不知道。"

　　母亲咂着嘴大步走过。"你早晚会知道的,卡珊德拉,"她说,"很快就轮到你了。"

　　我满脸通红。特洛伊有着众多的王子和公主,虽然父王和母后并不需要我来为他们生育孙辈，但是嫁为人妇的命运还是在等着我。姐姐伊利奥内去年已经结婚。现在轮到了拉俄狄刻，我担心她那些失望的追求者也许会转而注意到我。赫利卡昂是拉俄狄刻的未婚夫，看起来并不讨人嫌，但这也是我对他最善意的评价了。一想到要和他或者其他任何男人单独相处，我就感到忧心忡忡。我不像姐姐们那样谈吐自如，也没有她们的魅力。很多人认为我挺古怪——沉默寡言，笨手笨脚，总是会把天聊死的那种人。

拉俄狄刻被人扶着出了浴，大家为她擦干身体，换上衣服，戴上面纱，四下一阵忙乱。我缩在后面，希望不要被人要求发表意见才好。

结果没人问我。一整天我都在边缘徘徊，看着宾客们自如交流，拉俄狄刻光彩照人，母后和父王得意地接受恭贺。一想到自己也会成为这一幕的中心，我感到怏怏不乐。一整天唯一的平静来自清晨的神庙里祭司撒下大麦粒的那一刻，之后祭司拿起了宰割祭品的刀。

我仍然渴望窥探出母亲梦境的秘密，尽管回忆起多年前的那个夜晚让我心生厌恶，但那才是我想要的，我想要的不是婚礼，不是丈夫，也不是孩子。于是我有了主意。阿波罗有着预言的神力，他或许会将这一神力赐予最忠实的信徒。侍奉阿波罗是项崇高的使命，这样解决令人头疼的女儿，未尝不是个省事之举。

第二天，我就把想法告诉了赫卡柏和普利阿摩斯。他们对我的选择没有异议。强大的太阳神带来的灿烂金光让城邦熠熠生辉，阿波罗对特洛伊的爱一如我们对他的爱戴一般深沉。但是，当我在他的神像脚下焚香祈祷的时候，当我割开为他献祭的牲畜喉咙时，我渴求的并不是沐浴在他的光辉之下，不是他妙手回春的治愈之力，甚至也不是他悠扬的里拉琴声。发誓成为他的女祭司时，我并不害怕拥有预见未来的神赐特权。作为一名女祭司，我不会有自己的孩子，也就不会被迫将婴儿扔到荒无人烟的山坡，所以我并不害怕看到他向我展示的一切。如果他赐予我神力，让我看到母亲看到的未来——甚至也许比她看到的还多——那么我就不会再垂头丧气、呢喃不清。我的声音终将变得清脆而果敢。如果我能说出众神旨意，看清命运走向，我就能成为焦点，赢得尊重。这是我全心全意希望得到的结果：超越自我，说出别人的话语，而不是我自己的。

我恪尽职守，顺从而虔诚。我知道阿波罗每天都会在神庙看到我——他最忠心耿耿的仆人。我相信我的虔诚定会得到回报。

那一天终于来了，和往日并没有什么不同，我对即将发生的事情一无所知。黎明前，我漫步在海边，接着和平日一样回到了神庙。我在阿波罗的圣坛前吟唱，把花环挂在了圣坛中央的神像脖子上，碟子里燃烧的精油香气袭人，混合着我为他斟上的美酒的芳香，让人不免有些恍惚。幽暗室内的寂静与安宁于我而言，是一片圣殿，一处休憩之所。整个特洛伊城再没有什么地方能比这里更让我有归属感了。

光线穿过柔和的烟雾，宛如涓涓细流。金色的流光弥漫在阴影中，所及之处立刻变得明亮起来。我无法辨别出光线从何而来，于是停了下来，手悬在原本要撒出的花瓣上方。我环视四周，感觉到有什么动静：空荡荡的房间里一阵微风拂过，在我的颈背低吟软语。

金色的光芒愈来愈强，汇成了屋子中央一道耀眼的光束，亮到让我看不清其他东西。我心中涌起一阵恐惧，抬起手遮挡眼睛，朝后退着，摸索着本该在我身后的出口。

就在那一刻，从光芒之中，他朝我走了过来。我的双手垂落下来，无力地垂在身体两侧。只有他的存在——他真正的存在——才会那么令人窒息，让人喘不过气，强烈到头晕目眩的地步。他的存在原本是个天方夜谭，但他的的确确就在那儿。阿波罗，奥林匹斯众神中的一员，活生生地站在那儿，俊美而可怖。

炽热的光慢慢退去,只剩下他站在我的面前。空气如同夏日的草地般清新怡人,带着阳光的温暖。"卡珊德拉。"他开口说话了,声音如同轻拨圆润的琴弦发出的浅吟低唱,充满着诗情画意,完全不像凡人的声音。

我曾想象过他会在梦中找我,向我发送模糊而晦涩的讯息让我解读。但我从未想过他会这样来到我的身边。我竟说不出话来。不过我又何须开口呢?他能看透我的灵魂,对我的渴望了如指掌。我已经向他的神像祷告了上百次。

他走近了点。我被定格在他的视线中,动弹不得。他则如同蛇一般灵活地靠近我。我往后缩了缩,生怕肌肤会被他的触碰烧焦,又怕被他手指一拂化作灰烬。他微微一笑,然后双手捧起我的面庞,将他那永生的双唇压在我的唇上。

我的脑海中浮现出杂乱无章的画面,涌现出模糊不清的声响,其速度之快、声响之大,让人应接不暇。要不是他用手扶着我,我几乎站不直了。然而这时,他松开了抓紧我的手,我一个踉跄,瘫在了石墙上。

"归你了。这是我赐予你的礼物。"

抵在我身后的石墙坚硬无比。我紧靠着,头脑中闪过的一切让人晕眩,令人作呕。浮现在我面前的是一张张脸,扭曲到面目全非,龇牙咧嘴地央求着,祈求答案和启示。在闪烁着的夺目光芒中,一会是婴儿在阳光中眯起了眼,一会是月光倒映的湖面上拼命划动着的船桨,一会又是熊熊火光直冲云霄。我感到自己的颅骨都要碎裂,会如雨点般散落成碎片。他将这股神力注入了我的体内,但这份礼物我肯定无福消受。这是母后曾经告诫我永远不要奢求的赏赐。

紧接着,他的面庞再一次贴近了我,我想喊叫,却发不出任何声音。他的手指在游走,先是解开了束着秀发的丝带,接着顺着裸露的胳膊滑下,滑到肩上系着长袍的铜搭扣,这件长袍是阿波罗贞洁的女祭司才会穿上的神圣服饰。他的礼物是有代价的。我意识到他想换取的是什么。

我无法动弹,惶恐而不安。我的脑海中只有一个想法是清晰的: 为了成为阿波罗神庙的女祭司,我已经献出了纯洁无瑕的自己。我很清楚,如果违背了贞洁的誓言,即使是被阿波罗夺去童贞,自己的下场会如何。我将被逐出神庙,而这是我在特洛伊城中唯一能有家之温暖的地方。

我拼命地左右扭摆着头,想要逃离。"不要,"我哑着嗓子乞求道。"求求你,别这样。"

他浓密的眉毛紧锁,金色的双眸随之黯淡下来。他的双手如同铁链一般紧紧箍着我的胳膊。他的面庞离我是那么的近,我能感受到他完美肌肤不可思议的柔软,感受到他呼到我口中的芬芳。我以为他会强迫我躺下,但他并没有吻我。

我听到一阵嘶嘶声,感受到他啐出的口水滴在喉咙里的感觉。他的唾液在我的口中灼烧,他用手紧紧捂住我的双唇,唾液不成型地顺着舌头滴落,似乎在扭曲蠕动。他炽热的眼神注视着我,神圣的意志不容反抗。

我咽了下去,好像吞下了熊熊燃烧的火焰。接着他消失了,和他出现时一样令人猝不及防。

我瘫倒在地板上,双腿就像那个清晨我在海边漫步时看到的海草一样无力地漂浮在泛着白沫的海面上,那已经是上辈子的事了。我知道他真的走了。四周的空气空荡荡的。我不懂他为何让我毫发无伤。

直到其他女祭司赶来,我才明白缘由。我向她们讲述了事情经过。尽管她们不相信我说的话,我还是告诉了她们自己看到的一切,纷繁复杂的幻象纷至沓来。她们的人生,她们的希望,她们的命运,我统统看得一清二楚。我抓住她们的胳膊,抓住她们和我一模一样的长袍,我拼命把一切向她们和盘托出。

阿波罗把他的神力赐予了我，从此世界真相尽在我的掌控之中。但是，其他女祭司，尽管她们和我一样诚挚地仰慕着阿波罗，却听不懂我说的话。她们打量着我，相互交换着怀疑的眼神。她们不易察觉地摇了摇头。我终于明白他对我做了什么了，我放声哭嚎，撕扯着自己的血肉之躯，直到其他人冲了过来，用更强有力的手止住了我，她们不顾我的尖叫声把我抬回房间，锁上了房门。

我确实拥有了预言的神力，由阿波罗本尊亲自呼入我的口中。但是，自此以后，再也没有人相信我说的任何一句话。

## 第五章

## 克吕泰涅斯特拉

与斯巴达的诀别深深镌刻在我的记忆中。我闭上眼睛,黑暗中画面历历在目。到迈锡尼的头几个晚上,我在脑海中一遍又一遍地回想这幅画面,唤起了当时并没有注意到的许多细节:空气中弥漫着咸咸的味道,头顶上的海鸥厉声尖叫,阳光投射到水面,在激起的浪花中形成道道彩虹,还有墨涅拉俄斯发白的指关节,他当时紧紧搂住海伦的胳膊,就好像如果没抓紧,她就会掉下去,就会被海浪卷走一样。

与此相反,到达迈锡尼的景象却是嘈杂而模糊的影像和声音,混乱不堪。我记得宫殿周围是用巨石砌成的雄伟城墙。城墙如此宽广,绝非人力可为。阿伽门农信誓旦旦地告诉我:这是独眼巨人的杰作,对这些蛮力无穷的半人半兽来说,拎起巨石就像提起一袋大麦一样轻而易举。他踌躇满志,紧紧握住我的手。在他威严的举止下,我能看到难掩的喜悦之情。我以为他是因我而喜,因为他可以向新娶的妻子炫耀自己刚刚赢来的王国。

在斯巴达,我们住在山谷,三面都是高耸入云的高峰,像是友善的守卫俯视着我们。这里的宫殿则建在高地,矗立于周围的群山之上,仿佛整个世界都臣服在我们脚下。

走过厚厚的石墙,我们穿过雄伟的宫门,走进大殿。

无论是浓墨重彩的柱廊,还是色彩绚丽的湿壁画,抑或是随处可见闪闪发光的金银珠宝和象牙制品，这些都不能让我欢欣鼓舞。我也无法享受从屋顶的天井上倾泻而下的温暖阳光，它照亮了整个中央大殿，照亮了阿伽门农将要执掌权杖的王座厅。在最初的那些日子里，我只感到胃里空荡荡的难受，因为我向往的是斯巴达熟悉的淳朴。

没出阁的时候，我就是个与妹妹嬉笑打闹的少女，可以将阿特柔斯家族传说中的诅咒置之脑后。现在，离开了那片生我养我的土地，我无法阻止脑海中窸窸窣窣的念头像乍起的秋风卷起的干枯落叶般沙沙作响。不管有没有诅咒，在这座宫殿里，父亲残杀骨肉，手足兵戎相见，阿伽门农曾在这里将叔叔一剑封喉，让鲜血流淌在马赛克砖镶嵌的地板上。我知道奴隶们已经把地板擦得干干净净，但是如果你仔细看的话，就能找到血溅当场留下的污渍之花。既然我已经知道它在何处，我就无法阻止自己的目光被它吸引，更无法阻止自己想象阿伽门农复仇时熊熊燃烧的盛怒之火。我无法将这幅画面与同床共枕的丈夫联系在一起。

这种感觉就像是有两个丈夫，而其中一个是我从未谋面的。当他站在斯巴达大殿的时候，我感受过他的紧张。我不愿让他看出我才是那个因为环境的变化而感到羞怯和无所适从的人。我想起海伦会如何应对，她总是镇定自若，盛气凌人，双眸中闪烁着狡黠的光芒，即使最强健的男人也会在她面前温柔如水。也许我的身体里并没有流淌着宙斯的金色血脉，但是在妹妹的耳濡目染之下，我也假装披上她高贵的外衣，每天如此。我努力让声音听起来像她那样铿锵有力、无所不知，假装自己知道世上的秘密，对任何东西都毫不在意。我希望在阿伽门农眼里，我是个挑战，是个谜，而不是哭哭啼啼的想家的孩子。我在自己面前也装出海伦的样子，直到一切对我来说驾轻就熟，直到我伪装出的掌控力真的成为我的一部分。

我惊奇地发现自己并非想象中那样无足重轻。奴隶们对我毕恭毕敬，礼貌有加，和我期待的分毫不差。不过，他们不像斯巴达的奴隶那么怯生生。在这里，我能感到他们注视着我，善意的直视让我不免有些吃惊，有一次甚至吓了一跳。当时一个女奴正为我戴上闪闪发光的项链，这时她停了片刻，吐出一声"谢谢"，声音轻柔到我几乎听不见的地步。

"为什么谢我？" 我问道，扭过头想把她看得更清楚些。

她垂下眼睛。她年纪不轻了，脸上布满了一生为奴的痕迹。

"我们都知道，是你救了那个孩子，埃奎斯托斯，"她喃喃道，"阿伽门农饶了他，我们很高兴。我们知道是你大发慈悲。"

"你们怎么知道？"

这时，她直直地看着我，贴在我脖子上的手掌温暖而干燥。"他说是以你的名义饶恕了孩子。他说这话之前，刚刚杀了堤厄斯忒斯。"

我想知道更多，但感觉追问细节不大得体。于是换了个问题："你喜欢那孩子吗？"

她点点头，答道："我们都喜欢他。"

我感到我们之间涌动着未曾言说的话语。我想知道她如何看待阿伽门农，也想知道住在这座宫殿的人看到前主人被杀有何感受。对于这位合法国王的回归，他们是欢庆还是哀悼？还有人记得更久以前，堤厄斯忒斯篡位之前的事吗？是否也曾有年迈的奴隶在什么地方默默为孩童时的阿伽门农和墨涅拉俄斯逃过一劫而感到庆幸？我感到头晕目眩，头脑里一片混乱。我想得太多了。不过，有一点我可以确定：自己向阿伽门农提出的建议是对的。

我欣喜若狂，想要尽快告诉他放过埃奎斯托斯多么明智。可出乎意料的是，他低垂的眉头拧在了一起。

"为什么我要乐意听一个奴隶胡说八道？"他咕哝道。

他的反应让我大感不解，措手不及。"你以慷慨之心赢得了他们的忠诚——"我还没说完就被他打断了。

"他们的忠诚算什么？我坐拥王位，才不在乎奴隶们的看法。"

这是我们结婚以来第一次意见不合，我有些茫然不知所措。"这样做是明智之举，"我小心翼翼地选择着措辞，"没有人质疑你的权力，但是当强者展示出仁慈，民众会表达他们的景仰之情和——"

他傲慢地挥挥手，让我不要再说了。"如果我杀了那个孩子，他们根本没胆量说三道四。"

我想转身离开，一走了之，因为听到这些话让我惊恐万分，但是好奇心让我留了下来。"这就是你期望的？"我问道。

他沉思了片刻。我很害怕他接下来会说的话。但是转瞬间，他脸上布满的乌云消散，似乎恢复了我嫁的那个男人的模样。"其他人怎么想已经无关紧要了，"他说道，"一切已经结束了。"

他的话让我信以为真，虽然之后，我完全有理由想起最初的这次针锋相对。

在迈锡尼住了不到一年，我们的第一个孩子就出生了。得知自己有孕在身时，我感到如释重负。这个孩子将扑灭我心中最后一缕不安之火，因为我将是迈锡尼王位继承人的母亲。与此同时，我感到心中涌起了强烈的感激之情，因为终于我也有与自己血脉相连的骨肉了。妹妹不在身边的日子，我感到孤独和飘忽不定，但现在手里抱着孩子，我将重新找到自己在这世上的家。

她出生的时候，城邦上空的天刚破晓，就好像曙光女神亲口宣布了我女儿的到来。我原以为新生儿一定是柔弱不堪，轻轻一碰就碎，没想到她柔软的一团摸起来更像是我的支柱，仿佛是她才让我在这世上感到安心，而不是相反。

阿伽门农让我给她起名，我立刻就想好了。"天生的强者。"她呱呱坠地没多久，我便告诉他。"的确如此。"他很满意，以为我指的是她是个健康的孩子，一生下来就粉嘟嘟的，活力四射。但是，当我给她起这个名字的时候,我想到的是从她身上汲取的力量。"

他满心骄傲,面容慈祥。"名字想好了吗?"

我吸了口气。虽然浑身酸痛疲乏,却心满意足,虽然平凡,却感到无比神奇,于是我第一次大声说出她的名字。

"伊菲革涅亚"。

初掌迈锡尼权柄的阿伽门农心情大好,宽厚待人。他由衷地感到庆幸,自己将要实现一统希腊的夙愿。但是,慢慢地,他的脾气变得乖戾起来,我经常发现他愁容满面。他断然否认自己在乎奴隶们的看法只是虚张声势罢了。没能铲平堤厄斯忒斯在王国内的残余势力也让他忍不住忧心忡忡。城邦之外,希腊人散落分布在各个岛屿,每个岛屿有自己的国王和法律。纵使迈锡尼与斯巴达联合在一起,阿伽门农担心其他小国的国王也不会永远臣服于他的麾下。

"他们认为奥德修斯最睿智?"他会这么问,"还是埃阿斯最强大?如果可以选择,他们会追随谁呢?"

我在想,怎样才能让他满足,怎样才能抚慰这个被赶出家园、父王的鲜血染遍宫殿的绝望男孩呢?

我也有自己的烦心事。从宝贝女儿出生的那一刻起,这个世界似乎就变得危机四伏,充斥着我以前不曾注意到的危险。看着她小小的脸蛋,我意识到这就是爱,伴随着母爱蜂拥而至的是各种未曾体会过的恐惧。也许是一壶翻倒的滚水,也许是从草丛中窜出的受惊毒蛇,又或许是疾病那令人心烦意乱的气息——对她胖乎乎的完美肉身来说,所有这些似乎都形成了威胁。我突然意识到自己多么粗心,多么自大,居然把手无寸铁的婴儿带到了世上,这里充斥着忧伤与暴力,还有众神的责难。我再也不能对自己一知半解的故事置之不理了。

我再次找到了那个女奴。她了解堤厄斯忒斯。我把我的心肝宝贝带进了这个家族,关于这个家族,她还有什么要告诉我?

"您想知道阿特柔斯的故事?"她听起来有些不敢相信。

我不知道她会怎么看我。为什么我不在嫁给他之前多了解一些呢?"我略有所闻,"我小心翼翼地开口说道,"但是……我知道还有别的故事。更古老的故事。"

这个女奴倒吸了口气。"在迈锡尼,没人愿意说这些故事,"她说,"没人想为此送命。"

我顿了顿。壁炉中燃着的火光是此刻唯一的光源。透过窗户,可见一方没有星星的夜空,单调而深邃,空空荡荡。"这儿只有迈锡尼的王后在听你说话,"我告诉她,"不管你说了什么,我保你无事。"

她瞥了一眼我手中熟睡的伊菲革涅亚,说道:"迈锡尼的国王也许并不这么认为。"

"他不需要知道。"

她忧郁地微微一笑。

"请你相信我,"我说,"任何可能会伤害到我女儿的事,我都想知道。我会想尽办法护她周全。"大声说出这样的话让我觉得很蠢。在斯巴达,我可以对此一笑而过。但在这里就不一样了。

她注视着我,打量了很久。我在想,如果说出迈锡尼的秘密真的会使她身处险境,那我对她的要求是不是过分了。我以为她不会回答我的问题了,没想到她扫了一眼紧闭的大门,确信只有我们两个人后,便开口了。"故事要从坦塔洛斯讲起,"她说道,"他是始作俑者。您知道他都干了什么吗?"

"他冒犯了众神。"一想到这点,我不寒而栗。"他想戏弄他们——所以请他们赴宴,然后……"我说不下去了。我刚做母亲没几天,没什么经验。我只是再也不能像从前那样把它当作个耸人听闻的故事,认为它只属于黑暗野蛮的过去了。我就在这里,就在发生这一切的宫殿里,这种感觉就仿佛是面目可憎的幽灵可以穿越时光向我伸出双手,可以刨开泥土将我抓住,将我的女儿抓住。

女奴点了点头。"他权倾天下,富甲一方,众神都乐于同他交往。"她加快了语速。虽然她告诉我,没人胆敢在迈锡尼说这些,但既然她已经得到了我的允许,故事便如同精心排练过的那样娓娓道来。我不知道在这片土地上,这些传说已经被讲过多少次。"尽管他血统高贵,却本性卑劣。他的残忍和野心就像一只受困的蚊子一样折磨着他,在他的大脑中嗡嗡作响,不给他喘息的机会。他渴望凡人无法企及的荣耀。他渴望看到众神受辱,渴望成为羞辱他们的人。他想象着众神受辱后的心如刀割,这比壁炉里燃烧的火更能让他感到温暖。他能尝到它浓郁的甜味,像琼浆玉液一样令他口齿噙香。"

我无法把视线从她身上挪开。

"阴谋的肮脏只会让他欲罢不能。他的想法越邪恶,他就越兴奋,以至于没有半点良知或怜悯能让他悬崖勒马。可怕的幻想冲昏了他的头脑,他抓住襁褓中的儿子,割开喉咙,将他大卸八块烹熟后放在餐桌上,为的就是测试赴宴的众神是否无所不知。"

本能之下,我把婴儿抱得更紧了,努力想把画面从头脑中赶走。"他们肯定知道。"众神不可能被愚弄。

"他们立刻看出来了!除了得墨忒耳,她因为失去女儿佩塞芬尼而忧伤过度,分心之下咬了一口。但是其他神祇立刻识破了坦塔洛斯的诡计,他们震惊不已。他们让孩子起死回生,赫菲斯托斯亲自用象牙雕刻了一个肩膀来代替被得墨忒耳吃掉的部分。作为惩罚,他们将坦塔洛斯扔进了塔尔塔罗斯最深的洞穴里,直到今天,他仍站在那里,在一个他永远无法喝到水的湖中忍受着永恒的干渴,这种干渴永远不会缓解,哪怕只是片刻。"

我早就听过坦塔洛斯的命运,但当时听起来,似乎是那么的奇幻而遥远。现在,她讲述的故事像是在我身边织了一张网,仿佛她就是只蜘蛛,弓着背,恶毒地纺出那些能牢牢抓住我的话语。在闷热阴暗的寝宫中,古老的故事离我如此之近,我几乎可以听到坦塔洛斯痛苦的嚎叫声在深渊中回荡。"那个孩子怎么样了?"我低声问道。

"孩子长大成人,"她接着说,"但是已被他父亲的血玷污。"

"珀罗普斯。"我说道,记忆慢慢浮现。我不知道为什么在斯巴达的时候我从来没有关注过这些。"是他的名字——我知道他在争吵中杀死了一个仆人。"

她摇了摇头。"比争吵糟糕得多。珀罗普斯想要娶一位新娘,为了从对手那里抱得美人归,他暗中使坏,密谋杀人。他贿赂了那个求婚者的仆人,一个叫密耳提罗斯的人,他要这个人做他的同伙,让他用蜡换下了准夫君的马车车钩,结果这位求婚者车毁人亡。但是珀罗普斯骨子里是个背信弃义的人。他没有信守承诺奖励仆人,而是把他从悬崖边推了下去,摔死在嶙峋的岩石上。被出卖的仆人摔下去的时候,大喊着复仇的诅咒,恳求众神惩罚珀罗普斯和他的后人。"

"但是,他俩都是杀人犯!"我无法控制自己,声音比我预想的还要大。伊菲革涅亚动了动,抽抽搭搭地哭了起来。我跳起来,一边拍拍她一边摇晃,既是安抚她,也是安抚自己。我放低声音,继续问道:"为什么众神要惩罚珀罗普斯无辜的孩子呢?"

女奴对我扬起了眉毛。"珀罗普斯的孩子一点也不无辜。"

我抱着孩子坐了下来,一种挫败感向我袭来。

"毫无愧疚之心的珀罗普斯娶了女孩为妻,她为他生下了三个儿子,分别是辟修士、阿特柔斯和堤厄斯忒斯。但是两个弟弟和他们的父亲一样野蛮,不讲信用。他们仇恨哥哥辟修士,合伙杀了他,夺了王位。但是他们还不满足,没多久就反目成仇。堤厄斯忒斯勾引了阿特柔斯的妻子,还想把迈锡尼占为己有。"

伊莱克特拉

阿特柔斯正是阿伽门农的父亲，也是我孩子的祖父。我想阻止她，不想再听了，但是她的故事没完没了的节奏让我欲罢不能，我必须知道真相。"阿特柔斯如何复仇？"

炉火闪烁，光影在屋内跳跃，她的面庞一片漆黑。"他把堤厄斯忒斯赶出了迈锡尼，但是这还不够。多年来，阿特柔斯总想着惩罚自己的兄弟。于是他邀请兄弟回国，假装设宴款待握手言和。堤厄斯忒斯居然蠢到忘了自己的祖父曾经举办过的宴席，根本没意识到阿特柔斯包藏祸心。"

可怕的轮回，骇人的重复。

"阿特柔斯亲手杀了侄子们，烤熟了他们柔嫩的身体。直到吞下最后一口，堤厄斯忒斯也没怀疑哥哥的所作所为。可怕的一刻来了，阿特柔斯猛地掀开最后一盘美食的盖子，露出的是他儿子们的头颅，从桌子上茫然地盯着他。"

我嫁的正是这个男人的儿子。故事的惊悚让人头晕目眩。

"悲痛欲绝的堤厄斯忒斯逃出了这座城邦。流亡期间，他计划着复仇。卷土重来的他杀死了哥哥，不过内心尚有良知，于是放过了年幼的阿伽门农和墨涅拉俄斯。就这样迈锡尼和平了一段时间。阿特柔斯已死，堤厄斯忒斯执掌大权。他又有了儿子，取名埃奎斯托斯，这对他的父亲来说是个慰藉，一想到失去的孩子们，他仍然会泪目。"

但是我想到的是，在遥远的地方，阿特柔斯被放逐的两个儿子长大成人，梦想着有朝一日能够回国找叔叔报仇。阿特柔斯的后人们杀了回来，身后跟着斯巴达的勇士们。我曾经坚信阿伽门农已经终结了这场可怕的轮回，他的胜利已经为流血画上了句号。

我无法赶走心中蠕动的可怕想法。如果他只是再次转动了命运之轮，那该怎么办？在外面的某个地方，埃奎斯托斯是否怀揣着复仇的愿景，正在长大成人？权力争夺是一回事——也许很平常——但是我加入的这个家族，它的历史盘根错节，扭成一团，就像一棵古树虬曲的树根。我真的能够相信阿伽门农已经斩断了命运之绳吗？堤厄斯忒斯的死真的填满了阿特柔斯家族贪婪的无底洞吗？

我看着女儿在我怀里熟睡，那么无可指摘，天真无邪。我想到了之前在迈锡尼出生的婴儿，想到了他们皱巴巴的脸和香喷喷的柔软身体。

"这些都是过去的事了。"我轻声说道。我注视着女奴的眼睛，"谢谢你告诉我这些。我一个字都不会说，不会告诉任何人。"我能感到她仍然在盯着我看，我小心地站起身来，生怕吵醒伊菲革涅亚。"此事以后不要再提了。"我边说边打开门。能呼吸到走廊上凉爽的空气，能走出那间屋子，远离幽闭的黑暗和可怖的传说，我感到庆幸不已。

我已经是迈锡尼的王后了。就像阿特柔斯被诅咒的血液一样，斯巴达的血液也在我女儿的身体里流淌。我们有着强大的城防和强有力的军队，一定能护她周全，不会让她受到任何外来威胁。

但是，她的父亲，也是我的丈夫，是阿特柔斯的儿子。他的父祖是凶手，其邪恶远超我的想象。没有什么会比亲手屠杀亲人更可怕，更罪孽深重。

无论我们抵御外敌的防守多么固若金汤，如果敌人已在高墙之内，我不知道该如何保她平安。

# 第六章
# 伊莱克特拉

　　从我记事起，我就在生病。高热的折磨下，我大汗淋漓，从头到脚都在打颤。漆黑的屋里，我的双眼火辣辣地痛，各种奇形怪状的东西在我眼前扭曲绽放，迸发出死灰一般的颜色。梦魇般的景象忽大忽小，看得我气喘吁吁，一片茫然。地板上浮现出一个个可怕的怪物，我叫喊着，拼命想躲开。蜿蜒的线圈在我身边穿梭，拂过我的脸。我抓住它们，想把它们扯开，这时我听到母亲的声音，她劝我不要动，让我安静下来，好好休息，然后一切就会结束。

　　等最终退了烧，我的精力已经完全耗尽，我虚弱地躺在床上，动弹不得。看到食物我就想吐，哪怕只是抬头喝口水也力不从心。我就这么长时间地昏睡，醒来时完全不知道是白天还是黑夜。他们召唤了术士为我治疗。我还记得她的几个瞬间：昏暗光线中的黑色侧影，咕咕哝哝的咒语，草药刺鼻的味道，还有杯中旋动的苦涩液体。有一次，我醒来听到父母在门口低声说话。

　　"但是她会死吗？"我听到是母亲的声音。我感到身体变得僵硬，呼吸在胸腔停滞，我瞪大眼睛，竭力想听到答案。

　　"我们已经向众神献祭。"一听到是术士的声音，我缩了回来。"我们只能等。"

　　父王的声音清晰有力，毫不含混。"他们会放过她的。不用担心。"

我吐了口气，他的信心满满和权威让我安下心来。母亲继续在说话，语速很快，声音刺耳，让我更加头痛起来。我在毯子下动了动身子，喉咙干极了，像是五脏六腑都已经粘在一起。

注意到我微弱的动静，她立刻来到我身边，一只手滑到我的脑后，把我的头抬了起来，另一只手端着杯子递到我的唇边。水，这次就是水，清澈、甘甜而纯净。我感激地啜饮起来。父王已经离开了。我想继续睡觉，但她之前说的话吓到我了。要是就这么睡死过去了该怎么办？

她的双手轻抚我的脸，把我的头发往后捋，她把我安顿在柔软的垫子上，抚摸是如此的轻柔。当睡意一点点把我拉回梦乡时，我紧紧抓着父亲的话不放。

这是一个明媚的早晨，阳光透过窗户洒在长长的橡木桌上，桌面闪闪发光。母亲劝我吃点东西。我噘起嘴摇摇头，一把推开碗。碗咣当一声掉在了地上。我仍然记得碗摔碎在地板上的声音，记得她盯着石砖上碎片的样子。有一瞬间，她看起来像是要生气了，但随后她笑了起来，在我的额头上亲了一下。"你一定是恢复体力了，才能把碗推得那么远。"她只说了这句话，就叫来一个奴隶收拾残局。

我最幸福的记忆是这样：在外面的院子里，父王把我举得高高。他肩膀上的金色勋饰系住了紫色斗篷做工精良的羊毛边，在阳光下熠熠生辉，吸引了我的目光。勋饰中央镶嵌了一颗小宝石，上面印着两个小人的浮雕，是战斗中的勇士形象。

我很喜欢端详他拥有的那对铜匕首。刀刃镶嵌着金银。其中一把装饰的是海洋生物，闪闪发亮的触须在刀面上缠绕成环状，另一把是我的最爱，上面绘制的是人们捕狮的场景。我喜欢抚摸上面细小发亮的金色长矛、银色盾牌，还有狮子咆哮的脸。他大笑起来，对于我的爱好很是满意。

那天晚上，我睡不着。远处传来父母在宫殿某处争吵的声音，接着是母亲夺门而出。我唯一听清的是海伦的名字。

伊莱克特拉　043

# 第七章

# 卡珊德拉

在特洛伊,我已经习惯了与其他人步调不一。但我从未体会过被人躲着的感觉。起初,其他女祭司因为我的疯狂而同情我,但很快她们就不耐烦了,因为我总是狂妄地宣称自己见到了神祇真身。我注意到她们看我时愁容满面,眼中的同情越来越少,取而代之的是怀疑,是恼怒,最后是冷若冰霜、漠不关心。我猜她们认为我是为了博人眼球而撒谎,她们已经听腻了我的那套说辞。

事情发生后,她们把顶着一头乱发的我带到了王宫。

"谁干的?"我听见普利阿摩斯在问,"她出什么事了?"他冷静而警觉,随时准备调兵遣将将罪犯抓捕归案。这一幕看上去荒唐极了:想到他的士兵们全副武装朝着奥林匹斯山行军,我不由得放声大笑。

"她疯了,"赫卡柏说道,双手拧在一起,"带她去休息,找个术士给她治疗。"

我推开围在身边的侍女们,推开她们殷勤的手以免被强行带走。"是阿波罗。"我尽可能站直,不让双腿发软。侍女们不安地窃窃私语起来,带着一丝恼怒,因为我仍然执着于这样的无稽之谈。"就是他。他来到我身边,降临在神庙,他就在那儿。"我知道我的嘴脸——一定像个疯女人——但我无法强迫自己的舌头说出能让他们相信的话。一切听起来那么荒唐,那么不可思议。我自己都能听出来,而且,我越是想让事情听起来可信,它就越离谱。"他吻了我,"我说,"接着……"

母亲猛吸一口气,她死死地盯着我,面无表情。

"他赐予了我神力,"我继续说下去,"突然之间,我看见了许多。"

"看见了什么?"普利阿摩斯问。

"我……确切地说,我不知道。一片模糊,我看不清楚。"

他的目光已经开始游离。"也许可以请先知来解释?"他犹豫不决地问我母亲,但是她摇摇头。

"神祇不会造访凡人,"她说,"他不会以这样的方式传递讯息。请先知来解读她的话有什么用呢?如果是在梦里,那么也许可以……但是,这,这就是胡思乱想。这样说是对阿波罗的侮辱,甚至连听她如此胡言也有触犯神怒的危险。"

我的心中燃起一阵恐慌。"我知道,他会在梦中出现在你面前,但这不意味着他不能以别的方式和我神交。"我哭喊道。

"不可能!"她猛地站起身。"别说了,别再说了!"她理了理裙摆,深深地吸了口气,紧闭双眼片刻,努力平复自己的心情。"我以前告诉过你,卡珊德拉,这不是礼物。我为神明服务。也许他选中我,有时只是想让我做他的传声筒,希望有先知能解释并弄懂他希望我们知道的讯息,但是我绝不敢说他造访过我,也不敢斗胆说他向我显露真身。"

我支支吾吾起来。我怎么能告诉他们为什么阿波罗会在我面前现形,而不是向她?我环顾房间,看着一张张怀疑的脸,然后看向我的父母。看到他们眼中交织着关爱与沮丧,我心如刀割。他们强烈希望我离开,将这些天方夜谭藏在心里。我顺从地接受他们的照顾,同意他们召来术士帮我恢复平静,从而治愈他们确信已经深入骨髓的疯狂。躺在幽暗舒适的寝宫里,我不知道记忆是否会消退,是否会变模糊,也不知道被迫喝下他们为我捣碎的草药能否缓解大脑异象丛生的混乱。

没什么用。阿波罗那天就在那里,这一点我深信不疑。我感受过被他的永生之手紧握，感受过他的毒液在嘴里灼烧。这些记忆在我的血液里流淌，他的触摸印刻在我的肌肤上，他让我看到的异象在头脑中闪现扭曲，所有的幻象都在一争高下，却没有一个能形成清晰的画面。但是，为了我那焦虑的父母着想，我努力压住自己的回忆，管住自己的言语，不让不受欢迎的预言脱口而出，我知道这些话没有人想听，最多只会被当作是我疯癫的证据，甚至还会被认作是我对神明的大不敬。

但是，当强大的幻象出现时，我的意识就会被一道强光劈开，根本无法自持。阿波罗的礼物让我的感官如同着了火一般，除了他的神启之外，我什么也看不见，我在地板上打滚尖叫，痛苦不堪。这时候最好让我独处。

即使在自己的寝宫，我也难觅安宁，这里不是我的避难所。阿波罗侵入我的大脑，让我无路可逃。城邦里已没有我的藏身之处，甚至连意识也不再属于我。就算是他进攻的间隙，我也惶惶不可终日，因为不知道何时幻象会再次袭来。

我安静了一个小时。我躺在温柔皎洁的月光之下，没有睡着。我的双眼疼痛，浑身筋疲力尽，但是一切都很安静。桌上是一碟没人动过的食物，是小女奴先前留下的，她退出时低垂着眼睛，迫不及待地想从我身边逃走。盐水浸泡过的橄榄摆成一堆，闪着光泽，浓烈的气味混合着奶酪碎的咸香让我不禁想起常去散步的海边盘绕在一起的黑色海草。酒壶里飘散出美酒的香甜，勾起了我对神庙的回忆，我想起了在那里虔诚度过的寂静时光。那是整座城邦唯一真正属于过我的地方。

我仍然是他的女祭司。我发过誓，余生注定要侍奉他。一想到要回到那里，我就心惊肉跳，但是我无法打消这样的念头——也许这是我终结痛苦的唯一希望。在那个平静如水的夜晚，我可以和自己讲道理。如果我回到神庙，向他表明忠心和顺从，也许他会大发慈悲饶过我，也许他会平息我的幻觉，不再惩罚我的抗旨不尊。想到自己要再次踏足神庙，跪拜在他的神像面前，我不禁战栗起来。但是，既然是他下的诅咒，也只有他才能将诅咒带走。

那个晚上，再也没有预言的痛楚让我头痛欲裂。到了第二天早上，除了返回神庙，我发现自己别无选择。看到我再一次穿上了圣袍，俨然一副昔日少女的模样，我的父母如释重负。就算其他人并不希望我回去，他们也不敢明目张胆地告诉国王的女儿。我再一次担负起祭司的职责。一如既往地在阿波罗神像的脚下摆上了供奉的祭品。他仍然面无表情，这就是块一动不动、不会说话的石头。

不在神庙的时候，我就会逃到海边，离开这围墙高筑的城邦。没有什么比与海浪相伴更好的事了，我可以对着空荡荡的海风和海水喃喃倾诉，在那里，一团团海草在泛起的白沫中摇摆，好像它们同意我说的每个字。

我已经习惯了被人误听、被人误解。小时候我胆子很小，长大了也笨手笨脚，总是费尽力气想让自己的声音清晰而勇敢。多少次，我挣扎着想找到合适的字词，可是当人们看着我时，那些话就会在我的喉咙里慢慢消失。我痛苦而清楚地意识到，所有人都认为这次新爆发的疯癫不过再次证明了我的怪异而已，我一直都活在自己的梦幻世界里，而且情况只会越来越糟。尽管在世人看来，阿波罗和我的相遇进一步证明了我的胡思乱想，但是，我知道，他在神庙现身的那天如同闪电击中了我生命的中心，一道道裂缝从那里向着四面八方蔓延。我明白，那股内心的疯癫并非累积至那一刻的爆发，而是他的毁灭之声一直回荡在我的过往和未来。这就是阿波罗的力量：他能把我彻彻底底击个粉碎。

帕里斯回特洛伊的前夜，我比往常睡得更不踏实。第二天一早，我感到眼睛周围一碰就痛，这种刺痛说明我整夜未眠。那天的一切似乎都是幻觉，好像城邦本身就是由随风飘拂的布匹织成，仿佛雄伟城墙下的古老地基随时会沉入流沙中消失不见。我渴望城墙外带着咸味的新鲜空气,渴望微风安静的呢喃,渴望海水轻轻涌动,将沙滩染成深色。但是,今天神庙的工作比平时耗费的时间要长,我手忙脚乱地点燃熏香,让芳香的蜡烛慢慢融化成油脂,我把鲜花捣碎,让其散发甜美的香味来取悦折磨我的这位神灵。如果我能平息他的怒火,也许他会允许我用他赐予的神力帮助我的特洛伊同胞,因为他是如此深切地爱着我们。在阿波罗的祭坛边,我感到房间内让人窒息的黑暗向我逼近,神像眯着双眼,无声的蔑视让我把花朵撒了一地。

从石板路上的耀眼光芒可以看出,太阳此刻正在天顶,我知道这时候我应该在宫里。但是我却没有办法挪动步子向宫殿走去。我感到有种强过一切的力量拉着我,让我忘掉了职责,拉着我从城邦走向海边。

我想要在那片宁静的沙滩上享受孤寂与安宁,看着远处的海水波光粼粼,而我身后的城邦却混乱不堪,充斥着喧嚣和嘈杂。但是,当我从高耸的城墙往下眯眼看去时,我看到了有什么东西在动。一个人影——是个男人——正朝着特洛伊城门走来。

我感到胃里一阵翻腾,那是预见未来的洞察力在翻滚。我希望这个男人转身走开,但他却继续自信地迈着大步走来。我的喉咙因为呕吐前泛起的酸味而感到灼烧,虽然闭上双眼,我却依然能够看见他,看见他朝着特洛伊走来,身后跟着巨大的灾难。

听到城门为他缓缓打开,我抽泣着让它们停下。没有人听见,即使有人,他们也只会无动于衷。我慢慢地垂下身子,任凭石墙擦过我的脸。我双手抱头,迫切希望这一切能停止。虽然我还看不清未来会怎样,但我知道这个男人带来的是整个世界的崩塌。

我能跑吗?特洛伊前方一无所有,长长的平原地带在此与海滩相接,前方就是无垠的大海。我身后高耸着群山,稀稀拉拉地生长着灌木。我能想象,自己的下场不外乎是被野兽围攻,被秃鹫撕咬得尸骨无存，或是葬身深海，被鱼群吞噬残骸。

如果我跑了，谁来警告我的父母，告诉他们即将遭遇的一切和所有人的命运？这确实是阿波罗赐予我洞见的原因。这是我拯救城邦的机会，是赢得人民感激涕零的机会，是最终在他们之间谋得一席之地的机会。

周围并没有什么在燃烧，我却能在空气中感受到灰烬的味道。我拖着沉重的步伐一步步走向宫殿。我已经晚了。面颊伤痕累累，全是被石墙擦过留下的伤痕，一身洁白的长裙沾满了尘土。难怪人们看到我都转过脸去：特洛伊的公主就这么衣衫褴褛地出现在筵席上，惊慌失措，神情怪异。但是我能感到身体里有股力量嗡嗡作响，最终与我的大脑融合。正如我一直所想的那样，预言是一种力量，一种权势。

帕里斯，我的弟弟，坐在了父母中间，回到了家庭的怀抱。他黑色的眼睛炯炯有神，深棕色的皮肤透着健康与活力，头上的簇簇鬈发闪闪发亮。他的手放在桌上，赫卡柏伸手搭了上去，她推开了自己的酒杯，转而陶醉于他的出现。普利阿摩斯搂着儿子，笑得无忧无虑。我的家人四散开来，挤满了大殿，母亲诞下的王子和公主们坐在最前排，其余的都挤在长长的木凳上。

我穿过拥挤的宫殿，朝他们走去。我知道这次错得离谱，我不应该这样靠近，我做的一切都糟糕透了。但是我的双脚仍然朝前移动着。帕里斯抬起头，看到了我。

"我的姐姐，"他说道，"你是卡珊德拉吗？你一定是，没错。"

我定定地看着他。

"你的美貌果然名不虚传。"他站起身来，向我张开双臂。

这个帕里斯透着真诚。看到我肿胀的眼皮和凌乱的头发，没让他闪现出一丝惊慌。在他盛大的返乡宴上，姐姐一言不发，像幽灵一样出现在他面前，他也毫不尴尬。我仔细端详他的脸，看到他没有在骗我。然而，我能听到他身后回荡的尖叫声，绝望的嚎叫响彻硝烟弥漫的特洛伊废墟。当我看着他温暖的双眸时，我能看到摇曳的火苗在他身后肆意燃烧。

看到我一动不动，他放下了手臂。"你太惊讶了，肯定是这样。我知道大家都以为我死了。今天，当我回到宫殿时，人人都和你一样诧异。你来晚了，没听到前面的故事，所以吓到了，不过，卡珊德拉，我会告诉你我是谁，从哪——"

"你是帕里斯，"我说，"我的弟弟，刚出生就被扔掉了。是牧羊人看你可怜，把你救了，对吗？"

听到这话，他不禁有些吃惊。"你真聪明。"他说。看出来了，他原以为我是个头脑简单的傻瓜。

普利阿摩斯抓住我的手肘，示意我坐下来。我没有动。"帕里斯确实回到了我们的身边，"他说，"我们的欢乐圆满了：我们曾以为必死无疑的儿子现在完好无缺地回了家。"

"但是他必须死，"我说，我的话听起来比预想的还要刻薄，"预言说他必须死。"

赫卡柏皱了皱眉。"预言让我们把他丢在山里，"她说，"我们遵从了指示，为了奖励我们的虔诚与牺牲，神灵又救了他。"

她在自欺欺人，我看得一清二楚。听起来，她很有说服力，但大错特错。我张开嘴，想告诉她这一切，但是开口前，我再次端详了帕里斯的脸。这张脸有着绝美的轮廓和秀丽的五官，与他在我内心掀起的恐惧是如此不协调，但是绝望与恐惧的刺耳噪音开始分化成清晰的音符，我被分散了注意力，一时间忘了自己要说的话。还有很多是尚待现形的，但是此刻最直接的感受是一缕忧伤。我的脑海中浮现出一位女人的形象，她抱着怀中咯咯笑的孩子哭泣。鲜花缠绕在她的头发上，溪流在她身边潺潺作响，像是在为她掬一把同情泪，橄榄树盘根错节的枝桠在她的头顶上伸展出去,像是想为她提供庇护。她不是凡间的女子,体内流动着大山的灵气。我想到了她的身份:"奥瑞德",山岳仙女。她的泪是为丈夫帕里斯而流。我知道虽然接下来的日子里会有无数女子为了这个男人拧着双手,悲痛欲绝,但是现在哭泣的是这位仙女。小婴儿伸出肉嘟嘟的胳膊笨拙地拍打着妈妈的脸,我看到他睁着一双黑溜溜的大眼睛,和父亲一模一样。

此刻盯着我的是帕里斯的眼睛,而不是那个婴儿。幻象消失了,只把那位仙女的名字留给了我。欧尼内。我可以说出这个名字,看看那张平静而俊俏的脸上是否会因为丢开妻子、抛下刚出生的儿子而出现一丝内疚。我能感到舌头上的话语浸满了毒液,但它却卡在了嘴里,我怎么也不能脱口而出这个名字。

"喝点酒吧,卡珊德拉。"帕里斯提议。他声音中的关切毫无做作之意。他怎能如此集善良与恐怖于一身呢?

我在他们旁边的靠背椅上坐下,然后接过了帕里斯递给我的高脚酒杯,这明显让我的父母松了口气。青铜的杯身闪闪发光,杯脚镶嵌的珠宝熠熠生辉,里面盛着的葡萄酒发出的浓郁香气混合着蜂蜜的甜香。我喝了下去,让自己平静下来,周围的谈话继续进行,我强迫自己什么也不看,只注视着深色的液体。

"那么,告诉我,你为什么要去斯巴达?"我的父亲说道。

帕里斯靠在椅子上。"告诉你们之前,我一定要提醒你们,这个故事非常蹊跷。"他的口吻轻松,毫不担心他们的怀疑。大家都催促他快点说。我的父王母后还有兄弟姐妹们都迫不及待地想听他讲故事。

我真希望他消失,被多年之前就应是葬身之处的群山吞噬。但是他笑容满面,满心欢喜,宛如明亮的灯塔一般,连我也被他吸引了,尽管他的存在让我不寒而栗。

"我在艾达山上过着简单的生活,"他说,"靠放羊为生,从未想过有朝一日会走入这座围墙高耸的城邦。我以为自己是牧羊人的儿子，仅此而已。直到有一天，山坡上，我的面前出现了三位女性——不是人类，而是三位女神。我立刻知道她们不是凡人，因为她们熠熠生辉，有着无与伦比的美貌。"

当我讲述与阿波罗的邂逅时，我遭遇的首先是嘲讽，接着是愤怒。可是对于帕里斯的故事，每个人都会心一笑。我不确定他们是否相信，但是他们很乐意听。

"她们是女神赫拉、雅典娜和阿佛洛狄忒，她们告诉我，之所以来找我，是因为听说过我的诚实和公正的判断力。她们希望由我来裁定她们之中谁最倾国倾城，因为她们都渴望得到金苹果，而我选中的女神就会得到这一奖赏。"他叹了口气，脸上浮现出梦幻般的微笑。"她们褪下袍子，向我露出胴体，这样我可以更好地做出决定。"

餐桌上一阵骚动。我看到哥哥赫克托强忍着笑，但帕里斯确实激起了他们的兴趣，大家都凑了上去，想知道更多的细节。

我的思绪变得清晰起来。视野边缘再也没有了模糊的光芒，信息不再如尖刀一般深深插入我的头颅。帕里斯是在编故事。我掂量着他的话，发现它们轻飘飘的，毫无分量。我觉得他说得挺真诚，但是，我能看得出他是个有着浪漫情怀的理想主义者。这样的人用口吐莲花的诗歌代替事实，自认为讲述的是真理，但实际上编造的不过是幻想而已。我觉得他也不是完全在撒谎，不过，一想到阿波罗的恐吓和力量，我就觉得三位女神像他描述的那样在凡人面前争吵是多么的不可思议。

"每一位女神都在竭力说服我，"帕里斯继续说道，"赫拉允诺我坐拥强国的王权，雅典娜向我保证战争的胜利唾手可得。但是治国并非我的宿命，我也并不希冀战场上的荣光。"他把头发向后一甩，周围堆放的铜碗发出忽明忽暗的火光，他的一头乌发熠熠生辉。"我转向阿佛洛狄忒，她的确是三位女神中最美的，我宣布她赢得了胜利。"

"那这位爱神答应给你什么奖赏？"赫克托问。赫克托是我们这座城邦的守护者，已经迅速地成长为这个世界上最优秀的战士，至少特洛伊的男女老少都这么认为。我想知道他如何看待弟弟对战争的蔑视。

"她告诉我如何为特洛伊带来和谐，"帕里斯回答，说话的语气谨慎起来，"那就是与我们潜在的敌人化敌为友。"

尽管到目前为止我并不相信他的话，但我认为他对自己讲的故事深信不疑——至少某种程度上如此。然而，眼下，我确定自己听出他的声音高了个八度，我相信他完全是在胡说八道。

"那么，正是阿佛洛狄忒建议你前往斯巴达？"普利阿摩斯怀疑地问道。

"是她！她向我讲述了我的出身，我真正的来历。她告诉我，特洛伊对希腊人来说如同一颗诱人的珠宝。阿伽门农，斯巴达的统治者墨涅拉俄斯的哥哥，对之垂涎已久，他已经让一盘散沙的希腊人效忠于他。阿佛洛狄忒为世人带来了爱的和平与和谐，她让我带上特洛伊使团前往斯巴达，向他们伸出友谊之手，扭转未来战争的可能。如果我们选择合作而不是开战，我们便能互相成就。"

如果他说这是来自雅典娜的劝告，那么也许他的说辞会更可信。众所周知，阿佛洛狄忒既不关心和平，也不在乎和睦相处，国与国之间的爱也不是她的兴趣所在。我不明白他为什么要费力隐瞒真相。平日里，我会对阿波罗幻象带来的痛苦避之不及，但此刻，我渴望这种痛楚，渴望知道帕里斯的真正意图，渴望知道他在艾达山的树荫下究竟制定了什么样的阴谋。

普利阿摩斯示意伺候的奴隶继续斟酒。"我无法质疑女神的智慧。"他豪爽地说道。我知道他和我一样，也不相信帕里斯的故事。但是他就坐在我们中间，英俊潇洒，风流倜傥，流亡多年之后如此受欢迎，似乎没有人关心他是不是在说谎。我感到腹中一阵不公平的痛楚。"你怎么看,赫克托?"普利阿摩斯问道。

赫克托饮了一口酒,若有所思。"走访斯巴达,向其示好是明智之举。据我所知,墨涅拉俄斯是个正人君子。我看不出这样的出访有何不妥。"

我看到帕里斯得意洋洋的笑容。"你们不应该去。"我阻拦道。所有人都置之不理,于是我又说了一遍。

母亲朝我摇了摇头,示意我安静。但是我的话并不会破坏她与儿子久别重逢的喜悦。他们继续谈论斯巴达,津津乐道于这座城邦的各种传闻,它的富甲天下,以及斯巴达王后的倾世容颜。

美酒对我来说味同嚼蜡。我可以尖叫着发出警告,抓挠我的肉体,把高脚杯扔在帕里斯的脸上,但是他们依然会视我如无物。我没有要疯的迹象,真相的深渊也没有在心中被撕开。我只是隐约感到厄运的到来,自神庙那天后我一直肩负着末日的预感。我累极了,只想睡觉。

当使团从海边扬帆起航时,我确实对着驶离的船只大喊大叫。那个时候,我无法控制自己,扑倒在地上打滚,抓破的皮肉流出的血渗进了沙子里。每个人都懒得理我,他们径直走回特洛伊城门,任我在沙滩上尖叫,直到疯癫烟消云散,我终于再次看清了世界此刻的面目,而不是它未来的样子。我躺在那儿,筋疲力尽,身下的砂砾又硬又湿,让我喘不过气来。我一遍遍地祷告,祈祷他们到达斯巴达之前就船毁人亡,祈祷弟弟的尸体沉入海底腐烂。

但是没有人听到我。这是我背负的诅咒。我的家人听不到,众神当然也听不到。

阿波罗无需让我眼前发白,看到异象,我就知道事情会如何发展。海伦已经嫁给墨涅拉俄斯十五年了。上百位勇士蜂拥而至斯巴达,争先恐后向她求爱的场景已经过去许多年了。自此之后,她的人生波澜不惊。她见到的每个人都见识过她的美，她还能让任何人啧啧惊叹吗？她还能体会到让人神魂颠倒，让成年男子在她盛世容颜面前跟跟跄跄、面红耳赤的感觉吗？

这时，帕里斯——这位有着俊美容颜和浪漫之心的特洛伊王子出现了。他认为自己有资格为奥林匹斯山的女神做仲裁，认为自己有权利拥有世代传颂的爱情，他走下船只，踏上了斯巴达的土地。缠绵的注视，握紧的手，还有无人角落里的窃窃私语。当愚蠢的墨涅拉俄斯相信宾客友好的神圣传统，自己外出打猎却把娇美的妻子和特洛伊王子留在宫殿里时，除了俗套的情节外，还能发生什么呢？

返回特洛伊后，这对奸夫淫妇高谈阔论阿佛洛狄忒的神力，说这是他们无法控制的力量，是神的干预蒙蔽了他们的心智，使他们别无选择。他们声势浩大地穿过城门，就好像这是一场值得炫耀的皇家婚典，而不是令双方家族颜面尽失的耻辱。他们在战车上挥手致意，全然不顾那些注视着他们的惊恐面庞，对于围观者紧张的嗡嗡低语也无动于衷。大家都在想，这对特洛伊意味着什么，对所有人意味着什么。海伦头戴面纱，当他们穿过特洛伊的大街小巷，来到我和父母以及兄弟姐妹们站立的地方，我迫不及待想看到她的脸，不是因为我想看她是否如传说那般美貌，而是因为我需要看着她，看看是否能读出同样的灾难，就像帕里斯回来的那天，我在他脸上看到的一样。

她的面纱金光闪闪，被精美的金色藤蔓发饰固定住，戴在了光泽的鬈发上。这一切太美了。我的手上还沾着海边岩石的黏液，正是在那里，我看见他们的船只出现在地平线上，伤心欲绝的我疲惫不堪地硬撑着回到城里迎接他们。我的指甲参差不齐，因为被咬过和撕裂的原因，每一面都皮开肉绽。用这样一双手触摸精致的面料一定是种亵渎，但我还是伸出手，将面纱从她脸上扯了下来。我知道人群中发出惊恐的喘息声，但是我必须看到她的脸。

换个女人，此刻也许会后退几步，甚至哭喊起来。但海伦不会。我明白，不仅是她的美貌不属凡间，她的自制力也是无与伦比。她注视着我，毫不退缩，我也回看着她。

　　她的双眸如同玻璃般清澈。我等着忧伤涌来，但除了浓密的睫毛下闪烁的浅褐色眸子外，我什么也没有看见。在我身后的某个地方，我的母亲几近疯狂，但海伦依然平静如初，我能感觉到她的恬静在我身边荡漾。面纱从我手中飘落，落在了尘土飞扬的地面上。

　　帕里斯领着她绕过我，走向普利阿摩斯和赫卡柏，打破了此刻的剑拔弩张。他们的脸上布满了焦虑。他们要怎么办？即使把她送回她丈夫那里，侮辱已经铸就，覆水难收。我知道他们痛苦万分，即使帕里斯的轻松自如也无法消除他们的恐惧，他脱口而出的借口明显是精心排练过的谎言。

　　我不在乎他说了什么，也不在乎他们做了什么。我看着海伦的脸庞，并没有遭受预言灾难之苦。我原以为暴风雨会席卷我的全身，让我清楚地看到，拜我那自私自大的弟弟所赐，我们会遭遇怎样的血雨腥风。但是，什么也没发生。一时间，我感到一阵狂喜——也许我对末日的预感到底是个错误，也许根本没有大难要降临。

　　接着，我恍然大悟。之所以在海伦的眼睛里我什么也没看见，那是因为没什么新东西可看了。从我母亲的那个胎梦开始，我们早就对这一切烂熟于心。一场大火即将吞噬整座城邦，特洛伊将会沦陷，尽管我若是大声说出来，可能没有人会信我，但是，在他们的内心深处，我知道他们也明白这一点。

# 第八章

# 伊莱克特拉

王宫一片混乱。父王已经走了数周，在希腊各城邦间来回奔波。返回城邦后，他总在接待访客，尽可能地召集人手，忙得不可开交。当我问起为何这么多陌生人要不断拥入雄伟的王座厅，为何我总看见他容光焕发地站在他们中央，说话时手指在空中指指点点时，母亲只是摇了摇头。姐姐们告诉了我原因。

"是因为海伦，"克律索忒弥斯低声说道，把我从房间拉了出来，"她被掳去了特洛伊，他们要把她夺回来。可能会有战争。"

战争是个让人毛骨悚然的字眼，父王看起来自信满满，他大笑着搂住别人的肩膀，男人们挤满了宫殿，就好像他们谈论的是一场伟大的冒险一样。但我大病初愈，不想从病房走出后，又进入一个天翻地覆的世界。我感到眼泪在打转。

"别哭了，伊莱克特拉，"伊菲革涅亚劝我，"父王不需要看到你沮丧的样子。"

他是那么快乐，那么意志坚强，这让我振作起来。清晨，我在院子里看着他和一群访客穿过平原朝树林进发，一群猎狗在他们前面奔跑，所有人都为打猎而欣喜若狂。他们回来时，太阳快要下山了，我飞奔到外面去迎接。父王大步走在最前面，脸上一副心满意足的表情。他看到了我，摩挲着我的头发，跟在他后面的猎狗也兴奋地跳了起来，把沉重的爪子搭在我的肩膀上，灼热的呼吸喷在了我的脸上。我感觉到父亲在观察我的反应，想看看我是否会害怕。我大笑起来。

"这才是我的女儿。"他说，声音中透露出的认可让我暖到心里。

狗松开了爪子，我胆子大了起来，伸出手拍了拍它。它几乎和我差不多高，但是它低下头，任我抚摸着它浓密而黑亮的皮毛。我为自己的勇气而骄傲。

"来，梅瑟彭。"父王对狗一下命令，它就立刻温顺地跟在他身后小跑起来。他们要进屋大吃大喝了，经过我身边时，有人祝贺父王今天打猎收获颇丰，我听到父王回答："即使是阿耳忒弥斯本尊今天也比不过我。"暮色渐浓，微风送来茉莉花的芳香，我站在宫殿的台阶上，父亲的器宇轩昂令我肃然起敬，钦佩不已。

但是，与此同时，我已经在为他的离去做准备了。我试着为他微笑，学着勇敢。我向众神祈祷他能速战速决。母亲看到我从花园里摘了一捧野花，问我要拿这些花做什么，我告诉她，我想把花送去战争女神雅典娜的神庙。

她在我身边跪了下来，托着我的下巴。"别担心你的父王，"她说，"他会平安归来的。"她朝我微笑着，眼神温暖，闪烁着光芒，秀发在阳光下闪闪发亮。每个人都说她妹妹的美貌举世无双，但我却想不出世上还能有谁比我母亲更美。"来吧，我和你一起去。"她对我说。我把手塞进她的手心里。

不得不送别父亲前往奥里斯的那天，姐姐们都哭了，但我下定决心忍住眼泪。他和她们吻别，然后弯下腰亲吻了我的额头。"给，"他小声说道，用大衣做遮挡，神不知鬼不觉地把他的那支狮子匕首递给了我，"拿着，但是一定要藏好。"

我把匕首紧紧抓在身边，生怕被母亲看到后没收。我知道她觉得危险，绝不会让我留着。然而她并没有看我，而是死死盯着走在队伍最前面的那个人，脸上表情生硬而冰冷。父亲走后，梅瑟彭呜呜地嚎叫起来，我摸了摸它脖子上厚厚的皮毛，它把鼻子贴近了我的胳膊，就好像知道我也需要安慰一样。

我想起了父亲曾经告诉我关于我名字的事，他说我是家族之光，所以我要使出浑身解数为他闪耀。我希望我的脸能成为他带去战场的回忆，能吸引着他尽快凯旋。

## 第九章

## 克吕泰涅斯特拉

"母亲?"

她的声音迟疑不决。我抬起头,阳光下眯缝着眼,一时竟以为是伊莱克特拉在说话,但是站在两根廊柱之间的是伊菲革涅亚。她的声音透出一股童真,听起来更像是她的妹妹而不是她。她一只手拧着项链上精致的金色细链,另一只手抓住身边光滑的石头,好像需要扶着才能站直一样。

"到我这儿来。"我说着,拍了拍院子里我坐着的矮沙发的软垫。我一直在眺望地平线上遥远的大海,最近很少能这样平静地打发时间。一切都陷入了混乱之中,我不愿去想阿伽门农扬帆远航的身影,也不愿去想他离开时我们之间的争吵。

伊菲革涅亚没有动。刹那间,我一声惊叹,有种喘不过气的感觉,席卷而来的是荣耀的母性带来的骄傲与喜悦,强烈到几近痛苦的地步。现在我有了三个女儿,还有个在肚子里踢腾,但是,就在这些再简单不过的瞬间,母爱仍然能让我心潮澎湃,譬如眼下豆蔻年华的女儿沐浴在阳光下。有时,我能看出她几乎已经成长为一个女人。儿时肉嘟嘟的小脸颊,我曾经那么喜欢亲吻,只为感受那难以言表的柔软,现在已经变成了精致的颧骨;小时候她的眼神中有着无穷无尽的好奇心,让她问出无数个问题,现在取而代之的是沉稳和缜密。但是,其他时候,当我看到她和妹妹们嬉笑打闹,卸下如今试图表现出的优雅,并将其暂时抛之脑后时,我看到那个曾经的小女孩——那个我第一次感受到猛烈而甜蜜的母爱来袭时怀抱着的小婴儿——又回来了。

她似乎介于两种状态之间。强烈的激动让她的脸上泛起红晕,但与此同时,在她的眼睛里,我看到一种绝望,带着恐惧与困惑,她迫切需要我的帮助。

"什么事?"我问道,坐直了身子。

"使者到了,"她答道,听起来心神不宁,说话时手指在项链上缠绕得更紧了。"需要您到王座厅接见他。"

"你父王有消息了?"我站起身,担忧爬上了心头。我不知道使者带来的是不是他最终启航的消息。部队已经集结完毕,全希腊的勇士们都在奥里斯整装待命。他花了好几个星期才把他们集结起来——据我所知,奥德修斯尤其制造了不少麻烦——但是,最新的消息是他们万事俱备,只等一场能把他们送往特洛伊的好风。我无法想象数量如此庞大的船只集结于海港的画面,听说有一千多艘。千艘舰只船首高耸,弧线优美,每艘船上都挤满了急于建功立业的年轻人,身披铠甲,全副武装。

数量如此庞大的船只集结,只为带回我的妹妹。海伦此刻正在大洋彼岸的某个角落,被藏匿于我们从未见过的高墙之后。我努力想把这个念头从头脑中赶走,我无法想象她身陷囹圄的画面。我们这辈子,她一直住在斯巴达,她的饮食起居、吃穿用度,和谁说话,身在何方,我都了如指掌,但是现在,我不知道她被什么包围,也不知道她的感受。

"我也这么想,"伊菲革涅亚说道,"送来的应该是启航的消息,所以我说我要亲自来找您——我想您应该希望我陪在身边。"她总是如此善良,我的女儿,她了解我是多么害怕这一刻的到来。我见过墨涅拉俄斯到达迈锡尼时的样子,失魂落魄的他双肩佝偻,泪水恣意流过他的脸颊。他像倒豆子一般告诉了我们一切。当说到这位特洛伊王子如何不辞

伊莱克特拉　　061

而别,海伦如何不知所踪时,他的胸膛猛烈起伏,喉咙哽咽。他的悲伤让我难堪不已。我讨厌看到一个男人不堪一击,努力想安慰他,却怎么也说不出口。一想到是我的妹妹让他沦落至此,关于她的记忆刹那间又浮上心头。当她顾影自怜,暗自揣度众神为她准备了怎样花团锦簇的命运时,她露出了心满意足的微笑。她莫不是认为这位帕里斯王子就是她的命运所倚?

我让丈夫好好安慰他那饱受情伤的弟弟。深夜,他们回来时酒气熏天,墨涅拉俄斯完全变了个人。我不知道阿伽门农到底和他说了什么,但是他陷入了可怕的癫狂之中。他的嘴角不住地抽搐,胡须上散落着点点白沫,眼神中怒火肆虐。我当然希望丈夫能从战场上凯旋,但是,我担心妹妹一旦落入这个男人手中,会受到怎样的责罚,他看起来突然像是个陌生人。那个对她顶礼膜拜的温柔情郎一去不复返,赢得她的芳心曾让他心花怒放,如今的他却是个复仇心切、怨气冲天的蒙羞君王,整个希腊的兵力都任他驱使调遣。

我硬下心来准备应对。"谢谢你。"我说着打算和她一起走,但是,她仍然站在原地。

"只是,我离开大殿时听到了女人们的议论,"她说,"她们不知道我在那儿。听说——她们说除非举行婚礼,否则大军不会启航,还说父亲已经答应——"

她的脸庞浮现出半是激动、半是害怕的表情。就好像无法迈出下一步,茫然与兴奋交织在一起,显得光彩照人。

"她们说,父王答应了把他的女儿许配给阿喀琉斯——还说他们要把我接到奥里斯——去做他的妻子。"她说道,喉咙里迸发出一阵笑声,她摇了摇头,茫然不知所措。

阿喀琉斯。原来为了集结起这支勇猛之师,希腊各城邦间进行了这么多交易,费了这么多口舌。但是,所有这些战场上以骁勇善战闻名的勇士之中，没有一个人的传说能与阿喀琉斯相提并论。有段时间，他似乎像从世上消失了一样。我们在迈锡尼听到关于他的零星消息就像天方夜谭那样荒诞不经，比如他的海洋女神母亲西蒂斯把他伪装成小姑娘藏在一群舞女之中，又比如他不知怎么被人戏弄了（我们肯定这是奥德修斯的杰作），然后就被发现了。我不知道是什么改变了他的想法，让他最终同意参战——也许就是这门亲事。也许是我丈夫提出用我们的长女来换取他的效忠。

我的内心五味杂陈，已经不知占据上风的是何种情绪了。在我看来，她还那么年幼。尽管已经到了婚嫁年龄，我还是希望在她被丈夫带走之前，能多留在我们身边一段日子。阿喀琉斯这位勇士就要成为带走我温婉女儿的那个人？我知道阿伽门农对这样的女婿一定引以为傲，但是伊菲革涅亚嫁给他会是什么样子？我试着在脑海中想象他的模样：肌肉发达的彪形大汉，硕大的拳头中紧握长矛。据说他长得不难看，而且，如果能被他母亲藏在小姑娘中不被发现，他就应该不是我想象中的那般凶神恶煞。

再说，他马上就要出征了，我忍不住会想——虽然这个念头有些可耻——战争的不确定性太多了，我们都知道，他说不定会战死沙场。至少，结婚还有段时间，我的女儿还能陪我久一点。

"母亲？"她再次问我，声音颤抖，我看到她的双眸中还噙着未干的泪水。

我不知道自己的内心对于这则消息作何反应，但我知道，我的孩子此刻惴惴不安，该是我发挥作用为她排忧解难了。作为母亲，我花了大把的时间为她们在黑暗中驱赶梦魇，为她们擦拭滚烫的额头，为她们唱着催眠曲消除烦恼。为了权势和荣耀，我的丈夫很快就要扬帆启航，上阵杀敌。但是多年来，我一直在降妖除魔，为我的孩子扫清脚下的障碍，让她们自信满满地走向未来。现在就是需要我这么做的时候了。

我搂住她，把她拉近。"这是无上的荣耀。"我感觉到她贴近我的身体在颤抖。她的肩膀如此柔弱，心脏怦怦跳得如此之快。她原本就该是我捧在手心的小鸟。"出嫁的日子要到了，我承认没想到会这么快，但是阿喀琉斯是个伟大的男人。你的丈夫将是传奇人物，我敢肯定。成为他的妻子是福气。而且——"我往后退了退，把她的脸转过来看向我——"他的母亲深切地爱着他。为了她，他差点错过这场战争，他一定非常善良，会因为爱她而甘愿放弃扬名立万的机会。"

她点点头，向后退了一步，挺起柔弱的肩膀，努力眨着眼控制泪水。差点要坠落的泪珠消失不见了，她的唇边挂起了一丝微笑。"有您的赞成，我知道就没问题。"她的话让我的心又扭紧了。虽然已经到了谈婚论嫁的年纪，但她还是单纯到相信母亲可以化解一切难题。

我庆幸那些闲言碎语提前走漏了风声。当信使正式宣告，阿伽门农召长女在大军进发特洛伊前与阿喀琉斯完婚时，我和伊菲革涅亚在宫廷上都能淡然处之，面带微笑。第二天我们就要启程，纷至沓来的任务摆在面前，无疑让我们手忙脚乱，激动不已。要举行婚礼让十岁的克律索忒弥斯无比兴奋，她又因为不能与我们同行而失望透顶，但是阿伽门农在口信中已经说得明白无误——而且，旅途炎热，一路将是风尘仆仆，艰苦异常。"你要留下来照看伊莱克特拉。"听了我的话，她翻了个白眼。

"伊莱克特拉总是需要别人照顾。"

我太忙了，无暇责备她。没错，小女儿总是容易生病，童年时的每一场大病似乎都不放过她。无数次我担心疾病会把她从我们身边夺走。我祈求她能活下来，为她请来术士，我从来不知道自己会有这么大的决心照顾她。在她短暂的人生中，我觉得自己不止一次接近那个深渊，但是每一次，我们都把她从悬崖边拉回，于是她活了下来。她是个面色苍白、体弱多病的孩子，没有姐姐们那么活力四射，但是她还活着。我们把她视作精美的花瓶，阿伽门农尤为如此。我很欣慰一众女儿中，她最受父亲的宠爱。她无比崇拜他,他也无法抗拒她的崇拜。当她被父亲一把抱到腿上时,我看到她不悦的小脸乐开了花,听到她因为父亲粗犷的声音发出细声细气的笑声,连我也无法否认这份甜蜜与温馨。在那些时刻,我很容易就会把女奴讲述的有关他家族的故事抛之脑后。我把它们深深地埋在心底,不让它们浮出水面。已经很久没人讲这些故事了。我们会把它们忘得干干净净,我已经下定决心,它们再也不能操控我了。

伊莱克特拉的确太小了,还没法理解为什么我和伊菲革涅亚要离开,但是,当她们在黎明的第一缕阳光中向我们挥手告别时,她显得相当镇定自若,紧紧攥着克律索忒弥斯的手,身边是阿伽门农留下来的狗。结果还没等我们走出宫门,她已经打着哈欠转向姐姐,问早餐有没有新鲜的无花果吃。

我们坐上了四轮马车,初升的太阳此时已经把山顶的天空染成一片金色。旅途漫漫,即使座位上垫了所有的软垫,也无法让我们免受一路的颠簸之苦。我觉得自己应该利用接下来的几个小时向伊菲革涅亚传授一些母女间的体己话,告诉她接下来的人生会怎样。关于婚姻,我不知道自己到底能和她讲出些什么来呢?

过去在斯巴达的时候,我和海伦会畅谈未来的夫君,我发现当时的我们太幼稚了,畅想着未来的成熟和女人味,却根本不明白其中的含义。哪怕已经十六岁了,我们却没有真正地提过爱情。吟游诗人会歌颂爱情,但它似乎更像是神话传说,而不是现实。当我听到俄耳甫斯那么深爱着新娘欧律狄刻的时候,年轻的我心潮澎湃。他是如此爱她,以至于婚礼那天她因为踩到毒蛇身亡时,他心甘情愿地一路跟随她来到地狱深处。尽管他害怕得发抖,但还是为冥王演奏起了里拉琴,琴声是如此美妙,终于让冥王哈迪斯把他的妻子放了出来。当我听到他走在前面,带着她走向人世间的光明,但又忍不住回头看了一眼——就一眼时,我留下了眼泪。唉,哈迪斯提出的条件是在她安全回到凡间之前,俄耳甫斯不得看她一眼。就这样，她瘫倒在他的脚下，原本逐渐复原的肉身再一次幻化成虚无缥缈的空气。他永远失去了她。

　　那些不过是少女怀春的罗曼蒂克故事罢了，并不是婚姻的真相。所以，我无法确切告诉女儿爱情到底是什么。我希望当她看向阿喀琉斯的时候，她能在他的眼睛里看到足够多的亲情，知道他们将会一起度过的人生平和而满足。我能告诉她的是，当她抱着第一个孩子时，真爱的喜悦就会降临——甚至要早在那之前——早在她感觉到孩子在腹内翻滚和蠕动时，早在她对着日渐隆起的肚子唱歌，将手放在温暖而紧绷的肚皮上，惊叹于即将属于她的难以想象的奇迹时。但我还记得当时想到这件事时的惊慌：恐惧与幸福携手而至，阴影笼罩着愉悦的憧憬。看着苗条轻盈的女儿，我忍不住心生担忧。为了孩子，我们愿意献出自己的性命，而每一次生产，我们都站在那条分隔生死的河边。一支妇女组成的大军直面那条危险的通道，却没有任何盔甲的保护，只能仰仗着自己的力量和对胜利的希望。

　　这不像是送她去完婚途中应有的对话。

　　好在她先开了口。"我很高兴能在父亲出征前再次见到他。"她说。

　　"我也是，"我答道，"告别时我们有些不愉快，我很高兴能在他走之前有机会与他重归于好。"

　　"为什么闹得不愉快？"她好奇地问道。同乘一辆车的亲密让我很容易就打开了话匣子，说出了自己心里一直在想的事情。

　　"海伦是我的妹妹，"我说，"男人们谈到她时的说法……"

　　马车在我们身下剧烈颠簸着，太阳在空中爬得更高了，开始洒下光芒，照在薄薄的遮阴华盖上。车轮下扬起了阵阵尘土，我不禁想等到了目的地，我们身上的华服会变成什么模样。伊菲革涅亚在坐垫上挪动了下身体。"我有所耳闻。"她谨慎地说道。

　　毫无疑问她听过。自从我们发现这件丑事后，大家几乎再没有谈过别的。"墨涅拉俄斯很生气,"我说,"我不怪他这么说。但是你父王和我理应感情深厚,应该想到要保护我的妹妹不被诋毁。他却没有,所以他出发的时候我很生气,告别时我也没说什么好话。"

"他说战争很快就能结束。即使我们现在见不到他,很快,你就会有机会与他重归于好。"

我善良的女儿啊,总是看到人性好的一面。我可不这么认为。与阿伽门农的最后一次谈话,我十分刻薄,虽然我仍然觉得他的话不甚公平,但我的确有些后悔了。

"墨涅拉俄斯就不该笨到娶这样的女人。"他不无讥讽地说道。我们当时在自己的寝宫里,他的舰队已经在海港集结待命,而我已经期待起他远航后复归的平静。我感到焦躁不安,对于我那做了错事的妹妹,我满脑子的疑问。我多么希望能和她谈一谈,多么希望自己当时身在斯巴达,这样我就能亲眼看看帕里斯是何方人士。我实在有太多的猜测让我胡思乱想。

"全希腊的男人都想得到海伦,"我说,"你应该还记得吧。"

他向我投来愠怒的眼神。"既然他们那么想要她,现在为何都这么不愿意把她带回家呢?"

又来了,又是那副腔调。这是他和墨涅拉俄斯试图召集军队时的老生常谈。

"计议战争不是件容易的事,"我说,"他们有自己的妻儿要考虑……"

他不屑一顾。"特洛伊是我们的了。他们将带着做梦也想不到的财富乘船回家,让妻儿们尽情享受。"他大步走到窗前,聚精会神地凝视着窗外。"但是,当我命令他们拿起武器时,所有这些城邦的国王竟敢逃避责任。奥德修斯装疯卖傻,阿喀琉斯男扮女装。我一声令下,他们应该迫不及待地参战才对。"

"你已经将奥德修斯收归帐下,还有阿喀琉斯。"想起佩涅罗佩,我的心里泛起一阵忧伤。我知道这一定是她和奥德修斯共同策划的：他装疯撒播盐粒耕田，胡言乱语。阿伽门农派来了精明的帕拉梅德斯，从佩涅罗佩的怀里一把抱走了刚出生的婴儿忒勒马科斯，并把他放在耕犁前。当奥德修斯为救孩子而改变了耕地的方向时，装疯的谎言被拆穿了。听到这个故事时，我的心提到了嗓子眼，双臂本能地环住我隆起的肚子。一想到她的孩子就这么脆弱不堪地暴露在地上，锋利的金属齿近在咫尺——我能感受到佩涅罗佩的不寒而栗。与此同时，我还隐隐有一种奇怪的嫉妒之情。她希望丈夫留在家里，所以不惜冒着让他名誉扫地的风险让他背弃多年前许下的誓言。但是，对于丈夫的即将离去，我却无法让自己有同样的感觉。他在集结军队时的抱怨已经快把我逼疯了。

"阿喀琉斯至少没有义务保护属于墨涅拉俄斯的东西，"他沉思道，"然而，其余的人，那些在斯巴达许下誓言的人——他们应该信守承诺，而且应该庆幸，当初不是自己让她心有所属。"

这句话激怒了我。"如果换了他们中的某个人赢得了她的芳心，也许她就会信守婚姻誓言，不会私奔了。"

阿伽门农的脸阴沉了下来。

"就算她是真的私奔了。"我不情愿地承认道。我已经听了无数个版本，有人说是海伦不知廉耻地向帕里斯投怀送抱，而他又怎能抵挡住她的美貌；有人说，她上了阿佛洛狄忒的当，被女神施了魔法，等开往特洛伊的船漂洋过海，航行到半路才恢复了神智；还有人说，也许他掳走了海伦，硬生生地把她拖到自己的船上，而她一路上都在真心实意哭喊着不在身边的丈夫。我注意到很多男人都喜欢最后一个版本，想象着她的衣衫如何在他冷酷的铁爪下被撕得破烂不堪，而她又是如何向他苦苦哀求。我闭上了一会儿眼睛，想要把这样的画面从脑海中赶走。

但是，大多数情况下，他们谈到她就好像第一种说法已是板上钉钉的事实。就算不是，谁又在乎呢？她不过就是个废次品，一件被玷污的、需要墨涅拉俄斯重新夺回的战利品罢了。墨涅拉俄斯曾自视为希腊最幸运的男人，现在却成了所有人的笑柄。大家都知道她比妓女好不到哪去，她背叛了整个希腊，是希腊之耻。他们乐此不疲——所有人都是这样——边喝着酒，边吹嘘特洛伊的城墙将如何在强大的希腊铜矛面前土崩瓦解。我沉默不语。我这才明白，当我看到那些追求者在大殿里吵着要赢取海伦时，我以为他们是因为爱她，但是我大错特错。他们恨她。他们恨她，因为她太漂亮了，才让他们如此不惜一切想要得到她。没有什么比看到美女的堕落更让他们欣喜若狂的了。他们像秃鹫一样啮噬着她的名声，饥渴地搜刮着每一块可以吃的肉。

一想到如果特洛伊如他们所愿迅速崩解时将会发生的一切，我瑟瑟发抖。阿伽门农要出发了，但是，他走之前，我抓住了他的衣袖。"她会怎样？"我问他。我让他看着我，试图在他漆黑的双眸中找到一丝我希望看到的怜悯。"如果特洛伊陷落了，我的妹妹会怎样？"

他的脸上毫无表情。"这要由墨涅拉俄斯来决定。"

"墨涅拉俄斯是你的弟弟。你可以说服他。"

他微微摇了摇头。"海伦是墨涅拉俄斯的妻子。我们按照誓言把她带回到他身边。他有权按照他认为合适的方式来处理。"

"那么，你不会干预？"

他叹了口气。"为什么我要干预？"

当然是为了我。为了他的妻子。我真不懂他为何看不到这一点。不过，自从攻占特洛伊的说法甚嚣尘上之后，我觉得他的眼里只有他们的胜利。

"你根本不在乎海伦，哪怕她是我妹妹，哪怕我如此爱她。"我的声音低沉而生硬，怒气冲冲。"你甚至不在乎你发过的誓。这件事发生了，最开心的人是你。我知道你就是这样。你只想用打仗来证明你是希腊的领袖。"

伊莱克特拉　069

他的眼神看起来深不可测。"我是他们中间最伟大的王者。"他一脸平静地说道。

"我当时说错了，"我愤然道，"你永远不会成为最伟大的希腊王者。如果我妹妹死在了你弟弟手里，而你却袖手旁观，你就是全希腊最卑鄙、最懦弱的那个王。"

他就这样上了战场。和之前想到的话题一样，这似乎也不大适合与女儿分享，但是我想，当我们的皇家马车一路颠簸驶向奥里斯时，也许他已思忖过我的话。女儿的这次婚姻毫无疑问是为了巩固他的联盟，让阿喀琉斯摇摆不定的忠诚更加可靠。但除此之外，还有一点原因——只是也许——是为了我们重归于好。既是为了让伊菲革涅亚拥有一位好丈夫，虽然比我预想的要早一点，也是为了与我们重逢。

我靠在椅背上，尽量让自己舒服一些。尽管烈日炎炎，一路上尘土飞扬，但伊菲革涅亚看起来就像一朵初绽的花朵一般清新而美丽。

"你说得对，"我告诉她，"我们要用一场盛大的庆典为我们即将征战的将士送行，因为没有什么比婚礼更快乐、更有希望了。"

听了我的宽慰，她笑了。

奥里斯湛蓝的天空万里无云。旅途让我们又热又累，我原本十分期待到达的那一刻，结果海边连一丝能让人喘息的风也没有。踏上沙地时，我的双腿一阵痉挛，紧绷的腹部圆鼓鼓的，疼痛难耐，就像被一条带子无情地勒紧。

没有人在那里迎接我们。对此，我很惊讶。我们面前只有一长串的营地帐篷，遍布视线所及的整个平原。马儿在我们身后喷着鼻息，马蹄在尘土中来回摩挲，嘶鸣着要喝水。护送我们的使者——是他为我们带来了阿伽门农的旨意——从我身边匆匆走过，还没等我说话就已经消失在迷宫般的帐篷里了。

整支希腊军队就驻扎在这里的某个地方,却安静得可怕。没有任何喧哗吵闹,没有任何声音暴露成千上万士兵的行踪,打破这片宁静。也许是炎热——这可怕而窒息的炎热——还有怪异而平静的空气彻底制服了他们。

我和女儿等待着。终于,我看到了一个人影在帐篷间移动。我看着它变成了一个男人,敦实而健硕。我立刻认出他是谁。

"奥德修斯。"我向他打招呼。我尽可能让自己身形挺拔,尽管舟车劳顿,浑身上下脏兮兮的。我偷偷戳了戳伊菲革涅亚,让她打起精神来。无论多么的口干舌燥、疲惫不堪,我们都是王室贵胄,尊严就是一切。

奥德修斯向我们微微点了点头。上一次见到他的时候,他的双眸不停闪烁着喜悦的光芒,因为他深知自己总是能比对手占得先机。现在,他的脸看起来阴沉沉的,面色发灰,神情严峻。我不知道是不是因为太过思念刚出生的儿子和睿智的妻子,压力过大所致。他可能要过好几个月才能与他们团聚。

"克吕泰涅斯特拉,"他说,"希望你一路还算顺利。"他转向伊菲革涅亚。"还有你,我的公主,"他继续说道,"我们都热切期盼你的到来。"

"我的丈夫呢?"我问道。我完全理解战争前夕他的心情沉重,但这是我的女儿大婚前的日子,我需要感到一点欢呼雀跃,感受到一些庆祝的氛围来提振我们的气势。

"阿伽门农国王正在和参谋们商议军事策略。"奥德修斯心平气和地回答。"就是战略部署之类的东西。来吧,我带你们去你们的住处,这样你们今晚可以好好休息。仪式将在日出时举行,"说完他又加了一句,"希望我们随后便能启程。"

我的头脑中冒出了一堆问题。为什么奥德修斯,这个全希腊最机智的人不去参加有关战略部署的会议?为什么婚礼要在清晨举行?如果他们打算很早启程,今天晚上举行婚礼不是更合理吗?这样我们就能有时间庆祝。举行完婚礼立刻匆匆奔赴战场的安排是多么的诡异啊。我扫了一眼伊菲革涅亚。她站在这片陌生的土地上,看起来是那么的稚嫩。也许我应该对阿伽门农的安排心存感激,因为这样的话,她的丈夫就会立刻启程前往特洛伊,而她仍是完璧之身,至少他在外征战的这段时间仍是如此。

"希望明天到时候能刮起顺风,"我说,"像今天这样,你们恐怕航行不了多远。"

"好多天都是无风的天气了。"奥德修斯回答道。他转身带起了路,我们走过一排排帐篷。这时,我看到了男人们,那些在树荫下歇息的将士们,我们走到哪儿,他们的目光就跟到哪儿。我能感到他们死死盯着我们的目光。"但是明天早上之后,诸神会眷顾我们。我相信仪式会带来我们所需的疾风,助力我们快速驶向特洛伊。"

这就是原因了?他们希望诸神因为垂青婚礼而赐予他们通行权?我不喜欢阿伽门农以这种方式用女儿和众神做交易。我希望不是这样。

"这是你们的营帐。"奥德修斯告诉我们。这顶帐篷与其他帐篷隔开,我希望进去后能稍微缓解一下暑热。可是,因为没有一丝风,帐篷里比外面还要闷热。我看了一眼伊菲革涅亚,她面颊通红,眼睛都要睁不开了。

"有水吗?"我问道,一阵头晕目眩的感觉袭来。大大的草甸子上铺了柔软的织物,我猜这是我们睡觉的地方,于是赶紧在床边坐了下来。我们的行李已经被卸下,放在了凹陷下塌的帐篷斜顶下的角落里。

"士兵们今天已经为你们汲来了泉水。"奥德修斯答道。我看到矮矮的桌子上摆放了一些罐子,一罐装满了水,另一罐装满了甜甜的美酒。"今晚你们用应该够了,你们只要好好休息就行。"

他的礼貌无可指摘,但让人感觉奇怪而生硬。我能感到他迫切地希望离开我们,这让我大惑不解。他给我的感觉是他不想要这份接待任务,我们在斯巴达短暂相处时结下的友谊已经消失殆尽。我不能抱怨说我们没有被以礼相待,但我没想到我们受到的欢迎会如此冷淡。

"我丈夫呢?"我问道,炎热、混乱和这一切的陌生让我的脑袋昏昏沉沉,"等他和参谋们商讨完毕之后会来这儿吗?"

奥德修斯的回答很流畅,脸上仍然小心翼翼地不带任何表情。"他可能会讨论到深夜,所以不要等他。我必须走了,他的身边离不开我。不过不用担心。你们的营帐外都是守卫。今晚你们很安全。"

还没等我再问,他已经离开了。伊菲革涅亚和我对视了一眼,露出了困惑的表情。

"我肯定你的父王会尽快赶来的。"我的话听起来很无力。

她从罐子里倒了一杯水,递给了我。我感激地接了过来,希望喝下去能让自己的脑袋里少一些嗡鸣声。

阿喀琉斯去哪儿了?本该是他来迎接我们,看一眼他的新娘才对。我知道战事就在眼前,但他就不能把这件事暂时搁置一晚,按照礼仪给我们最基本的礼遇吗?

伊菲革涅亚穿过帐篷,去解从迈锡尼带来的木箱上的粗皮扣袢。她松开捆绑的绳子,打开盖子。盖子打开的一瞬间,捣碎花瓣的芳香扑鼻而来,使得帐篷里弥漫着浓郁醉人的气息。她拿出里面仔细叠好的橘黄色裙子,抖平折痕。像蛋黄一样鲜艳的精美亚麻布在我女儿手中滑过,荡漾出褶纹。她小心翼翼地捧着它,虔诚地搭在两把椅子中一把的高靠背上。她打量着,眼中闪烁着一丝骄傲。我想,明天早上她就是最明艳动人的新娘。当她走出营帐,站在将士面前,站在她那心不在焉的父亲和神秘缺席的丈夫面前时,她会美到让他们窒息,让他们因为今晚的怠慢而后悔莫及。

太阳渐渐西沉,营帐入口处可见的那方天空也慢慢暗沉下来,这时我们闻到了营地里燃起了篝火,随后便是烤肉的扑鼻香味。傍晚的空气并未让我们从无休无止的炎热中解脱出来,但是喝了美酒和水,有机会休息了一下之后,我稍微恢复了点体力。我站起身,朝营帐外望去。

列队在营帐周围的确实是奥德修斯承诺的守卫,他们立正站好,六人分列于帐篷的两侧,每人都手握长长的灰矛,矛尖在初上的月光中闪烁着寒光。没有一个人看着我。

阿伽门农想要保护我们免受什么样的危险呢?显然,他不会如此不信任自己的手下,竟然认为妻女在营地会有遇袭的风险。那他为什么要在我们的帐篷外派上全副武装的卫兵呢?

"我们什么时候开饭?"因为那群卫兵没有一个人看着我,我也不知该把问题抛给谁。

站在最前面的人低下了头。"饭菜会给您送来。"他答道。

"你们的国王会和我们一起进餐吗?"我问道,声音中透着恼怒。

他没有作答。我生了会闷气,觉得自己站在这儿既愚蠢又无助。在迈锡尼,我已经习惯了发号施令让他们服从,但是,在这片陌生的土地上,我看不到一张熟悉的面孔,甚至没有一个人看起来乐于见到我们,这让我觉得手足无措,前途未卜。

我把帐篷的门帘放了下来,把我们再次遮挡起来,然后坐了回去。晚餐如约而至,肉、面包还有水果摆放在托盘上,送餐的人又是一张沉默寡言的未知面孔。没有阿伽门农的踪迹。我忍住焦躁,不想让伊菲革涅亚心生不快。

"我们从未独自用膳。"她评论道。她朝我微微一笑,驱散了我的恼火,也安抚了我心底悸动的隐忧。"既没有克律索忒弥斯,也没有伊莱克特拉,连仆人也不在……"

"确实很少见啊。"我附和道。

"不知道等我嫁去了弗提亚,谁会和我共进晚餐。"她说。

"在那之前,还有一场恶仗要打。"我无力地说道。我不喜欢想象她要离我们这么远,不过当阿喀琉斯凯旋的时候,他必然要带走他的妻子。

"您了解他多少?"她问道,声音很低。

"只知道他是伟大的战士,"我说,"在这场战争中,他将为你的父王如虎添翼。"我搜肠刮肚,想要多说一点。"我知道你一定很惶恐。"我开口道。

她摇了摇头。"我不害怕。"她看着我,闪烁的灯火中面庞柔和而坦诚。"前方是一场冒险——一片新的土地,新的民众。"

我想到了自己作为阿伽门农的新娘离开斯巴达,来到迈锡尼时的景象。万物的改变令人恐惧,但与此同时,那种在空中掷下骰子,看着它们落向何方的感觉又是多么令人心潮澎湃。

"他的母亲是海洋女神,"伊菲革涅亚继续说道,"不知道有朝一日是否会见到她,会是什么样子?"她的语速加快了,充盈着一丝兴奋的悸动。"我听说,他还是婴儿时,她就给他涂抹油膏,然后把他放在柴堆上,烧掉他体内的凡人之气,这样他就拥有了不死之身。只不过阿喀琉斯的父亲珀琉斯进来阻止了她,因为怕她会把他整个人活活烧死。

"又有人说,她提起脚后跟把他的身子浸入冥河,让他变得刀枪不入,"我干巴巴地说道,"关于他的传闻五花八门。"

"我想知道真相是什么。"伊菲革涅亚有点神情恍惚地说道。

我的喉咙里发出了一声叹息。他的故事让他听起来很梦幻。我希望现实不要让人大失所望才好。"你会知道的,"我告诉她,"我想你父亲今晚不会来了,所以我们睡吧。明天还有很多事要做。"

帐篷外的动静让我从沉睡中惊醒过来。我身边的床铺空空如也,皱巴巴的。我坐起身来,在一片灰黑中寻找着伊菲革涅亚。我辨认出了她的身影，她正要把礼服从头套进去。

"您听见他们了吗？"她轻柔地问我。

帐篷外有脚步声，一大群人，还有男人轻柔的低语声。我摆脱了残余的梦境。感觉仍然像半夜，但伊菲革涅亚已经系好了帐篷内的窗帘，天空中的黑暗慢慢消散。男人们的声音渐渐远去，他们一定是去准备婚礼了。

我笨拙地站起身，怀孕的臃肿让我行动僵硬而迟缓。"来，我来帮你。"我告诉她。

黄色礼服穿在她身上，肩部形成褶皱，裙子松松地悬垂下来，裙褶细密。我用手指梳理她的秀发，让鬈发自然垂落在她的颈项。"你太美了。"我温柔地说。

入口处透来的昏暗光线瞬间被遮蔽了，是一个黑色身影在外面徘徊。"时间到了。"一个男人的声音传来。

"阿伽门农在哪？"我问。他最终肯定要露面。

"他在祭坛前等他的女儿。"

我原本希望他会在仪式前来到这里，这样我就能在婚礼前见到他，但显然事实并非如此。我赶紧穿好衣服，真希望多点时间准备才好。这般奇怪而仓促不是婚礼该有的样子。尽管如此，我一声不吭。伊菲革涅亚似乎激动不已，我担心她可能会吃不消即将发生的大事。

清晨薄雾朦胧，潮湿的天气让人从前一天的烈日中得到一丝喘息。透过蒙蒙细雨，我看到她的双眸中燃烧着炙热的情感。我把她拉近身边，在额头上吻了一下。我俩彼此没有说话。

守在营帐周围的士兵现在分列于我们两侧，我们穿过陌生的地形，经过最后一排营帐。在死一般的寂静中，我紧张地注视着前方。

我们来到了营地边缘，此时脚下的草丛变成了沙地。身后的营帐在黑暗中若隐若现。前方，太阳刚从水平如镜的海面上升起。我能看到海滩上摆放着一座祭坛，临时搭建在沙地平台上。有人立在那里，只看得出他们黑影般的身形，但这其中必然有阿伽门农。

伊菲革涅亚的手紧紧攥着我。我看着她，她朝我微笑，虽然双眸快要噙满泪水。我们俩都发出了奇怪而兴奋的笑声。

正当我要开口说话的时候，一只胳膊锁住了我的喉咙。我在他的铁钳下奋力挣扎，拼命地想转过头看看是谁抓住了我。在我旁边，两名士兵抓住了伊菲革涅亚的手臂，她的小手从我的手中被拉开。他们推着她走向祭坛，一点点与我远离。我惊恐万状。这是什么情况？我拼命拉着那条紧紧箍住我的手臂，努力想挣脱，却只是白费力气。

太阳升得越来越高，天空洒满橙色的光芒，照在祭坛边的人身上。我看到我的丈夫，就在那儿，一动不动。腹内的胎儿似乎感觉到了我的悲伤，有了动静。当我在和紧紧抓住我的那个难以撼动的庞然大物抗争时，它也在我的腹内踢腾、翻滚。

伊菲革涅亚被押着朝前走，我已经够不着她了。阿伽门农注视着她的到来。金色的阳光下，迷雾慢慢消散。他面无表情。

我拼命摇摆着头，每一个角度看过去都有军队把守。一排排士兵，在黎明的曙光中，面色沉重地聚集在沙滩上，如同空气一般沉寂无声。

奥德修斯就站在那儿，在我丈夫旁边。另一边是墨涅拉俄斯。其余人我都不认识。我剧烈地喘息着，试图寻找阿喀琉斯，但即使看到，我也不认识他。尽管所有证据都指向相反的一面，我还在努力寻找婚礼的迹象，好让这一切能解释得通。

祭坛边，阿伽门农抽出一把刀。刀刃在他身后的朝阳中闪着光芒。

我看到，明白父亲企图的那一瞬间，女儿脸上的恍然大悟和双眸中浮现出的恐惧。我的喉咙里爆发出一声尖叫，回荡在平静如水的空气中。

他一把抓住她，让她转身面朝着祭坛后的军队，双臂死死抱住。他一定闻到了她秀发的香味，感到了它贴在胸口上的柔软。我的女儿被她

伊莱克特拉　077

父亲抓着，就这么看着我。那一刻时间凝固，无人动弹，我仍然认为这不是真的，这不可能发生。

他的手臂动作如此之快。一闪而过，刀起刀落，割破了她的脖子，她柔软而珍贵的脖子。在她倒向祭坛上的槽木之前，我看到鲜血流淌在她那件美丽的黄裙子上，有那么一瞬间，我想的是它现在被毁得一团糟，无论在河边的石头上如何用力搓洗，污渍永远褪不掉了。那条河在迈锡尼，而我的伊菲革涅亚永远也回不去了。

我不知道自己发出了什么样的声音，只知道勒在脖子上的手臂突然松开了。尽管双腿已经瘫软，我还是拖着沉重的身体走过沙地，朝孩子那支离破碎的身体走去。我只想抱着她，看看她眼中摇曳的生命之火，尽管她的鲜血正从祭坛上洒落，洒遍下面的木条，滴落在沙地上，黑乎乎的。木条摸起来很粗糙，扎破了我手上的肉。我紧握着木条，努力让自己站起来。

一阵风刮起，将我的头发吹得满脸都是，粘在我泪水横流的眼睛上。我听到风吹过水面激起涟漪，听到海浪拍打海岸的声音。反应过来的人群响起一阵感谢上苍的低语。

伊菲革涅亚的身体从木祭坛上滑落，砰的一声砸在平台上。我把头发从自己的脸上拨开。鲜血，到处都是，沾在她没了血色的肌肤上，凝固在她的头发上，她的长发是那天早上我用指头梳理过的。

他已经走开了。刚刚扬起的微风中，斗篷在他身后飞舞。他一言不发。

军队几乎是立刻启航。一切都是安排好的，他们一定是在我们到达奥里斯之前就计划好了这一切。当我们还在那条炎热而尘土飞扬的路上颠簸时，他们已经装载好了舰只，只等着女神迅速赐予他们顺风的祝福，将他们吹离血迹斑斑的沙地。

很久以后，我会听到吟游诗人吟诵着我女儿的死亡，以及他们讲述的其他有关特洛伊的故事。人们常说，就在阿伽门农举起刀的那一刻，阿耳忒弥斯怜悯伊菲革涅亚，用一头鹿将她换下。在这个版本里，我的女儿变成了女祭司，成了女神的最爱，生活在某个岛屿上。最重要的是，这个故事中，阿伽门农所做的不过是屠杀一只单纯的动物而已，故事充满着诗情画意与美好，干干净净。

但是，我亲眼看到他用刀割破她的喉咙，她的身体在父亲的怀里抽搐。我就这么抱着她，起初带着温热，流血不止，最后一动不动地躺在沙滩上，而此时，太阳在空中越爬越高，狂风在我们周围呼啸而过。我仍然记得浸满了鲜血的橘黄色裙子在她的脚踝处飘扬，记得自己如何长时间地看着她的面庞，不敢相信她再也不会睁开双眼，再也不会看着我，再也不会叫我母亲并亲吻我的事实。

我不知道我把孩子抱在腿上，在那里坐了多久。当她还是个婴儿时，数不清有多少个时辰，我就那么抱着柔软的小身躯坐在那儿一动不动，多少个夜晚当她的眼睛最终扑闪着合上，我却不敢把她放下，生怕惊醒她，于是我就那么抱着她坐在椅子上，注视着月亮在空中的轨迹，静静听着她的呼吸。在这片血迹斑斑的沙滩上，我感到自己的胸口起伏不停，我不知道发生了这件事之后，一切要如何继续，我的心脏为何还在胸腔继续跳动。

恍恍惚惚中，我看着她们走过来。是一群女人。自从来到奥里斯，我们只见过男人，但现在女人穿过海滩朝我走来。也许是村里的妇女，也许是安营扎寨时照顾士兵们起居的女人。我不知道，也没问。不知何故，女人总是伴随着死亡而来。过去，我也曾是她们中的一员，照顾悲痛欲绝的母亲，轻轻松开她抱紧尸体的手臂。瘟疫、天花，或者意外，失去孩子的情况并不少见。我感受到一双双手温柔的抚慰，听到她们的喃喃低语，说着有可能是从前的我对别的母亲所说的安慰。她们试图把我扶起来时，我一开始有些抗拒，但她们一直在说"孩子，孩子"，我才意识到她们说的不是伊菲革涅亚。她们要我到树荫下喝点水，为了肚子里的孩子着想。伊菲革涅亚的头枕在我的腿上，我把她轻轻地放在粗糙的木板上，就好像那是她的摇篮，而我生怕吵醒了她一样。然后我就任由她们把我拉起来。海浪依然拍打着沙滩，而我的双脚仍然能够一步步朝前走，这是多么不可思议啊。两个女人扶着我，其他人则跪在我女儿的尸体周围。她是如此的纤弱而瘦小，可以被她们轻松抬起。虽然我心烦意乱，但看到她们小心翼翼抚摸着她，就好像她是玻璃做的易碎品一样，我还是略感欣慰。

营地已经成为一片废墟。生过火的地方留下了一圈圈烧焦的泥土，用来搭帐篷的木桩被随意丢弃，任何被他们认为是垃圾的东西都丢在了灌木丛生的土地上。他们一定是迫不及待地想离开，才会不留情面地迅速清扫一空。

只留下我和伊菲革涅亚睡过的帐篷未动分毫。也许没有人愿意靠近它。女人们现在就是带我去那儿。她们拉出一把椅子让我坐下，把水泼在我血迹斑斑的皮肤上，然后把杯子递到我嘴边，让我喝水。我们睡过的草垫——她当时就躺在我身边，整晚轻柔而平缓地呼吸着——她们把它抬了出来，掀掉外罩，然后把她的尸体放在上面。但是，当她们端来水，拿来衣服时，我推开了她们。这件事我要自己来做。

我独自为她擦洗。衣服很柔软，水温也刚好。我拉开那条被毁掉的裙子，也是她的婚纱。我亲吻着她洁净的肌肤。她还小的时候，每当我把脸埋进她带褶子的肉嘟嘟的胳膊和有浅窝的膝盖时，她就会尖叫着大笑起来。现在她的四肢纤长健美。现在她躺在那儿，一动不动，浑身冰冷，亲吻她就如同亲吻大地，毫无回应。

她们为我送来了芳香的精油，让我涂抹在她的身体上。她们还帮我把干净的白色亚麻布裹在她的身上。她们为我拿来了花环，一顶鲜花编织而成的冠冕，这样我就可以把它戴在她的头发上。我还在她的嘴上放了一枚硬币。这些是我最后能为她做的事。为了让她安息，我强撑着做了这些，即使我的身体仿佛要四分五裂。没有人能承受如此巨痛还不动声色。

我后退一步看着她，被花瓣包围、身着柔软织物的她纯洁而美丽，无休无止的微风弄乱了她的秀发，像是在嘲讽。我想不通太阳如何眼睁睁地在她的死亡中升起，从天空中洒下光辉。

我想用手刨开身下潮湿的土地，被它窒息。我希望黑暗永远遮蔽我的脸。但我们还没有把她送走；还不是时候。在迈锡尼，人们在岩石上凿出巨大的坟墓来安葬国王及其家人的遗体。但是伊菲革涅亚不会躺在他们身边。她的遗骨不会和残害她的凶手们一起腐烂，而凶手毫无疑问就是阿伽门农。在特洛伊，希腊人会燃起熊熊火焰，烧掉他们因战争而英勇牺牲的将士。我的女儿，是他们战争的第一个受害者，因此要在他们之前火化。

随后，我强迫自己记住那一天的每一个细节。我不断回想这些细节，决绝地希望知道更多。但是这些前来帮助我的奥里斯人，就算她们告诉我，我也不会知道她们是谁。我女儿的尸体就这样在陌生人的吟唱中火化了。是她们的眼泪润湿了沙地，是她们的祈祷伴随着她的骨灰飘入蜿蜒的风中，带着它们漂洋过海。

我记得，天空阴沉了下来，我把酒倾倒在了大地上，还有蜜、牛奶和水。我手里抓着一缕头发，那是我的头发，我把它放在了她双手合十的胸前。我记得日落是壮丽的，燃烧的火焰沉入大海，将云彩点燃，呈现出粉色和金色。我记得柴堆被点燃时，火焰发出噼啪声，我还记得自己将指甲深深扎进手掌直到流血，才忍住没跳入火中，把她的尸体拉出来。我不知道自己如何任它被火吞噬，我亲过的脸、梳理过的秀发，全都变黑了，烧焦了，化成了灰烬。

伊莱克特拉

我的孩子们从我的身体里来到这个世界；她们的肉体由我而生。她们的手臂首先伸向的人是我。她们在夜里呼唤的人是我，我把她们一把揽入怀中，呼吸着她们的小光头发出的甜香。随着她们渐渐长大，我总能回想起她们的婴儿时期。我的身体无法知道我此刻在想什么，失去她让我痛不欲生。

　　我曾经害怕让她嫁作人妇，害怕她有朝一日也成为母亲。那样的分离已经足够难熬。看着火苗在夜空中忽闪，我不知道她去了何方。是独自走在那条阴暗曲折的小路前往地府吗？曾经每一条路，我都走在她前面。我踏过她要走的路，确保安全无虞后才让她走。现在我怎么能让她离开，让她去一个我不知道的地方，却没有我陪在身边呢？

　　但是，假如我跟着去了，我又该如何为她报仇呢？整个晚上我彻夜未眠，悲伤和痛苦的混沌中，这个想法在我的心中冰冷而清晰。那种痛彻心肺的痛楚从内心深处把我撕碎，扯烂我的肉体，将我剥得一无所剩。只剩下这个念头。我心灵深处最坚硬的那一块，带着铁与血的冰在诉说：**他也要尝尝这种滋味，而且要连本带息！**

　　在大火吞噬了我的女儿，只留下苦涩的灰烬后，支撑着我从沙地站起来的并不是我腹内的婴儿。冉冉升起的阳光下，我祈祷我的丈夫能在这场战争中幸存并安全回家。我不希望特洛伊士兵夺走属于我的东西；也不希望建功心切的战士抓住扬名天下的机会，将剑刺入阿伽门农的心脏。**让他回来吧**，我对着空旷的天空愤然说道。**让他回来吧**，这样我就能看着光芒从他的眼中流逝；**让他回来吧**，这样他就能死在他最凶狠的敌人手中；**让他回来吧**，我要看着他受苦。让我慢慢来。

# 第二部

# 第十章

# 伊莱克特拉

没有从奥里斯带回伊菲革涅亚的克吕泰涅斯特拉回到家时,肿胀的脸上布满泪痕,头发乱成一团。克律索忒弥斯带我出去迎接归来的马车,但是,我看到这个女人和我们的母亲毫无相似之处,转身便将脸埋在了姐姐的裙摆里。连她的声音也变了——她说话时嗓音沙哑,粗声粗气,吐出的话语就好像是毒药一般滴落在我们身上。

有一次,克律索忒弥斯带我去海港,我看到渔民们拉起大桶大桶的海螺,它们带刺的壳碰撞在一起咚咚作响。我问她这些海螺要被派什么用场,她告诉我它们要被碾碎,然后从它们糊状的身体中挤出紫色染料。"这样我们才有漂亮衣服呀。"她戏谑地弹了弹我的深色裙边。突然间,我曾引以为豪的装饰令我作呕。象征着奢华与财富的紫红色骤然之间成了我眼中的斑斑血迹,我的头脑里始终挥之不去那些黏糊糊的身体被挤压到喷出深色的浓稠黏液的画面。我曾经以为的精致美丽现在让我觉得污秽不堪。这就是我听母亲说话时的感受,这些话语像毒液和苦涩的胆汁一样从她内心涌出,溅了我们一身。

伊菲革涅亚死了。我试图想弄明白,这话到底是什么意思。她没有回来,她也不会回来了。我再也不会听到她轻盈的脚步声;她再也不会坐在一旁陪我玩娃娃了;我再也不能爬上凳子,给她戴上用花园里摘来的鲜花编成的花环了。

而且母亲告诉我们是父亲干的。这完全讲不通啊。

我抬头看着克律索忒弥斯。她知道原因吗？她面色苍白，瞪大眼睛听着。我握紧了她的手，想要让她看着我。每个人似乎都变了个样，我好害怕。

"这就是个圈套，"母亲说，"根本没有婚礼。就为了求得一场顺风，他割断了她的喉咙。"她的面孔皱巴巴的，像是要哭出来。我朝她伸出双臂，虽然我不明白她的意思，但是我很怕看到她如此伤心欲绝，如此陌生。但她只是呆呆地看了我好久，就像不认识我一样，然后就径直走开了，把我们丢在那里。

是克律索忒弥斯用她的胳膊搂住了我。尽管只比我年长几岁，但她却成了那个宽慰我的人，尽可能地向我解释事情的来龙去脉。"这是阿耳忒弥斯的要求，"她后来告诉我，啜泣的声音中带着沙哑，"为了证明自己的勇敢，父亲不得不放弃他的挚爱。"

我缓缓地点了点头。如果神让你做什么，你别无选择。这点我知道。这点我能理解。

"必须是他——其他士兵不行，"她接着说道，"他是军队统帅，所以只能是他。"

"这不是他的错。"我低声说道。吐出这句话让我顿时觉得轻松了许多：有了这一启示，真相大白，母亲施加在我们身上的沉重负担一下子就解除了。阿耳忒弥斯发话了，所以伊菲革涅亚死了。

但我的母亲并没有死，所以我不明白为什么她要表现得像死人一般。她把自己锁起来闭门不出，即使出来，也像幽灵一样在我们中间飘荡。我害怕看到她那茫然的脸和空洞的眼神。我的腿很疼，还头痛欲裂，但似乎没有人注意到。我们的母亲在哪里？她为什么不再给我浸洗额头，坐在床边陪伴我呢？

我站在庭院，背对宫殿，眺望着连绵起伏的群山，看到了远处平原上矗立着的穹顶建筑。那是皇室陵园，是有朝一日用来安葬我们家族遗体的。然而，他们并没有把伊菲革涅亚带回来，想到这里，我感到不安：她已经离去了，远到我们够不着，远到我们甚至无法说再见。我抬起头，望着山顶笼罩着的稀薄云雾，将我的手掌举向天空。"阿耳忒弥斯。"我低声说道。我努力回想那些女祭司的模样，回想她们祈祷时松弛的表情和冷淡的目光，仿佛能置身事外。我怎么知道她是否在倾听？我凝视着云彩，直到视线开始模糊。我不知道如何称呼她，如何向她提出我的请求。我只知道阿耳忒弥斯是狩猎女神，在林中奔跑，凶悍而狂野。我不知道她为何要带走我的姐姐，也不知道她想从我的家族中得到什么。我满脑子想的都是，"请让我的父亲平安归来，"我大声说道，迫切想让她听到我的祈求，听到一个孩子的讨价还价，"请不要把他也带走。"

不管女神是否被感动，我的父亲已经走了，漂洋过海去到一个我无法想象的地方。伊菲革涅亚去了地府，一个我无法跟随的地方。我的母亲则躲在紧闭的大门后，不知为何，她竟然比他们中的任何一个都更遥不可及。我不明白克吕泰涅斯特拉为什么闭门不出，为什么不肯像从前一样对我们笑语盈盈，给我们讲故事。即使我敲着厚重的木门，呼唤着她的名字，她都从不应答，也没有任何听到我说话的迹象。

如果我的父亲归来，他一定有办法改变她，对此我深信不疑。王宫里每个人都对他言听计从。只要他在这儿，他就能命令她。每个晚上，我都会拿出他留给我的匕首，我用布包好藏在床下。我小心翼翼地捧着它，摸索着狮子的轮廓。我希望父亲能在特洛伊战士面前像狮子一样咆哮。他将毫无惧色地直面他们的长矛和呐喊；所到之处，敌人溃不成军，而他会凯旋，我知道这点。每天，我都会眺望远方的大海，在空旷的波涛中搜寻他庞大的舰队靠岸的迹象，但是，日子一天天过去，每天都是一样，他还是无影无踪。

# 第十一章
# 克吕泰涅斯特拉

即将到来的分娩带给我的恐惧胜过一切。我害怕的并不是妊娠的疼痛,也不担心自己甚至是胎儿因此丧命。最让我毛骨悚然的是,当我端详起新生儿的脸,我怕我会看到伊菲革涅亚。也许,这对我来说会是种慰藉,但是我能感受到的只有痛彻心肺的恐惧,恐惧内心深处还有更多未被触发的悲恸,恐惧母性的风暴会让我撞向更多嶙峋的岩石,摔得粉身碎骨。面对这一幕,我退缩了,懦弱而胆怯。

我奋力对抗着腹内越发汹涌的阵痛,拼尽全力在地上踱着步,拳头抵在墙上,忍住不让自己嚎叫。我的额头上布满汗珠,抽抽搭搭地哭了起来。我对此无能为力,就像我无法回到那片沙滩拖走我的女儿一样——只要我一闭眼,那沙滩就在我的眼前。

是个儿子。原以为男婴的到来会打破我冷冰冰的外壳,让我在毒辣的阳光下痛苦地扭动,毫无遮挡,一丝不挂。可事实也许更糟:尽管我准备好了面对重新涌上心头、喷薄而出的母爱与悲伤,但我抱着婴儿,却什么也没感受到。

我想,他让我们恢复了某种常态。我再也不能痛苦地整日卧床不起了。他还只是个婴儿,而我已经忍不住开始怜悯起他的一生。他们没出生前,我做梦也没想过,自己有朝一日把孩子带入的世界会在黎明的曙光中吸干他们的鲜血。我无比同情这个无辜的婴儿,他有着阿伽门农和我这样的父母——父亲是无法想象的怪兽，而我——他的母亲——却无法像对女儿那样对他尽心尽力。我带给俄瑞斯忒斯的是一种再机械不过的母爱。我会抱着他，喂养他，亲吻他小小的脸蛋，但是我不会在梦中勾画他的未来。一有机会我就把他交给保姆。我甚至没有前往城邦焚香的祭坛前为他祈求长命百岁，因为我知道，神灵根本不会听到。迈锡尼的每一位母亲都在虔诚地祷告——不仅是希望孩子免受疾病瘟疫的困扰，还盼望自己的丈夫能从特洛伊安然返航。我加入了后一支祈求大军，但这已是目前我对诸神唯一的恳求。要是伊菲革涅亚能在她牙牙学语或是懂憬未来前就被病魔带走，那其实对她更好。

所以，我只在非做不可的情况下照顾孩子，然后就离开寝宫，继续履行我做母亲的其他职责，尽管克律索忒弥斯和伊莱克特拉一眼就看穿我这些尝试背后的疲惫不堪，看穿我心中那块毫无感情的裹尸布。我教她们唱歌跳舞，教她们学会女红有什么意义呢？我怎么知道自己精心培养的孩子会不会成为屠刀下的又一个牺牲品？如果特洛伊局势逆转，如果阿伽门农大败而归，暴徒是否会冲进王宫，再次牺牲无辜的生命来满足贪婪的神灵呢？一想到要再次承受这样的痛苦，我的肉体就像被炮烙了一般。还不如保护好自己，龟缩在唯一能打造的盔甲后面呢。我越过孩子们的头顶望去，他们说话的时候，既不看也不听。我只是希望当他们也从我身边被夺走时，不再会有温柔的记忆将我的心撕个粉碎。

此外，阿伽门农在他身后留下了个大窟窿。离开迈锡尼的不仅仅是国王，还有所有符合兵役年龄的男人。他决意在希腊人中征召最优秀的士兵和最强大的军力，所以把他们全带走了，迈锡尼剩下的要么是无法参战的年老体弱者，要么是不谙世事的稚嫩孩童。走过人群时，我听见忧心忡忡的老人们哀怨连连。如何治理王国？如何仲裁纠纷？当男人们还在特洛伊征战时，如何为即将到来的冬天管理好库存和粮食储备？当劫匪看到我们的国王急于在异国他乡建功立业却疏于对子民的保护时，我们又该如何抵御外侮？我在王座厅的廊柱后面驻足，听着男人们焦急的怨诉。走廊里零星回荡着女儿们的笑声，我不由自主地在她们中间找寻着伊菲革涅亚的声音。我避开了她们，没多想就转身大步走进了王座厅宽敞而通透的大殿。

男人们的目光都落在了我的身上，夹杂着祈求和怀疑。这时，我听到了孩童窸窣的脚步声；等女孩子们走过后，一切复归平静。

如果自尊心极强、虚荣心甚旺的阿伽门农能将迈锡尼掌管得井井有条，我自然也能做到。

我的声音回荡在有着高大拱顶的空间里，听起来比我预想的更严厉专横。"没有男人的迈锡尼举步维艰。"我在王座上坐了下来，旁边是阿伽门农的空位，每一个动作都小心谨慎、深思熟虑。我理了理自己的衣服，目光扫过每一张期待而又彷徨的面孔。"它需要一位领袖。"我让大家充分领会我的意思。"那么，你们为什么不把最紧迫的问题交给我？我会向你们下达指令。"

他们也许会火冒三丈，也许会强烈抗议，但是他们的面部表情暴露出了他们的如释重负。没有人愿意在阿伽门农归来后面对他，没有人愿意向暴怒的国王解释为什么他离开时财富被洗劫一空，权势被挥霍殆尽。他们开心的是有人愿意承担责任。我也很开心，而且感激涕零，因为自己面前这下有了有解的问题，自己终于可以一心一意地专注于此，从而让思绪不再徘徊于蜿蜒幽暗的隧道，不再执着于无法企及之地，不再追寻遥不可及的东西。

奥里斯事件以来一直笼罩在我心头的迷雾终于开始消散。但是，沙滩上我站在女儿葬礼柴堆旁下定的决心并没有丝毫减弱。它在我心中燃烧，是一团永不熄灭的火焰。我保全他的王国，不是为了在他回来时献给他，而是为了占为己有。

# 第十二章

## 卡珊德拉

起初帕里斯把海伦藏了起来。我不知道这是不是因为他的内心终于泛起了一丝羞愧,当他端详起父亲那张沟壑纵横的脸由于担心特洛伊的不肖子孙所做的荒唐事又多添了几道皱纹时,他是不是感到了一丝不安。又或许我的弟弟只是担心有人会抢走她,就像当年他在斯巴达抓住机会一样。但是没过多久,他还是忍不住把她带了出来。要是没人能看到她,拥有世界上最美丽的女人为妻还有什么意义呢?

她也确实能迷倒众生。我在王宫的大厅留心观察过她,发现她和每个人交谈都能轻松自如。她对普利阿摩斯和赫卡柏毕恭毕敬,虽然母后的眼里仍然充满着怀疑,但是我看得出,父王已经在她面前放松下来。当赫克托与她交谈时,至少在我看来,他笑得很真诚。我猜他曾无数次想过要把她绑在装满金银珠宝的船上,然后带上我们最真诚的歉意,将她送回丈夫身边。他一定有过这样的念头。但是,普利阿摩斯已经接受了她,而且他是我们的国王。日子一天天过去,希腊人毫无复仇的迹象。

我与她保持距离。她刚来就被我扯破了面纱,这让我尴尬不已;从她见到我的那一刻起,所有关于帕里斯疯姐姐的传闻无疑被证实,这让我羞愧难当。当我感受到她落在我身上的温暖目光时,我猜到她要和我说话,于是我逃走了。直到她来到阿波罗神庙,我才第一次和她攀谈起来。

当她穿过小路走向神庙入口时，我一眼就认出了她。我站在阴暗处，半掩在廊柱后，注视着她的到来。微风吹拂下，裙摆飘动在她的纤纤玉腿边。她的脚步轻盈，宛若飘过城邦的云朵，虽然幻化成完美的人形，但仍和空气一般虚无缥缈，就像我们永远也抓不住的东西，随时会飘散得无影无踪。我无法将视线从她身上移开。她目光低垂，娴静端庄，手臂里抱着鲜花，我猜她是为了献祭而来。她很明智，来向我们的守护神寻求庇护，从而将自己与特洛伊及其神祇联系在一起。毕竟，仅凭阿佛洛狄忒的一时兴起，并不足以护她和帕里斯的周全。

直到走上台阶，她才抬起头。此时她微微一笑，似乎很惊讶看到我。但是我确信她知道我一直在看她。

"卡珊德拉。"她和我打了个招呼，声音听起来真挚而热情。

我试着与她对视，但目光还是挪开了。一只小蜥蜴在温暖的石头上飞快爬行，穿梭在神庙廊柱间透的阳光和阴影之间。它停了下来，一动不动，似乎也在等待我的回答。我完全不知道该怎么跟她说话。

"很抱歉，妨碍了你的工作。"她说。

我摇了摇头。"进来吧。"我说道，仍旧把脸扭到一边不去看她。当她从我身边经过时，我感受到了她飘拂的秀发、甜美的笑靥和怀抱着的鲜花的芬芳。走进大殿，因为要适应昏暗的室内，我的双眼飞快眨动着，努力想摆脱户外明媚的阳光烙印在视线中的焦黑形状。

"真美。"她说道。我不确定她指的是神庙，还是她此刻仰望着的阿波罗神像。有一瞬间，我觉得他的眼睛朝我们看了过来，象牙双脚活动着从底座上抬起，雕刻出的长袍飘扬在肩上。我想知道，如果真的如此，她还能带着一如往常的自信，纹丝不动地站在那里吗？

"斯巴达有这样的神庙吗？"我没料到自己会问这样的问题，自己也被吓了一跳。

她若有所思地想了想。"有些东西差不多，"她说，"但是特洛伊是一个完全不同的地方。"她叹了口气，"我从小就没离开过斯巴达。对我来说，这是另一个世界。"

我想问她还去过哪里，但我犹豫了。她说话的时候，声音里透出一丝忧伤，我不确定自己能否，或者说，应不应该打探下去。

"帕里斯告诉过你很多关于特洛伊的事情吗？"我终于说话了。但是一想到他俩登上帕里斯的船驶离她的家园，我又畏缩了。这是她希望重温的画面，还是一段痛苦的回忆？我确实猜不出来。她看起来和我想象中不一样，我以为她会在他俩带来的灾难面前怡然自得。相反，她沉默寡言，心事重重，与帕里斯截然不同。当她就这么站在我面前时，我很难对她恨得起来。

"你会如何向人描述他们想都未曾想过的东西？"她苦笑了一下。"况且，帕里斯自己也不了解特洛伊。他和我差不多，都是这里的外人。"

可是，他表现得不像个外人。他在宫里如鱼得水，轻松自如，就好像生于斯长于斯，就好像他一辈子都躺在华丽的雕花椅上，享受着葡萄美酒夜光杯。他总是笑语盈盈，巧舌如簧。

"在斯巴达，每个人都认识我，"海伦继续说道，"知道我和姐姐克吕泰涅斯特拉。"一股冷风绕过弧形的柱子向我袭来，刺痛了我手臂的皮肤。"而且我也认识他们。但是在这里，每个人都知道我的名字，我却不认识他们，也不知道关于他们的任何事情。"她侧过脸看着我，现在我们的目光相接。"不过，我对你有一点了解，你能看到未来。"

"如果你有所耳闻，那你应该知道没人相信我的预言。他们都觉得我疯了。"

她耸耸肩。"我说过，你很难向人描述他们想都未曾想过的东西。对于从未见过神祇的凡人来说，他们确实不相信。就像我的母亲，当初她

伊莱克特拉

说宙斯临幸了她，大家起初都以为她在说谎。"

"为什么他们后来改变了想法？"

"因为我出生了。"

海伦超凡脱俗的美就是明证。看到她，大家立刻就相信她一定是仙女下凡。我低下了头。我的证据在哪儿？即使我的警告成为现实，人们也会忘记我曾经做出的预言。我的话轻飘飘的，说出来的那一刻就已经消散在空气中。

"帕里斯见到几位女神时，阿佛洛狄忒许诺我将成为他的妻子。所以我来到了这里。"她微微一笑，我想起了他给我们讲那个故事，或者说讲一半藏一半时，自己对他的恼火。他没有说海伦将是他的奖品。"不过，如果阿波罗赐予你的礼物是别人无法看到的，也许他们很容易认为你是疯了。"

"礼物。"我重复道。雕像镀金的脸上毫无表情。我咬住脸颊内侧，阻止自己继续说下去。也许美貌和爱情都是礼物，即使我知道海伦的美貌是红颜祸水，是战争和混乱的诱因。但是，如果我告诉她事实如此，尽管她刚才说了这么多善意之辞，她也会像其他人一样不屑一顾。我一动不动，双臂环抱在胸前。她看起来好像有所领悟，但是我知道，如果我告诉她实情，如果我让她略微看到那些让我感到天崩地裂的所见，哪怕只是一小部分，她都会想方设法回避，忽略其中真相，选择听见别的东西。"你是来献祭的，"我说，"像你这样初到我们城邦的新人，选择信仰阿波罗是明智之举。如果你想成为特洛伊的王妃，你最好尊重他。"

"当然。"她微微甩了甩头，面色如先前一般平静而友好，但是我们之间的大门已经关上。我又变回了女祭司，忙着主持学到的各种例行仪式。当周围的一切似乎摇摇欲坠、扭曲变形时，这是我每天可以重复并坚守的东西。这才是礼物：安稳。我可以把额头贴在坚硬的石板上，我可以躲在周围墙壁的庇护下——至少现在如此——直到我知道的暴风雨席卷而来为止。

海伦离开时，我并没有目送她离开。我知道她还会来的。尽管我并不愿意，我的内心还是有一丝好奇，有一种力量把我拉向她：城邦的另一个局外人。

尽管我知道这一天终究会到来，但是看到希腊舰队出现在地平线的那一刻，我仍然没有做好准备。浩浩荡荡的一排长船，有着弧线形的船首，绵延不绝地布满世界的边缘。从来没有人见过这么多船。

就连海伦也吃了一惊。和我第一次谈话后，海伦又来到神庙看望我，就好像我和家里的其他人一样，是她丈夫的姐姐，和嫁给了赫克托的安德洛玛刻没有什么分别。

"他们肯定把各个岛屿上所有适合参战的男人都召集了。"海伦一边说，一边捻了捻散落在她俊俏脸庞上的一缕秀发。

暮色之下，空气陷入了一片沉寂，头顶上的那方天空中星光闪耀。城墙之外，远处的海滩上，希腊人正忙着安营扎寨。他们人数之众，令人难以置信。特洛伊城的恐慌夹杂着一丝奇怪的兴奋之情，我们整装待命，精力充沛。紧张的气氛终于被打破了，等待复仇的日子也走向终结。大兵压境前，普利阿摩斯曾接待了使团；特洛伊屏气凝神，想看他是否愿意放弃海伦，但他并没有。于是，希腊人兵临城下。看到如此规模的大军，他是否动摇了？这就是海伦担心的吗？他会把她交给敌人，交还给她的丈夫吗？就算他这么做了，他们也肯定不会甘心于只带着她离开。成千上万的男人不远万里，背井离乡，他们得到的承诺绝不仅仅只是个女人。我不需要看到未来就知道这远远不够。

"为什么要来这么多人？"我问道。

她摇了摇头，眉头微蹙。"我不知道。"

伊莱克特拉　095

我想知道她是不是害怕了。我想知道，一旦大军攻破我们的城墙，等待她的将是何种命运。我的命运，和特洛伊城的女人们一样，似乎越来越清晰。我发现自己为此而惶恐。在这里，我遭受了大家的蔑视，每个人都对我的诅咒感到恼火，但是，与城邦如若陷落——或者说，与城邦终将陷落之时——等待我的命运比起来，这根本算不了什么；帕里斯回到我们身边的那一刻，我就已经看到了这一天。

我们听到的只有短兵相接的声音穿过平原，在那里，我曾经能够走出炎热的城邦，感受海风拂面的凉爽，头顶上还有海鸥嘶鸣盘旋。现在，所有人都被困在特洛伊城墙内，除了那些男人。天一亮，他们就要穿上盔甲，像一群蝼蚁一样蜿蜒着走向沙滩。等到夜幕降临，归来的他们伤痕累累，血肉模糊，支离破碎。阵亡将士的尸体散落在平原上，身体被刺穿，眼睛瞪得大大的，伤口处的鲜血早就凝结，苍蝇在他们周围密密麻麻地嗡嗡作响。每隔一段时间双方就会休战，然后希腊人和特洛伊人会把尸体集中起来。柴堆上冒出的浓烟遮蔽了天空，从绵延在岸边的希腊营地中升起，从我们被困的城邦中喷出。现在，只有死人才能离开特洛伊。

# 第十三章

# 克吕泰涅斯特拉

来的时候，他说自己是个旅者。我根本没把他当回事，朝女奴们挥挥手："给他点吃的，让他洗个澡，有地方睡觉。"对我来说，女奴们的脸无甚分别。起初，我在碰见的每个年轻女子身上都能看到伊菲革涅亚手臂的柔和曲线或是闪着光泽的秀发，无论她们和伊菲革涅亚长得多么大相径庭。不管是奴隶，还是出身迈锡尼大富大贵之家的贵族女子，看到她们活得好好的，而她却已经离我远去，我的心就会感到一阵刺痛。也许，我看到的是青春的希望，是生命即将盛放的芬芳。也不只是女孩子，我在遇见的每一位女性身上都能看到她原本可能的模样：紧张不安的新娘，变了样的母亲，甚至是瑟瑟发抖的干瘪老妪。所有这一切都是她永远不会成为的。我尽量不去看她们。

对我来说，希望得到款待的过路旅者不算什么。我唯一在乎的访客就是那些会从特洛伊带来消息的信使。那时，我就会竖起耳朵，仔细聆听他们要说的话。一开始，我没有现成的通信系统，要是我的丈夫得胜归来，我靠的是那些信使向我发出警报，他们会比舰队快得多。现在，我建造了烽火台，布下了守望者，遍布我们和特洛伊之间的各座岛屿。一旦特洛伊城陷落，他们就会立刻发出一连串的火光，将消息传送给我。到目前为止，还没有什么消息传来。希腊士兵驻扎在特洛伊海岸，但是城邦依然固若金汤。

忙完白天的国事后，我喜欢晚上在庭院散步。俄瑞斯忒斯这个婴儿和他的姐姐们不大一样，他总躺在摇篮里睡得安安稳稳，但是我发现自己无法忍受长时间醒着听他轻柔的呼吸。我对独处的渴望胜过了一切——至少是绝大多数东西，除了一样。听到战争的消息，想到我的丈夫可能以无数种方式死去，不管是战死疆场还是之后死在我手上，当然后者对我来说更可贵，我的心跳就会加快。但是，大多数日子，我要的就是一人独处。其他人的聒噪，无论是自己的孩子还是旁人，就像难以忍受的瘙痒。我渴望沉浸在自己的思绪之中，筹划着自己的方案，回味着仅有的梦想。我一心盼着夜晚的寂静时光，那时，我能听到的只有远处海浪轻柔的吸吮声和嘶嘶声，触碰我的只有深夜微风的冰冷抚摸。

院子里从不会有人打扰我。我怀疑没人知道这是我夜复一夜的去处。这里一直都很清静：在这里，新婚燕尔的阿伽门农和我曾一起坐在星空下；在这里，我曾带着睡不着的婴儿们走来走去，爬上爬下；在这里，我曾把三个活泼好动的女孩子哄上床后，从为人母的忙碌中偷得片刻安宁。现在，在这寂静无声的黑暗之中，我享受着独处的时光，这是我千疮百孔的心灵唯一能找到的片刻宁静。

所以，脚步声是如此出乎意料、猝不及防，我甚至觉得自己一开始完全没听见。对于危险，我既没做好准备，也不够警觉。以前是因为太自信。现在是因为不管发生什么，我都不在乎了。

"克吕泰涅斯特拉。"阴影中的他，声音低沉而轻柔。

我猛地转过身。一瞬间我以为一定是阿伽门农了，不知何故，他居然在我不知道战事已经结束的情况下回来了。我没有做好应对的准备，一连串的灯塔火光没有在黑暗中向我发出警告。我后退了几步，手指蜷缩在掌心，呼吸变得急促起来。我们所站的位置旁边是一堵矮墙：宫殿俯瞰着陡峭的山坡，下面的岩石足够让摔下去的人当场毙命。恐惧与兴奋交织在一起；我可以尝到喉咙里血的味道，酸涩，带着金属的腥味。

"别害怕，我没有伤害你的意思。"

他的话很矛盾，要害怕的人不该是我啊，我困惑地想。但随后他上前一步，我才发现那根本不是我的丈夫，而是一个年轻男子，在洒向柱廊间的月光下显得朦朦胧胧。他身材瘦削，比阿伽门农要高，但是看起来笨拙无比，就好像长得太快了，所以不知道该怎么利用好自己的身高一样。我竟会害怕一个如此紧张兮兮的人，这想法让我觉得荒谬，当我没忍住的大笑声让他吃了一惊时，一切就更可笑了。

"只要我大叫一声，整座宫殿的守卫就会朝我们跑来。"我告诉他。保卫王宫是我的头等大事，所以我们从邻近城邦招募了卫兵。他们不会效忠于阿伽门农，他们只认我这个统治者。"你看起来连我的一个手下都比不上。"他看起来都不是我的对手，我想。

"我知道。"他答道。他坚定地注视着我的眼睛，尽管我能感受到他油然而生的担忧之情。"你丈夫的守卫之前把我赶出过这座王宫。"

"那你回来就是个蠢蛋。"我说道。我根本没心情考虑他有何不情之请。然而，大声呼叫守卫似乎有点荒唐。他只是个讨厌的人，算不上威胁。我希望他赶紧离开，但是没精力和他大吵大闹。

"你在我身上看到了什么熟悉的东西吗？"他问道。

我想不出他为什么认为我愿意仔细看他。"看到什么？"我听到自己在问。

他向前迈了一步，我感到自己的身体僵硬了起来。只不过因为他看起来更像是猎物而不是猎人，我才保持了缄默。然而，我不认为这是同情，也许只是不由自主一闪而过的兴趣而已。

"我以为血统会让我与众不同，"他轻声说道，"就好像阿特柔斯的诅咒会如同疤痕印在我的脸上一样昭然若揭。但是，我径直走过你的宫门却无人察觉。在我的请求下，你的仆人问也没问就收留了我。

"什么?"黑暗中,廊柱上缠绕着的繁花睡意蒙眬地随风摇摆,释放出阵阵清香。我依稀记起与阿伽门农曾经的谈话,那是很久以前在斯巴达的那个夜晚,空气中弥漫着甜蜜的味道。我们在河边谈论起了一个孩子的性命价值。一切顿时豁然开朗。"埃奎斯托斯?"我低声问道。

我没看出来什么相似之处。阿伽门农五官的粗犷丝毫没有出现在面前这张瘦削而忧心忡忡的脸上。他的头发蓬松垂下,没有浓密的卷曲,阴郁的眼神疲惫不堪。

"正是,"他答道,"你的丈夫——我的堂兄——就在这杀死了我的父亲,就在这座宫殿。他把还是孩子的我赶出城邦,让我孤苦伶仃。"

我口干舌燥。从奥里斯回来后,我以为这个世界已经不会有什么让我大吃一惊。吃惊的前提是你要相信这个世界会按照原先的节奏和模式继续下去。我在一片陌生的海滩把女儿的尸首烧成灰烬,认清了自己嫁的人有着十恶不赦的心肠。我以为自己对任何惊吓已经免疫,但是得知这个真相后,我又吃了一惊。

"那的确是我丈夫的做派,"我说话的声音有些嘶哑,听起来比平时要软弱,这让我很恼火。我吸了口气,站直了身体。"但是此刻,他在特洛伊打仗。如果你是想和他有个了断,那恐怕要失望了。"我更加仔细地端详起他,想找到持有武器的迹象。"如果你是打算趁他不在,向他的妻儿寻仇,"我接着说道,声音变得严肃起来,"你会发现这样做毫无意义。他既不是合格的丈夫,也不是称职的父亲。你伤害的是阿伽门农最不看重的东西,这样做于他毫发无损。"

听了这话,埃奎斯托斯稍微放松了点。"我本来就期望你能这么说。"他说着走近了些,拉近了我和他之间的距离。我能看到他额头上的光泽,月光下显得苍白而潮湿。我感到胸中有一股奇怪的力量控制着我,一种近乎保护性的冲动油然而生。"这个世界上原本没人,"他接着说下去,"比我更有理由恨他——直到他干出了一件超乎我想象的伤天害理之事,尽管我本就知道他是个无耻之徒。"

我的心中一阵激动。几乎没人敢对阿伽门农的所作所为评头论足。我这一生在迈锡尼结识的女人现在都躲得远远的,要么消失在人群中,要么从角落溜走,她们不敢正视我的脸,不敢正视我的痛苦。但是我知道她们在背后怎么议论纷纷。她们称其为牺牲。阿伽门农经历了无法想象的痛楚,身处备受煎熬的困境:他心爱的女儿被放在他的王国和国家的对立面,是要一个女孩的性命,还是要实现全希腊的雄心。她们背着我称颂他的举动,视其为高尚之举,认为是阿耳忒弥斯要价太高,而全军上下只有阿伽门农勇于承担。

"当我听说他杀了伊菲革涅亚时……"埃奎斯托斯如此这般说道。

再也没人提到过她的名字了。哪怕是王宫里曾经爱戴她的女奴们,就连她的亲妹妹们也不敢大声说出来。现在从一个陌生人嘴里听到她的名字,就好像一盆冷水浇在滚烫的皮肤上,让人心惊肉跳。"说下去。"我低语道。

"这个男人曾经冲进这座宫殿,尽管我尖叫求饶,却当着我的面杀死了我的父亲——可即便是这样一头禽兽,我仍无法想象他竟会为了一场顺风,亲手杀了自己的骨肉。"他说。

没等他说完,泪水已经在我的面颊上流了下来。没有人说过这样的话。这个年轻人不知从哪里冒了出来,把我内心迸发出的愤怒与痛苦诉说得淋漓尽致。

"我不想给你带来更多痛苦。"他结结巴巴地说。我摇摇头,虽然说不出任何话,但我摆了摆手,想让他明白我是希望他继续说下去的,请接着说下去吧。"请原谅我这样谈到她。但是当我得知这个假国王竟是那么十恶不赦……"他的脸色瞬间从关切变成了愤怒。他又一次使劲咽下口水,胸口上下起伏,想要控制自己的情绪。"我想知道,这个世界上是否还有人比我更有理由恨他。"

伊莱克特拉　　101

这个年轻人其貌不扬，忧心忡忡，看起来不太像作乱者，但是我理解他的感受。仇恨的力量使他克服了恐惧，他从我不知道多远的地方漂洋过海，从某个藏身之所来到我这里，来到这个他曾无助地看着父亲死去的地方，来到这个可能还会让他付出生命代价的地方。但我知道做出这个决定一定是轻而易举，仇恨让世界一锤定音，仇恨让万物变得简单。

"我不需要你的帮助。"我告诉他。

"但我需要你的帮助。"他说，声音里带着一丝痛苦，随时会让他支离破碎。自从目睹伊菲革涅亚化为一缕青烟后，我感觉自己变成了一块石头。活着的女儿们扑在我怀里哭泣时，我的喉咙就像被堵住了一样，说不出半句安慰的话。我的孩子出生后，我也漠不关心。但不知何故，这个陌生人的痛苦让我打了个激灵。也许是因为我能看穿他的内心，他跳动的心脏就这么暴露在我面前，和我的心一模一样。我们灵魂深处的痛楚只有一样东西可以抚慰。那就是复仇。

我盯着他颤抖着的娇嫩喉咙。我想摸摸他的皮肤。我已经受不了别人靠近我。如果女儿们用手臂搂住我的脖子，我只能感觉到她们的皮肤冰冷到毫无生气，只能看到她们的眼睛空洞而茫然，只能想象她们的肉体在点燃的柴堆上化为乌有。然而埃奎斯托斯看起来就是个已死之人。我知道这一点，因为我也是。我的灵魂顺着潮湿而阴冷的小路蜿蜒而下飘向地狱，无法摆脱我和爱女之间的纽带，就好像我们从未被分开过一样，这样的我除了是死人以外，还能是什么呢？只有我的躯体还在这里，为了一个目的苟活于世。埃奎斯托斯和我可能就是站在庭院里的两个鬼魂——如果我们是鬼魂，那么谁又有资格评判我们呢？

我用手捧住他的脸，把它拉近我，这时我感到他全身泛起的惶恐。吻他的时候甜蜜极了，但不是因为他嘴里的恐惧带来的酸涩，也不是因为他唇上薄薄的干燥裂纹，而是别的原因让他吻起来香甜可口：他是我丈夫的堂弟，是他仇人的儿子。这个敌人比特洛伊城墙内的任何人都更与他不共戴天，也比任何活人都更坚定地要向他发起进攻。任何人，除了我之外。

## 第十四章

## 伊莱克特拉

也许下辈子,当我父亲不用征战沙场,我的家人就会关注我在做些什么,这样也许我就不会和农夫的儿子侃侃而谈了。但是狡诈的特洛伊王子乘船来到斯巴达,掳走了我母亲不忠的妹妹,于是我没有过上应有的生活。所以,我只能和他聊天。毕竟,其他人都不想和我有什么瓜葛。他们都以为我整日呆在房间里,不敢偷偷溜出去。只有我知道自己悄悄在外游荡,这是只属于我的秘密。

那天是我第一次见他。当时我看着人们在烈日下辛苦劳作,没完没了的重复节奏让我昏昏欲睡。这时我感到上臂被什么东西戳了一下,立刻跳了起来。他有一头浓密的黑发,手臂瘦削。他没有笑,我也没有。显然他是农夫的儿子,衣衫褴褛,肮脏不堪,与我过去接触过的人都不一样。他叫乔治斯,很快就成了我的朋友。如果我没有偷偷溜出去看他,我大概就会独自坐上好几天。克律索忒弥斯总是太忙,无心和我说话。她围着婴儿忙得团团转,焦急地照看着我们的母亲,吩咐奴隶们为克吕泰涅斯特拉端来各种各样的东西——肉汤、葡萄酒、水果盘——为的就是能吸引王后,将她从茫然的绝望中拽出来。我感受到伊菲革涅亚的名字横亘在我们之间那心照不宣的分量。我知道克律索忒弥斯为失去姐姐而哭泣,她们曾经亲密无间。我想我是一个糟糕的替代者。就这样,孤独和单调之中,只有忠实的梅瑟彭陪在我身边,时间一分一秒地累积起来,其分量变得越来越有压迫力。在那些没有尽头的日子里,我感到自己越来越内向,沉浸于自己的世界里,思绪在我的脑海中就像一座扭曲的迷宫。趁着家里没人注意,我溜到田间,等着乔治斯神不知鬼不觉地溜出来。城墙上的巨大石头被阳光照射得暖暖的,我靠在上面,用手指抚摸石块间的裂缝,感到很安心。

"独眼巨人们造了这些城墙。"我告诉乔治斯。

他瞪大了双眼,也伸出手摸了摸这些石头。我看着他的手,指甲缝里嵌着黑色污垢,指关节的纹路里也积满了灰色的尘土。"你父王见过他们吗?"他问。

我哈哈一笑。"怎么会。我想那是很久以前的事了。"

"也许他的父亲当年见过。"

"也许吧。"我想象不出父亲还没成为这儿的国王时是什么样。我脑海中的独眼巨人是身形硕大的庞然大物,他们把大块的石头拖上山坡,建造起能够抵御外敌的宫殿。一想到他们的面孔,一想到他们粗糙不平的额头中间还瞪着一只眼睛,我就感到恶心。如果我的父王看到他们,他一定不会害怕,这点我敢肯定。一定是有人给他们下了命令,是那个时候的迈锡尼国王吧,他的血液一定还流淌在我们的血管里。站在阳光下的我一想到这件事,不禁激动得战栗起来。

"我能摸摸狗吗?"乔治斯问道。

我耸耸肩。"只要它没意见。"家里其他人对梅瑟彭没什么兴趣,自从阿伽门农离开之后,它就成了我一个人的狗。乔治斯拍了拍它大大的脑袋,刚开始还因为它的血盆大口和凶猛外表而有几分忌惮,但是当它幸福地闭上了眼睛,他的胆子也大了起来。我笑道:"我想它挺喜欢你的。"

又有一天,乔治斯问我知不知道父王要离开多久。我摇了摇头。"战争要打多久?"

我们无人知晓。

"你的父亲为什么没参战？"我问他。

"他是农夫，不是士兵。"乔治斯答道。我觉得他说得有道理。他的父亲看起来总是疲惫不堪，弯腰驼背，和我威风凛凛、信心百倍的父王比起来一点也不显眼，简直是天壤之别。我不禁为乔治斯感到遗憾。

"不过，他说战争不会打太久的，"乔治斯说道，我的精神振奋起来，"他说这是从未有过的王者之师，所以打赢战争对他们来说易如反掌。"

我微微一笑，欣喜之情袭遍全身。他这么说让我太欣慰了。在母后面前，没人提阿伽门农的名字。虽然我也这么认为，但我也不敢问她父亲还要离开多久。

"但是我父亲不明白他们为什么要为海伦而战。"乔治斯好奇地看着我，我不知道他是否了解海伦是我母亲的妹妹。"他说她就是个婊子。"

婊子。我皱起眉头，百思不得其解。"什么意思？"

他耸了耸肩。"我以为你会知道。"

我不懂。不过我喜欢他说这话时的腔调，一定是从他父亲那儿学来的。有一种强烈的感染力。怒叱出这个词能够消除挫败感，平息压抑的怒火。我不认识我的小姨，但是我讨厌听到她的名字。如果阿耳忒弥斯要的人是她而不是我的姐姐，那么我的父王就永远不用外出征战了。我很高兴能有个词骂她，至少在我的头脑里可以如此。

然后有一天，克吕泰涅斯特拉又出现了。她不再低垂着头，如幽灵一般飘过走廊，仿佛她才是死在奥里斯的那个人。克吕泰涅斯特拉看起来像是我记忆中的母亲：秀发在阳光下闪闪发光，颈部的项链光彩夺目，衣服上的金色丝线闪着光泽。她的出现吓了我一跳，把我从白日梦中惊醒。我张开嘴想说话，却什么也说不出。我扫了眼克律索忒弥斯，她看起来和我一样大惑不解。看到她，我的心底涌动着陌生的情绪，一闪而过的希望与认可交织在一起,一种意想不到的幸福感。但是还没等我说话,我就发现还有另一个人在场。是个男人,猥琐而瘦削,尾随在我母亲后面,就像理所当然一样。我感到身旁的梅瑟彭坐直了身子,毛发竖起。

她告诉我们他的名字: 埃奎斯托斯。我瞪着他,心里升腾起了一种不安的情绪。我一言不发。

后来,我去找了克律索忒弥斯。她正跪在院子里,抓着俄瑞斯忒斯的手让他站起来。他肉嘟嘟的手指头把她抓得紧紧的,小小的脸蛋神情专注,双膝在他身下摇摇晃晃。

"你知道和母亲在一起的那个男人吗?那个外乡人?"我问她。

她点点头。明媚的阳光下她的眼睛眯缝着,我看不懂她脸上的表情。

"他要待多久?"

"我不知道。"

我向俄瑞斯忒斯伸出手,他松开紧握克律索忒弥斯的手,转而攥住了我的。他的手掌温润而柔软,虽然我感到心烦意乱,但还是因为他那咧开嘴的笑容和胖乎乎的圆脸颊而笑了起来。"父亲应该看看这一幕,"我说,"他的儿子在学走路。"俄瑞斯忒斯大叫了一声,我这才意识到自己刚才把他的拳头攥得太紧了。"对不起!"我安慰他。"埃奎斯托斯是带来了战争的消息吗?父王是要回来了吗?"

克律索忒弥斯摇了摇头。"我认为不是。父王不在,也许他来这儿只是帮忙。"她带着怀疑的眼神看着梅瑟彭。"你把狗带到这儿,离俄瑞斯忒斯这么近,没事吗?"

"它是父王的狗,"我说,"它绝不会伤害俄瑞斯忒斯的。"

我用力咬住嘴唇。我觉得埃奎斯托斯有点不对劲。也许只是他站立的方式,他站得离母亲太近了。或者是因为他身上散发出的紧张感始终

伊莱克特拉

萦绕在他周围。他看起来和父王毫无相似之处。阿伽门农身材魁梧，肩膀宽到能堵住大门，说话时声如洪钟。这些东西我仍然能记得，也是我会永远珍藏的记忆。俄瑞斯忒斯没出生前，他就离开了，现在我的弟弟已经迈出了他人生的第一步，而父亲的面容却在我的脑海里模糊不清。

我犹豫不决，不知道自己是否应该提起乔治斯。他也许知道点什么，或者能从他父亲那里打探到什么。但我不确定是否想和姐姐分享乔治斯的存在。我怀疑她也许不赞成我和他做朋友，况且，我有些恼火她不理不问的态度——她完全信任母亲，似乎接受了这个不请自来的插足者。

俄瑞斯忒斯绊了一下，脸扭成一团，因为即将喷涌而出的泪水而涨得通红。我赶紧把他的手指头掰开，推给我姐姐，尽快让自己脱身。"走吧，梅瑟彭。"看到我们离开，克律索忒弥斯似乎松了口气。

我猜对了，乔治斯果然知道更多关于埃奎斯托斯的信息。"他以前就住在这儿，当时还是个小男孩，"他告诉我，"我的父亲记得他。"

"这儿？你是说住在宫里？"

乔治斯点点头。"你父王回归之前，埃奎斯托斯就和他父亲住在这里。"我们都停顿了一会儿，努力想理清故事里父亲们的纠葛。"你的父亲回来做了国王。"他压低了声音，专注地看着我。"你的父亲杀了他的父亲。"

"为什么？"

"也就是埃奎斯托斯的父亲。他偷走了王位。阿伽门农本应是国王，所以他回来杀了他。"

我感到脊柱上一阵冰冷的恐惧。"埃奎斯托斯是回来杀我们的吗？"我四下张望，惊慌失措。"我母后知道这件事吗？"

乔治斯看起来忧心忡忡。"我倒没想到这一点。"

我回头看了看身后气势恢宏的宫殿。我把克律索忒弥斯和俄瑞斯忒斯留在了院子里。如果他来抓他们该怎么办？我应该和梅瑟彭一起留在那里，保护起我们这群人才对。我的双腿瑟瑟发抖，我不知道如果有必要的话，自己是否还能跑得动。要是父亲在这儿就好了。我颤抖着深深吸了一口气，快要哭出来了，然后我听到一个声音。一个自从她去奥里斯之后，我就再没有听到过的声音，感觉像是从远古传来的。是克吕泰涅斯特拉的笑声。

我紧贴在墙上，和乔治斯挨得很近。我能感觉到他的喘息喷在我的额头上，我屏住呼吸，尽量不发出声音。当她走近时，我听到了她轻柔的低语声，不再是当她不得不与我们交谈时那种不情不愿的勉强，而是眉飞色舞的口若悬河。我硬着头皮朝拐角处看去，这时我看见了他们。克吕泰涅斯特拉和埃奎斯托斯一起在宫殿周围散步。他正指着远处的谷底和连绵起伏的群山，挥动手臂划出一道宽阔的弧线。两人都笑容满面。尽管此时的阳光温暖宜人，我还是感到阵阵寒意。她已经很久没有和我一起放声大笑了，我已经忘了那该是什么样的声音了。

我心中的惊恐一点点消失，取而代之的是无尽的担忧。他没有拿着剑冲向母亲，而是和她一起散步，就好像他们是最好的朋友，在这个世界上了无牵挂。而我的父亲则远在大洋彼岸，对此一无所知。我不知道怎么会变成这样，但莫名地感到这样反倒更糟糕了。

伊莱克特拉

## 第十五章

## 克吕泰涅斯特拉

如果是海伦,她会怎么做?这是我第一次在埃奎斯托斯身边醒来后盘桓在脑海中的疑问。我的妹妹夜深人静时登上了帕里斯的船,现在成了特洛伊王妃。有时我想象她被拖走的样子,有时我想象她是冷静而高贵地踏上嘎吱作响的甲板,昂首挺胸,注视着眼前新的地平线。我们曾经在斯巴达相亲相爱,出于这个缘故,我希望是后者,然而一想到我为这件事付出的代价——我的女儿血溅沙地,而海伦的女儿却毫发无伤,和我们其他人一样活得好好的——一想到这儿,第二幅画面就更让人难以忍受了。如果是她反抗了,如果是她被制服了,如果是墨涅拉俄斯的错,错在没有保护好她,让她手无寸铁,错在太过迟钝而没有留意到特洛伊王子觊觎的眼神,这样会不会更容易接受? 如果她在铁钳般捂住她嘴巴的十指下尖叫,如果她在绝望中试图用牙齿撕咬他手上的肉,不惜一切代价想要回到赫尔迈厄尼身边,想要把女儿抱在怀里,和她在一起,这样她是不是就永远不用为这场灾难性的战争背负骂名?

不管真相如何,有一点我很确定:无论被带离斯巴达时,她有没有撕咬踢打,奋力反抗,等到下了帕里斯的大船,踏上遥远而陌生的港口时,这个女人一定又变成了冷静而高贵的海伦。我不知道海伦的内心深处到底涌动着什么,即使有的话,我打心眼里相信她也绝不会向世界透露半点风声。她会走过特洛伊的大街小巷,仿佛这生来就归她所有,仿佛她就是这儿理所应当的王妃。即使她的美貌没有让人们拜倒在她的脚下，她也永远不会被他们强压的怨憝所刺痛，或者即使她感受到了，她也会毫不在乎。

我不知道自己对她究竟是爱还是恨，或者是两者兼而有之，但是，我需要那份泰然自若。我需要她的信心，需要像她那样心静如水地行走在这个世界上，确定自己的所作所为无可指摘。

如果海伦趁着丈夫外出征战之际将情人偷偷带进宫内，她绝不会躺在那儿呆若木鸡，焦虑到不知道该怎么继续下去。她一定会和他并肩大步走进王座厅，朝着任何胆敢质疑她的人轻蔑地扬起眉毛。

埃奎斯托斯睡意蒙眬地翻了个身，头朝我转了过来。我屏住了呼吸片刻，不希望他醒过来。他的面孔笼罩在阴影之下，眼周的肌肤暗黑而凹陷。我的脑海里不由自主地浮现出他的头骨被阿伽门农用利斧劈得粉碎的画面，体无完肤的他只剩下骨头暴露在外，爬满蛆虫。

透过窗帘缝洒进来的阳光暖暖的，灰蒙蒙的房间染上了金色。他眨动着睁开了双眼。不是阿伽门农的眼睛。也许他们分担着共同的血脉，但是他们截然不同。

他朝我伸过手来，不是阿伽门农，也不是伊菲革涅亚的手。我曾经觉得自己被困在了那片荒凉的沙滩上，她葬礼的柴堆在我身边燃烧，船队早已驶离，只剩下空荡荡的海面。哪怕是漫步在迈锡尼的走廊上，哪怕是女儿们试图和我说话，哪怕是小儿子哭闹不停，我也仍然被困在那里，无能为力，怒火中烧，不知如何才能前行。现在我有主意了。

"我们要做什么？"他问道。他的声音平静而温和，却没有王者风范。

"阿伽门农把他的部下带走了。他带走了全部人马。"

埃奎斯托斯凝神看着我。"全部？"

"他不希望荣耀属于阿喀琉斯、奥德修斯或者其他任何人。他希望归自己所有。所有适龄征战的人都被他带走了，只留下了老弱孩童。这里

伊莱克特拉　111

没有人可以与我们抗衡。"

他皱起了眉头。"他们不可能如此不堪一击。只要他们愿意，一定能给我们制造麻烦的。阿伽门农是他们的王。如果战争很快结束，那该怎么办？他们可不希望等他回来后被发现是不忠之辈。"

"阿伽门农是他们的王吗？"我反问道，"所有人？留在这儿的人年纪都很大了，他们记得堤厄斯忒斯，记得你。他们从前可以转而效忠于别人，那么再来一次也无妨。我知道这儿有些人爱戴的是你父王，他们为你的命运扼腕叹息，也一定会欢迎你的归来。我们要做的就是找到这些人。"

"其他人怎么办？"

"阿伽门农不受人爱戴，"我说，"更何况，他现在带走了这么多人。这些为人夫、为人子、为人父之人，都被他收归麾下带到战场，谁知道战争要打多久，又有多少人能安然归来。特洛伊人兵强马壮，与我们不分上下，也有眷顾他们的神。"对于接下来要说的话，我犹豫片刻。"而且，他们会说，打仗就是为了个女人。一个与他国王子私奔的不忠女人。为了她，值得拼上数千艘船，值得牺牲数万士兵的性命吗？"

他想要相信我的话。我的声音听起来很有说服力，甚至对我来说也是如此。我听着自己的声音，就像是海伦在说话，轻柔但肯定，我感到一阵眩晕，这是自打惊恐绝望的墨涅拉俄斯脸色发灰地带来关于海伦的惊天消息后我从未有过的感觉。一想到届时每个人脸上的表情，一切都值了。

值得！没错，但是我们要等待时机。埃奎斯托斯就这样悄无声息地潜入了迈锡尼，因此把他藏好至关重要。我们需要强大的后盾。他来得很鲁莽，完全是被复仇之火点燃，一心要和我同进退，但是我想小心行事。我已经有了自己的卫队，但我要从四面八方招募更多的人，更多年轻力壮的人,那些没有被带上战场的人。

当我找来那个女奴一吐衷肠,那个在我新婚之时就告诉过我阿特柔斯诅咒的女人,她一下子就面露喜色。"埃奎斯托斯还活着?"她问道,我告诉她没错,是真的,他就在这里,她顿时两眼发光,喜不自胜。她对这个被逐出王宫的男孩饱含爱意,对他的不幸充满怜悯,为他被流放的命运愤怒不已。在迈锡尼,埃奎斯托斯和我并不孤单。她帮我们传递信息,小心地保护着我们。等我们悄悄聚集了足够的人手时,行动的时候就到了。

当我领着埃奎斯托斯走进宽敞的王座厅时——在这里他曾目睹父亲的死,我很满意这一幕在宫廷上阿伽门农留下来治理国家的元老中间引起了一阵骚动。这种感觉就像是露出了锋利的刀刃,没有我预想的紧张之情,有的只是兴奋。我们身后的卫兵巍然屹立,站得笔挺。

"你们中间有许多人目击了堤厄斯忒斯之死,阿伽门农在这里割断他的喉咙前,你们中间有许多人都奉他为王。"我停顿了一会,让他们想想我说的话,他们眼睁睁看着这个熟悉的人被屠杀,而他的儿子就在一旁。"你们在这里看着我女儿长大,与她挥手告别,送别她拥抱新的人生,拥有自己的丈夫,但是你们知道结果怎样——阿伽门农耍的手腕残忍至极,为的就是能带我们的人去打他的仗,这些可是你们的孩子啊。我可以告诉你们,当他杀害伊菲革涅亚时,他没有丝毫退缩,没有片刻动摇。美丽的伊菲革涅亚公主无人不爱。他背叛了迈锡尼,杀死了迈锡尼最可爱的公主后扬帆而去。"我没有继续说下去,而是将目光依次落在他们每个人身上。有些人与我对视,双臂交叉抱在凹陷的胸膛上;其他人要么垂下眼帘,要么看着远处,仿佛在浓雾中眯缝着眼睛。我们的守卫赫然站立,一言不发,坚不可摧。我感到身旁站着的埃奎斯托斯身体僵硬,但是从我口中吐出的话语却像倾倒蜂蜜一般流畅。我想,我不需要成为海伦。

"我记得。"有人说道。他抬起泪水盈眶的双眼看着埃奎斯托斯："我记得你。"

大厅里一阵窸窸窣窣，鞋履在地板上移动，有人在清嗓子，还有长袍沙沙作响，其他人有些含混着表示同意，有些则一动不动，一声不吭。我注意到了他们。不管了。那些怨恨我们的人既然此刻不敢与我们公然作对，之后只会难上加难。

但是，如果说这场战斗看起来赢得易如反掌，我仍然还有另一场战斗要面对。

当我把他带到她们面前时，克律索忒弥斯带着困惑和怀疑看着埃奎斯托斯，而伊莱克特拉，虽然年纪尚幼，浑身上下却充斥着公然的敌意。当我说出他的名字时，她站在那里，身体僵硬，当我的手拂过他的手臂时，我看见她拽着姐姐的衣裙，拳头攥得紧紧的。

克律索忒弥斯张了张嘴，犹豫片刻没有说话。我下意识地在她们俩面前跪了下来，握住克律索忒弥斯的手。我努力赶走闪现在眼前的画面——当我最后一次攥着伊菲革涅亚的手时，她的手苍白而冰冷。"你以前听说过他的名字。"我说。她看向我，仍然很迷惑，但却点了点头。

伊莱克特拉眯起了双眼。她的皱眉让我想起了阿伽门农的脸，那是我在满屋子的求婚者中第一次看到他时的那张脸。我使劲咽了口口水。

"他是你父王的堂弟，但是你父王对埃奎斯托斯无情无义，当时他还小，不比你现在大多少，克律索忒弥斯，"我解释道，"他对埃奎斯托斯的冷酷就像对你姐姐一样。原本他也要杀了他，但是我求他不要这么做。"

伊莱克特拉说了句什么，可是声音太小了，我没听见。

"你说什么？"我问道，但是她摇了摇头，死死盯着地板，不肯再说一遍。我叹了口气。"阿伽门农生性残暴，"我说，"埃奎斯托斯是个善良的人。"除了这些还有什么要解释的吗？我不确定还有什么可说的，没有什么是她们听得懂的。而且,说了这些还不够吗?"你们不如出去玩吧。"我说着重新站起了身,抚平了衣服上的褶皱。

克律索忒弥斯嘟哝了一句:"太阳太刺眼了,对伊莱克特拉不好,她会头痛的。"

不经意间我又叹了口气。她们总是待在屋内,她们的童年与我和海伦在斯巴达的日子比起来简直是天差地别。我想起了自己和妹妹在河边度过的时光,我们自由自在地向彼此倾吐心声,从不担心隔墙有耳,也不担心被人喝止。我的孩子们在这里经历的一切完全不同,但是最让我沮丧的是,她们似乎并不想要这种被剥夺的自由,她们心满意足地留在高耸的宫墙之内,学习女红和唱歌。她们甚至完全不好奇外面都有什么。

克律索忒弥斯会理解的,我断定;伊莱克特拉太小了,她会忘了以前的经历的。她们再也不会见到阿伽门农,我会确保这一点。这就是她们的人生,会比以前精彩得多,她们很快就会习以为常。

那天晚上,我像往常一样从床上溜了下来,来到昏暗的庭院,这是我趁着众人熟睡打发漫漫长夜的地方。在这里,我只有一次被人打扰过,就是埃奎斯托斯刚来的时候。如今他的存在已在宫里广为人知,他一定是胆气壮了不少,不惮于再次来到这里,因为当我站在那眺望黑暗时,我感到他的双手紧紧搂住了我的肩膀,这让我大吃一惊。我惊愕地转过身来。"你在这里做什么?"我问。

"你为什么总在晚上来这儿?"

我躲开他的触碰。"我睡不着。"

"你是在监视吗?"

我用双臂紧紧环抱住身体。"我确实在监视。我需要知道烽火台何时亮起,战争何时结束。"

"奴隶们可以为你代劳,"他说,"有任何事发生,他们会随时叫醒你。"

我摇了摇头。"我不会把这项工作委派给任何人。"

他没有说话。我希望他赶紧走。这是属于我的时间：我不想同任何人分享，甚至包括他。

"你为什么不回去睡觉？"沉默许久之后我问他。天色太暗，我看不清他的脸，但我能感觉到他被我的话刺伤了。

"你在想伊菲革涅亚吗？"

我的呼吸急促起来。"我一直在想她。"

"我也想我的父亲。"他说，我很高兴他看不到我的表情。我担心蔑视会明白无误地写在我的脸上。

与失去女儿相比，失去父母算得了什么。我不想让他留在这里，把他的悲伤与我的悲伤相提并论。

"我一遍又一遍地看到那一幕。"他说。

他把她拉到胸前，她的头发吹向一边，他的手臂紧紧搂着她，她的眼里闪过惊恐。刀起刀落的场景一次又一次地在我脑海中闪现，永不停息。

"但是当我想到这一点时，当我想到阿伽门农屠杀他的场面时，我努力让自己看到别的东西，"他继续说道，"我看到自己站了起来，我看到了自己手中的斧头。我没有伏在地板上哀嚎，而抬起斧头对准他的头。"

我对他没那么恼火了。"说下去。"

"我看到他跪地求饶。"埃奎斯托斯的呼吸急促起来，语速飞快。"然而，我不会对他大发慈悲，我会嘲笑他，我会让那一刻持续下去。"

我紧紧闭上眼睛，感受木柄握在手中的感觉，感受斧刃沉甸甸的分量，想象着在空中挥舞它会是何种感觉，感受着它的力量和威力。当埃奎斯托斯再次靠近我时，我没有躲开。他的双手紧紧搂住了我的胳膊。

"不要去想他犯下的恶。想一想我们会如何惩罚他。"

我伸手把他的脸拉近我。"我想成为那个惩罚他的人。我在奥里斯发过誓——在……在之后。因为这个原因,我才没有和她一起葬身火堆。"

他没有反驳,气息喷在我的脸上,热乎乎的。

我突然把手放了下来,垂到身体两侧。"你回去睡觉吧。我在这里再观察一会儿。"

他犹豫了一下。"别待太久。"

"当然,"我答道,"你去吧,我就来。"

我没有走。这片黑暗属于我,是我能找到的最慰藉心灵的地方,也是我离黑夜中飘荡在冥府的伊菲革涅亚最近的地方。但是我没责怪埃奎斯托斯的擅自闯入。我感激他为我描绘的场景,感激他让我尝到了仇恨的滋味。我不再孤独地沉浸于悲伤之中,不再独自愤怒。

## 第十六章

## 伊莱克特拉

自从埃奎斯托斯进宫后,克吕泰涅斯特拉就再也没有整日闭门不出了。

王座厅、长长的宴会桌前、阳光明媚的宽大庭院里,她的身影总是随处可见。而他总是如影随形,离她不过寸步之距,仿佛有一根无形的线将他们连在一起。起初我还小,无法理解这些丑闻,也不懂跟在他们身后的侧目而视和交头接耳意味着什么。但随着时间的推移,她的厚颜无耻让我越来越震惊。她可是会被剥光了衣服拖到大街上,被民众投掷石块的,这样的结局难道不能撼动她冥顽不化的镇定吗?但谁会做这样的事呢? 我想这就是问题的关键。父亲走了,带走了所有的战士。克吕泰涅斯特拉会一直掌权,直到丈夫回来,或者俄瑞斯忒斯成年后可以亲政为止。等阿伽门农回来,他会来处理胆大包天的妻子。如果埃奎斯托斯是个强者,或许我还能理解一点。如果他冲进宫殿用武力夺取王位,让我们所有人屈从于他的意志,我还可以原谅她的所作所为。但这个胆小的幽灵,犹豫不决、獐头鼠目,完全就是我母亲的尾巴,就是这个男人与她并肩登上王位,胆敢染指强大的阿伽门农统治的地盘?

埃奎斯托斯来了后没多久,第一次背叛就如同冰水袭来。克律索忒弥斯在院子整理一块颜色鲜亮的方巾,拿给母亲欣赏。我们的女红很容易就能引起母亲的注意,她从来没花时间好好掌握这项技能,所以我听到的啧啧赞叹倒并非违心之辞。但是，令我心烦意乱的不是母亲的诚意，而是当我从藏身的柱子旁窥探时，我看见了他。埃奎斯托斯站在矮墙旁，附和着她的赞扬频频点头。我的胸口一紧。克律索忒弥斯眨着眼睛，一时有点不知所措，随后害羞地朝他微微一笑。

我将愤怒硬生生地吞下。我不敢朝他们迈出一步。我呆呆地站在原地，生怕他们中间会有人朝我这个方向张望，注意到我在盯着他们看。等到我敢移动了，我尽可能蹑手蹑脚地溜走。这成了我之后练就的炉火纯青的技能——悄无声息地穿梭在宫里，藏在暗处，假装自己根本不存在。

我什么也做不了。他就在那儿，每时每刻，所以无论我见到母亲多少次，没有一次不会看到他。起初，每个早晨醒来的时候，我会猛地坐得笔直，因为记不清的噩梦让我的心脏怦怦直跳，梦中无形的影子在黑暗里朝我靠近。但是，日子一天天过去，平静如水，四季交替，梅瑟彭的四肢越来越晃悠，越来越站不稳，而俄瑞斯忒斯则越长越高，独自一人走起来虎虎生风，特洛伊的战事正酣，埃奎斯托斯仍然留在迈锡尼，无论这听起来多么的不可思议。

当然，我选择向乔治斯求助。乔治斯可以从他父亲那里打听到消息，慢慢地，形势变得明朗。王宫比我想象中要四分五裂得多。有些人默默忠诚于死去的堤厄斯忒斯和他被迫流亡的儿子，其他人则誓死效忠于我的父王。乔治斯的父亲属于后者。从乔治斯那里，我知道了堤厄斯忒斯如何窃取迈锡尼并放逐了阿伽门农和墨涅拉俄斯，知道了他们又是如何带着斯巴达军队和在孤独的流放岁月中集结的兵力杀回迈锡尼，夺回属于他们的一切。我还了解到，正是母亲动了恻隐之心，才让这个叫埃奎斯托斯的男孩免遭与诡计多端的堤厄斯忒斯一同死去的命运。

最让我感兴趣的，还是乔治斯告诉了我诅咒的来龙去脉。

我全神贯注地听着。当他给故事画上句号时，我环顾四周，仿佛可

伊莱克特拉　119

以换个视角观察我的家。不仅仅这些巨石是独眼巨人们铺设的杰作,我们的宫殿还宴请过奥林匹斯诸神,他们曾是我祖先的座上客。与他们为友让先祖们荣耀倍增。我们的血脉里确实流淌着伟大的力量,这样的血脉又通过阿伽门农传给了我。但是,和许多伟大的家族一样,它有着根深蒂固的病态分支,深深扎根于高贵之中。众神对我父王青眼有加,这一点我深信不疑。他率领着前所未见的王者之师走向战场,他们一定会眷顾他。但是,他又带着家族中无耻之徒的印记,这些人妄图追求不属于他们的东西。坦塔洛斯狂妄自大,傲睨神明,但对他的儆戒却没有让珀罗普斯和堤厄斯忒斯望而却步。阿伽门农的任务就是铲除顽疾,将它与健康的部分割开,从而让我们的家族完好无损,保留先辈的伟大,摒弃他们的卑劣。但是他犯了个错误。他让埃奎斯托斯苟活了下来,发育不良,形容丑陋,这是我们血统的奇耻大辱。他鸠占鹊巢住在了宫里,还和王后干了见不得人的事情。

"她为什么从不告诉我?"

乔治斯看起来神情严肃。"迈锡尼不允许任何人议论此事。"

我倒吸了口气。"所以,她守口如瓶,就是希望人们会忘掉这一切。"我摇了摇头。"众神曾是家族的故人,他们会再次与我们为友的。她怎么能瞒得了我?"

"我只知道这是明令禁止的。"

仿佛这是耻辱的根源。我很感激乔治斯提供给我的这些信息,但这并不能减轻我对母亲隐瞒此事所生的怨恨。胸中的愤懑与恨意深深刺痛了我。她不希望我知道父亲是什么样的人,也不希望我知道家族遭受过怎样的磨难。我不知道她还死死隐瞒住了什么秘密,还有什么是我既不知情,也没人敢告诉我的。

"谢谢。"我对乔治斯说道,希望他听得出我语气中的真诚,希望他能知道这对我来说意义重大。

我明白母亲从奥里斯回来后沉浸在悲痛中无法自拔。当时的她无法像现在的我这样看清真相：众神对阿特柔斯家族这么做是有目的的。阿耳忒弥斯向我父亲提出了可怕的要求，克吕泰涅斯特拉自然失魂落魄。我可以原谅她。回想起来，我发现自己小时候感受到的那种冷冰冰的遗弃，其实就是笼罩着她的痛苦，是她无法摆脱的苦难。甚至包括埃奎斯托斯的到来——也许，如果我强迫自己这么做，也许我可以让自己相信，失去女儿使她理智全无；我也可以让自己相信，她是受他蒙蔽，在他的魔爪下无法逃脱。

可是，时间一天天过去了，她为什么还没有清醒呢？如果她还没有幡然悔悟，那她还会吗？我祈祷父亲回家，祈祷战争结束，胜者归来，这样他就能扭转局面。对未来的不确定折磨着我。等他回来了，发现了这一切，他会怎么做？她犯下的罪可是一天比一天重。

挫败感在我心中愈演愈烈，永不停息，无处可逃。我什么也做不了。每次看到埃奎斯托斯我就躲得远远的，从不和他说一个字。起初，我担心母亲会训斥我的无礼，但是当我发现她从来不因此而责骂我时，我反倒期望被她批评。为什么她只是安详地微微一笑，就继续做别的事呢？他早就放弃了各种寒暄，带着怀疑的眼神默默看着我，我则转过头去，满脸厌恶之情，与此同时，她对我俩统统视而不见。

他的胆子越来越大，在宫里走来走去，仿佛这是他的家一样。父王的戒指在他的手上金光闪闪，披在肩上的昂贵的羊毛斗篷花的也是父王的钱。因为梅瑟彭再也无力冲他咆哮撕咬，他也就不再灰溜溜地走开。一天下午，我的狗躺在阳光下睡大觉，我看见埃奎斯托斯伸出脚，踢在了它肋骨处的灰色皮毛上。

"你好大的胆子！"这句话脱口而出，我完全忘了要谨言慎行。

我的母亲立刻出现了。"怎么了，伊莱克特拉？"

"他踢了梅瑟彭！"我的胸口上下起伏。

伊莱克特拉　　121

"这狗不应该睡在那儿,正好挡了大家的道。"她说着把手搭在了埃奎斯托斯的胳膊肘上,把他带走了。

不公的感觉让我愤怒不已。我父王的狗,居然在我父王的家里受到虐待,这真是耻上加耻。我知道,梅瑟彭和我一样,硬撑着等待主人的归来,但是,在这场旷日持久的战争中,它日渐衰老,它那颗忠诚而善良的心脏再也坚持不了太久了。当生命从它身上悄然离开时,我呜咽着哭了许久,眼泪打湿了它的皮毛,直到他们把它的尸体从我身边抬走。

我比从前更加独来独往了。我尽可能避开他们。当我看见母亲和姐姐在庭院里聊天,只有她们两个人的时候,我会躲在一边不让她们看见。她们长得很像,在阳光的照耀下秀发乌黑透亮,侧颜轮廓清晰,只不过克吕泰涅斯特拉昂首挺立,克律索忒弥斯则低着头以示尊敬。克吕泰涅斯特拉做着手势,脸上表情眉飞色舞,一只手将一缕头发别在脑后,另一只手在空中挥舞,强调她所说的话。克律索忒弥斯站在原地一动不动,若有所思,始终没有抬起头看母亲的眼睛。

"她想干什么?"我后来问她。

"她想和我谈谈——我的未来。"

"你的未来?"

姐姐的脸唰的一下红了。"婚姻。"

父王仍然在外征战,一切都悬而未决,等待他的归来,这种时候我们怎么能转身走人呢?想到这一点我就觉得恶心。

"和谁?"我问。

"我不知道,目前还不知道。她只是这么一说,说是时候了。"克律索忒弥斯无助地耸了耸肩。

"怎么就是时候了呢?"我没法站在原地不动。我踱步穿过庭院来到矮墙边,朝着远处的群山望去。我的胸口呼吸急促,激动与愤怒的情绪交织在一起让我很难说出话来。"她怎么能定计划?她怎么能选择?这是父王才有的权利！"

姐姐叹了口气。"我不能拒绝他们。"

"他们是谁？"

"母亲和埃奎斯托斯。"

"这和他有什么关系？"

她大笑起来，带着愠怒说道："他和她一起统治迈锡尼。他们的话我无法反驳。"

"那么，你就要嫁给埃奎斯托斯为你挑选的人？"我的声音不依不饶。我注意到她离我远了点，双臂紧紧抱住自己。

"我不知道怎样才能不嫁。"

我咬牙切齿地说："我宁愿死。"

她看着地面。"我不愿意。"

我转身离开她。就这样，我失去了克律索忒弥斯。她要嫁给埃奎斯托斯的盟友，温顺听话的她根本不敢反抗。我能期望的只有阿伽门农尽快回国，这是他走后我一直怀揣的愿望，但克律索忒弥斯也许不像我那么坚信他能回得来。

那一天，我和姐姐之间有了嫌隙。对于我们三个人——克律索忒弥斯、俄瑞斯忒斯还有我——会结成同盟这件事，我再也不抱有任何希望。俄瑞斯忒斯是父亲的儿子，是家族里年轻版的阿伽门农。但是他不记得父亲是谁，甚至都没见过他。如果克律索忒弥斯能放弃一个记忆中比我更熟悉的人，我又怎么能让阿伽门农在俄瑞斯忒斯的心中永远鲜活？他在没有父亲陪伴的情况下长大，母亲和他呆在一起的时间还不如我和姐姐多。确保他知道我们的历史、我们的遭遇和等待我们的命运就成了我的责任。至少我要保证阿伽门农有朝一日回到家的时候，他可以为他的两个孩子而骄傲。

我开始给弟弟讲故事，向他讲述传回国内的战争故事，都是这些年我们收到的零碎情报。不知道的东西太多了，我必须靠自己把它补充完整。"我们的父王统帅全军，"我说，"他骁勇善战，强大无比，整个希腊的人都愿意追随在他身后。"

俄瑞斯忒斯看着我，眼睛睁得大大的，目光坚定。

"神祇与他并肩作战，"我继续说道，"他们总是善待我们这个家族。"

"如果神祇也一同作战，为什么他还没赢得战争呢？"俄瑞斯忒斯问道。

我皱了皱眉。"我不知道。有时候出了点问题，就像这里的迈锡尼一样。神祇希望这里的王是阿伽门农，但现在埃奎斯托斯来了。他从我们手中窃取了王位。这样的事情曾经在我们家族中发生过。"

俄瑞斯忒斯看上去一脸困惑。

"别担心，"我说着把他搂得更紧了，"我会在这儿照顾你的。直到父亲回来为止。等他回来了，他会为我们铲除埃奎斯托斯的。到时候一切就好了。"

他依偎在我身上，头枕着我的肩膀。

"和我再说说打仗的事，"他说，"讲讲父亲打过的胜仗。"

我调动起我全部的想象力。

战争已经进入了第十个年头，其时间跨度之长，无人料到。我在农舍旁结识的小男孩现在已经下地耕作，长成了一个男人。不是阿伽门农那样的男人，不是高大威猛、傲气十足的国王，也没有炯炯有神的眼睛和闪着光泽的头发，他强有力的拥抱我至今仍然记忆犹新。因为辛苦劳作，乔治斯的目光暗淡，尽管手臂肌肉发达，却很瘦削，长年累月的农活已经让他累弯了腰。也许正是因为艰苦劳作中养成的耐心，他才愿意听我一遍遍的诉说。我坐在宫殿后的石阶上，俯瞰着下面绵延起伏的群山，我们的王宫建在最高处。低矮的树木星罗棋布，午后的阳光洒下金色的光芒,照射在这片土地上。真希望它的美还能触动我,还能激起某种情感。我感到了狗的离去。我有时仍然会向下伸出手,想摸摸它的头,这时才记起它早就不在人世了。

"你在想什么?"

我深深叹了口气。虽然没有转过头,但是我知道坐在我身边的他脸上是什么表情。阳光斜照下来,他一定是眯缝着眼,但他绝不会用手遮挡住眼睛。对于我母亲和她的情人来说,他就是个农民,但他是我的朋友——我唯一拥有的朋友,也是我唯一需要的朋友。他是唯一一个告诉我家族真相的人。

我知道,有时候他希望我们可以谈谈其他事情。我也希望自己除了愤怒,还可以想点别的。有时我仿佛可以游离在身体之外听见自己说话,没完没了的刺耳声音让我自己都尴尬不已。但我还是忍不住要长篇大论,这些话如同扭曲缠绕的藤蔓一般卡在我的喉咙里,只有一吐方能为快。我很感激乔治斯,他永远愿意陪在那里听我说话。

"我在想,如果我父王在这儿,他会把埃奎斯托斯烤成串,就像他二十五年前就该做的那样。"我说。

"你的父王宅心仁厚。"乔治斯说道,又重复起我们已经说过很多次的内容。他皱起眉头告诉我:"我父亲总是说,阿伽门农掌权时比现在好多了。埃奎斯托斯对于统治王国一窍不通,他提拔的那些人——要么粗鲁贪婪,要么一无是处。和以前大不一样了,再也不是从前了。"

我要是一生下来就是个男孩子,不是女儿身,那该多好,那样扎根在迈锡尼骨子里的诅咒就能消解。我会亲手把它斩断,砍掉家族之树上生病的枝杈,让我们剩下的部分最终纯粹而健康。然而,我是在暗处长大的,无人关注,无人在意,没有像他期望的那样闪耀着光芒,我能做的仅仅就是等着父亲回家。

"特洛伊有消息传来吗?"我问。我们从信使那收到了关于战事和阵亡的官方消息,但是我知道,这些劳作的人,还有农民和奴隶们的嘴巴没那么严,从他们中间能够得到更宝贵的信息。

乔治斯叹着气说道:"没有能让你开心的消息,伊莱克特拉。"

"发生什么了?"说话的时候我感到口干舌燥。我不相信会是那条让我害怕的消息。不可能是阿伽门农要输了……但是我脆弱的心仍然害怕听到。

乔治斯说话的时候眉头拧在了一起。"我听说,阿喀琉斯不再为希腊人打仗了。"他说。

我松了口气,如释重负。"就这些?"

"这已经够严重了。"

"阿喀琉斯只是一个人而已,"我答道,"跟随他的密耳弥多涅人只是大军的九牛一毛。我们还有很多战士。"埃阿斯,魁梧如山。奥德修斯,足智多谋。我的父王,是他们所有人的统领。

"只要赫克托在,特洛伊就不会垮,"乔治斯说,"除了阿喀琉斯,谁也不是赫克托的对手。"

我吸了一口气,看向他的目光带着咄咄逼人的责备。我沉默了片刻,强忍着没有反驳。"为什么这位伟大的战神要抛弃希腊人?"我强硬地问道。

"他和你父王发生了争执。阿伽门农国王拿走了他的战利品,是阿喀琉斯赢来的一个女奴。"

我耸耸肩。"战争中赢来的所有战利品都属于国王,他有权以他认为合适的方式来分配。"

"呃,这个姑娘叫布里赛伊斯,阿喀琉斯不愿意放她走。他觉得自己受到了羞辱,除非让她回来,否则他不愿意打仗了。"他的语气变得凝重起来。"希腊人已经节节败退。他们处境很不妙,伊莱克特拉。"

我摇摇头。"战争走势瞬息万变。多少次我们听说特洛伊已经要完蛋了,然后又传来希腊人被击退,又一次重新集结的消息。我的父王最终会赢的。"

"我应该去吗?"他突然吐露的意图让我大吃一惊。

"去哪?"

"特洛伊。我可以去打仗。我的年纪足够大了。"

"你要怎么去?"我一下子站了起来。"去特洛伊路途遥远,太危险了。你为什么要去?"

他也站了起来,手搭在了我的肩膀上。我不想看他那张坦率而真诚的脸。我已经无数次想象过特洛伊的战场。每天想到特洛伊人的刀剑如何刺穿我父亲的身体就已经足够折磨我了。我实在不忍心想象乔治斯也要身处战争风暴的中心。"你的父王需要人手,伊莱克特拉。我身强力壮,能在那儿帮上忙,打赢这场战争。这样他就能回家与你团聚了。"

泪水刺痛了我的眼睛。"不要。"

"为什么不要?"

我的双臂紧紧抱住自己,毅然决然地转过脸,不去看他。"你不是士兵。"

"我可以学。"

我摇了摇头。"这是发疯。"

"想要做点什么帮上忙,而不是留在这儿,任你每天受苦受难,这是疯了吗?"

"你确实帮忙了。你在这儿就是帮我。"我想象着乔治斯走了之后自己的日子会变成什么样:孤寂到令人崩溃,不得不忍气吞声看着埃奎斯托斯霸占父王的位置,没有任何朋友可以依靠。"你不能离开我。"

"我永远都不想离开你。但是如果我能派上用场的话……"

"那就别再提了,"我说,"有没有阿喀琉斯,我的父王都能赢。"

他缓缓地点了点头。"我再也不说了,如果这让你不开心的话。"

伊莱克特拉 127

我点点头,拼命眨着眼睛不让眼泪流下来。我让父亲失去了一名主动请缨的战士,希望这并不是什么自私的行为。但我已经说过,单个人的作用在战争中微乎其微。然而在这里,在迈锡尼,乔治斯的存在对我而言至关重要,直到方才他提出要离我而去的那一刻,我才终于认识到这一点。父亲的缺席已经在我的人生中割开了一个大口子,我认为自己无法再面对失去朋友的命运了。

夜幕降临,我漫无目的地走回宫里。我悄悄走过长廊,老练地走在暗处,神不知鬼不觉。经过母亲的寝宫时,我听到她轻柔的声音,她在和什么人说话——很可能是他。大多数时间,我并不在乎她说了什么,但是我想知道她是否同样听到了乔治斯向我转告的战报。我想知道她是否会因为希腊人的分崩离析而额手称庆。

我走近那扇虚掩着的门。

"……我一点不奇怪,这是自然,"我听到她在说,语调高亢,语速很快,"然而,我还是想知道怎么会变成这个样子。"

埃奎斯托斯说了点安慰她的话,声音尖细,哼哼唧唧。

"他是有女儿的人,"她的声音中透露出一丝绝望,"我知道战争就是这么一回事。我知道他干过什么。但是这个女孩,这个奴隶,他们抢起她来就像狗抢骨头一般,他到底有没有把她当人看?他想过这是别人家的宝贝女儿,想过她甚至都能做他女儿了吗?"

现在埃奎斯托斯的声音听起来更清楚了些。我想他是站了起来,靠近了我潜伏的那扇门,也许是为了更靠近克吕泰涅斯特拉。"我没打过仗,但是……"

她打断了他,就好像他根本没开口一样。"我凭什么认为他会在乎女人的感受呢,哪怕她就是他的亲生女儿,哪怕特洛伊人会趁此机会追着他和他的军队漂洋过海一路杀到迈锡尼?对他来说,最重要的只有他的自尊，但是残酷的地方在于……"接下来是长久的沉默。等她再次开口，声音听起来克制了许多。"他没有长着恶魔的脸。嫁给他的时候，我不知道是这样，我从没想过……现在，他把女人当作玩物，冒着输掉整场战争的风险，就是为了宣布布里赛伊斯属于他而不是阿喀琉斯。为了这场战争他曾经如同屠宰动物一般手刃自己的骨肉。"克吕泰涅斯特拉的声音又变得冷冷的。"那个可怜的姑娘一定看不起他。"

我已经听够了。我转身离开，默默溜回寝宫，仿佛一个幽灵，徘徊在自己的家里。等到后来，当我在脑海中反复咀嚼母亲和可恶的埃奎斯托斯之间的这段对话时，我才体味出了其中的苦涩与刺痛。

这位远在天边的姑娘成了我父亲的奴隶，让母亲产生了一种亲切感。在她的想象中，这位姑娘——布里赛伊斯——鄙视将她据为己有的国王。我在床上翻了个身，将脸埋入了柔软的毯子中。我缓慢而深长地吸气，感受呼出的气息为皮肤带来的温热。闷在被窝里的我开始思考起这个姑娘。我好奇她会长什么样，这个让战争停滞不前的女人。我猜她一定身材高挑，体型优美，有着飘拂的秀发和大大的眼睛。她可以抬起双眸看向我的父亲，可以注视着他的脸庞，那张我只能在久远的记忆中模模糊糊看到的脸庞。她一定明艳动人。我在想她会有什么感受：先是被阿喀琉斯收归帐下，关于阿喀琉斯的传奇数不胜数，这位勇猛的年轻战士让特洛伊人闻风丧胆。然后是阿伽门农的卫兵行进至密耳弥多涅人的帐前，他们的脚步踩在沙地里发出嘎吱嘎吱的声响。他们带走了她，把她带到国王那里。

克吕泰涅斯特拉同情她，是因为她归阿伽门农所有。我紧紧闭上眼睛，几乎能感到特洛伊沙滩的沙子从我脚趾间流过，紧闭的眼睑下闪过的橙色亮光可能就是希腊火把的火焰。士兵们紧紧抓住她的上臂，押着她走向营帐。他们走近时，她低下头，没有束起的头发一直散落在面庞上，就这样她站在了他的面前。

伊莱克特拉

画面从我的脑海中消失了。我努力寻找着他的标志性特征：他那黑色的胡须、浓密的鬈发，会不会因为岁月的流逝和带兵打仗的劳累而变得灰白？我敢肯定他的眼睛会一如往昔闪着幽黑深邃的光泽，带着温暖，但是也许会比从前更加疲倦。

我的母亲毫不关心他受了什么苦，也不在乎无休止的战争给他带来的摧残。她绝不愿给他任何宽慰，不愿给他任何本属于他的战利品，而与此同时，她却慵懒地躺在叛徒身边，那个胆敢睡在阿伽门农卧榻上的篡位者。

我的肺快要炸了。我把毯子推开，从自己建造的密不透风的洞里钻出来，头发湿漉漉地粘在油亮的鬓角上。骤然之间，我感到强烈的焦躁不安，四肢空有力气却无处施展——真希望横亘于这里和特洛伊之间的并非大海，因为哪怕阻隔我们的是世界上最严酷干涸的沙漠，我也会义无反顾地穿过沙漠，只为再见父亲一面。

我是个公主。睡的床上铺着流光溢彩的布料，住的寝宫装饰着精美绝伦的壁画，挂着雍容华贵的帷幔，堆放着闪闪发光的珠宝，随时可以供我装扮秀发和颈项，窗户上的雕花百叶帘可以挡住白天太阳的炙热，送来晚风的清凉，我能想到的种种安逸都唾手可得。然而，我的每一根神经都因为强烈的渴望而疼痛难忍，我可怜躯体的每一寸都希望能置身于篝火的烟雾中，站在帐篷的粗布下。我愿意与一个一无所有的奴隶交换位置，她拥有这个世上我最想要的东西，那就是我父亲搂住她的臂膀。

## 第十七章

## 卡珊德拉

　　战争在继续,永无休止,周复一周,月复一月,年复一年。我很好奇,他们怎么会有兴致继续打下去?他们怎么能每天早上一醒来就投身于万年不变的残酷屠杀,然后吃饱喝足,醒来后再重复同样的事情呢?虽然堆积如山的尸体引来贪吃的乌鸦在头顶贪婪地哇哇乱叫,但是希腊军队实力雄厚,从城邦往下看,他们搭建的临时军营看起来井井有条。

　　尽管如此,我们的城墙依然屹立不倒。虽然我再也不能走出城邦,但是每天我都会从城墙上俯瞰下去,凝神的目光掠过城墙下如火如荼的两军交锋,眺望着平静的大海。我会一直看下去,直到闪烁的黑点蜂拥而至,模糊了我的视线,直到脑袋阵阵作痛,什么也看不见为止。我要找寻的是另一种眼花缭乱,是醍醐灌顶的顿悟,是有关未来的预见。

　　但是自从帕里斯扬帆前往斯巴达的那天起,阿波罗就再也没有和我说过话。没有痛楚将我的头骨劈成两半,也没有灼热的白色闪光让我眩晕,更没有真知灼见向我袭来。偶尔会浮现出一点真相: 先是一个孩子在大街上蹦蹦跳跳,随即我看到他发起高烧,浑身湿透,接着转瞬之间便如雕塑般一动不动了;第二天,孩子的母亲连根拽下自己的头发,指甲划过脸庞,徒劳地向阿波罗哀嚎。一位勉强算得上成年的男子神色凝重地把胸甲绑在胸前,双手带着难以察觉的颤抖,准备大步迈向鲜血淋漓的土地;我看到空荡荡的天空下,他喘着粗气,血肉涂抹在了沙滩上。这些无足轻重的真相日复一日地困扰着我,但是,当我目不转睛地盯着大屠杀时,我想要找的东西没有出现;每个黎明,当我跪在阿波罗神像的脚下祈祷时,我想要的东西无影无踪。

我甚至怀疑起自己的预见力,我在想,也许我从帕里斯身上看到的只是战争的事实。特洛伊满目疮痍,城邦陷入停滞,所有人被困在石墙之后,永无脱困之日。尽管这并非我的本意,尽管我的内心深处每一天都背负着绝望的重担,但是我无法阻止危险的希望交织着悲伤像绿芽一样破土而出: 没准特洛伊最终能挺过去。

神庙里阿波罗的脸就是一块光滑的石头,面无表情、空无一物。画在上面的眼睛注视着前方,什么也看不见。他什么也没告诉我。

起初被围困的时候,浓浓的惊恐与担忧笼罩着特洛伊城。这一次,不仅仅是我看到了死亡与毁灭近在咫尺。每一座祭坛上都香气缭绕,直冲云霄,空气中弥漫着熏香的味道,作为献祭贡品的牛哞哞叫唤着,与向神灵祈福时发出的细碎悠扬的吟诵混杂在一起。城邦上上下下,每一张脸都痛苦万分。日子一天天过去,男人们战死沙场——他们是我们的丈夫、兄弟、孩子和父亲——个个面目全非、支离破碎,躺在血泊中苟延残喘。城邦周围,土地一点点沦陷,落入了希腊人的手中,他们还夺走了我们的庄稼和牲畜。饥饿的威胁悄然蔓延至每家每户,看起来很快就要饥荒遍野,饿殍满地。每一天,迫在眉睫的恐怖向我们逼近,随时会将我们掀翻,彻底击个粉碎。

但是每一天都一如往昔。我的哥哥赫克托统帅着特洛伊全军。每当战士们因为害怕与痛苦而士气低落时,他都会以自己镇定的指挥让他们重新斗志昂扬,用自己的希望和信心让他们重新振作起来。我们学会随遇而安。慢慢地,我们开始忘却新鲜的海风和脚下拍打的海浪。人们一致认为,希腊人的情况要糟糕得多。他们远离故土,远离家人,不得不生活在我们的沙滩上,他们向我们的城墙发起猛攻,却毫无进展。他们不可能像我们那样坚持太久。只要我们足够强大，耐心等待，事情终究会有个了断。

好吧，我们等啊等，已经是第十个年头了，我们还在等。日子过成了可怕的周而复始，习以为常到我经常会忘了它的恐怖之处，直到那恐怖再次席卷全身，直到我再度因为惊恐而浑身僵直。这听起来有些不可思议，但对我们来说就是生活的常态。就这样，第十年的一天清晨，浓云密布的天空中弥漫着的金属味道把我惊醒。梦境已然消散，余音依然萦绕在我的脑海里，但是已经支离破碎，可望而不可即。

事情起了变化。我迅速穿好衣服，没有慢条斯理地梳理自己的头发，也没有将它高高盘起，而是任它披散下来，乱成一团。我悄悄穿过沉睡的宫殿，溜进城里。

他就在这里。我能够感受到他锋芒毕露的威胁：阿波罗的怒火毋庸置疑，就像很久之前我在神庙被他的双唇猛烈压住时体会到的那样。我的心怦怦乱跳，与清晨的安宁格格不入。我想要逃走，但是就好像被流沙吸住了一般，无助而孱弱地困在原地无法动弹。我用双臂紧紧抱住头，猛地扑倒在地的时候，感到膝盖被石头擦破。我气喘吁吁地等待他发起进攻。

那一刻过去了。我感到了他的离去，于是大着胆子把头抬离地板一寸。我爬向城墙，硬撑着靠在上面站起身来，然后朝外望去，眺望着战场的广阔平地，注视着那一边的希腊军营。

痛楚如同一道闪电将我的脑袋击碎。我用双手死死顶住太阳穴，极力想让头骨保持完整。他的光芒从我脑中划过时，我几乎灵魂出窍，靠在被雾气浸湿的冰冷砖头上，感到一阵天旋地转。

我的视力一点点恢复了。我目瞪口呆地看着它降临在希腊人身上，除了我以外谁也看不见：疾病带着刺鼻的恶臭，瘟疫的气息令人窒息，阿波罗完美的双唇中呼出了一朵胀鼓鼓的云，里面塞满每一种阿波罗深

伊莱克特拉　　133

谙治疗之道的疾病，这种诅咒会让裸露的烂疮在他们的肉体上竞相绽放，会让他们的身体饱受高烧的蹂躏，会让他们粗重的喘息和祷告得不到任何回应。他们会祈求他的宽恕，祈求他妙手回春，而他会眼睁睁地看着他们死去。

整整十天，我们都这么看着他们。希腊士兵疯狂地焚烧着尸体，但是尸体堆得比他们点燃火堆的速度都要快。致命的传染病悄无声息地肆虐营地。奴隶们把铺了软垫的躺椅拖到王宫的庭院边，这样父王和母后就可以和我一起作壁上观了，坐在那里，我能感受到希腊人的绝望与惊恐。安德洛玛刻也来了，抱着她的儿子，因为满怀希望，身体绷得紧紧的。

赫克托自然是在特洛伊军队的最前方冲锋杀敌。我们的将士因为获得的有利条件而群情激昂，心花怒放。没有人能将他们赶走。希腊人的战斗力已经严重不足，在阿波罗带来的瘟疫下，众多士兵要么身患重病，奄奄一息，要么早已一命呜呼。他们在坚持，但仅仅是垂死挣扎而已，而且看起来他们再也无法和我们相抗衡了。战争结束的迹象已经浮现在我们面前，美好的愿景似乎触手可及。但是，只有我，整个家族里只有我，整座城邦里也只有我，并不相信这一点。

不知道是希腊人为阿波罗焚起的祭坛，还是别的什么手段起到了安抚作用，第十一天的黎明清新晴朗，笼罩在希腊军营上空的恶毒瘴气随着日出一扫而空。我的哥哥，毫无畏惧，再一次指挥着大军与疲惫不堪的敌人展开了殊死搏斗。

那天晚上日落时分，赫克托兴高采烈地班师回营了。他报告说，虽然希腊敌军不再为疾病所困，但是阿喀琉斯拒绝与他们并肩作战。他和部下已经远离了战场。的确，自此之后我们确实没有看到他的战车在战场上飞奔，而在此之前，每一天这辆战车后面都会倒下无数我们被砍死砍伤的亲人。

如果阿喀琉斯退出战斗，那么胜利就是我们的，这一点特洛伊人人心知肚明。几周过去了，我们的信心越来越强。希腊人也许能躲过瘟疫的劫难，但没有了阿喀琉斯，他们绝对赢不了。这只是时间问题。我看到安德洛玛刻疲倦的双眸闪耀起光芒，嘴角大胆上扬，露出了紧张的微笑。我的母亲品尝起了美酒，肩头的紧张感松弛了下来。而海伦的面庞平静而美丽，一如从前。

我焦急地咬着嘴唇，干燥的皮肤都被咬开裂了。我没有看到救赎近在眼前，只有对无法预见的灾祸深深的惧意。

一个阴森森的清晨，我们再一次来到城墙上，无用的看客聚集在城墙高处，等待着命运被裁决的那一刻。十年来，日复一日的单调乏味，无助的绝望把我们死死困在那里观战——这一切最终能被打破吗？

浓雾随着海浪从岸边滚滚而来，像是波涛汹涌的大海喷薄出的飘忽不定的白色潮水。大雾将敌营罩得严严实实，还将触须伸向了城墙脚下星罗棋布的特洛伊篝火。我们每个人都做好了准备，在这永无止境的时刻，整座城邦无声地集结。我想，当勇士们列队排开，严阵以待时，我们每一个人都屏住了呼吸。

然而，一切仍然陷于诡异的寂静之中，只有一只孤独的小鸟在我们的头顶上低飞，发出沙哑的尖叫打破了这种寂静，它拍打翅膀的声音大得惊人。

接着，朦胧的昏暗中传来战车车轮的轰隆声。安德洛玛刻就站在我身边，我能感觉到她身体的僵硬。我们原以为会看见特洛伊人的进攻，但是，在他们采取任何行动之前，似乎是希腊人——这群饱受摧残，几乎溃不成军的希腊人——不可思议地逼上前来。消散的雾气后面涌现出巨大的黑影，立刻呼喊声响彻云霄，回荡在特洛伊的古老城墙上。一顶熟悉得不能再熟悉的头盔伴着清晨第一缕微弱的阳光闪耀，我们都认出了这件闪闪发光的盔甲。

安德洛玛刻猛地抓住我的手。"阿喀琉斯回来了。"她倒抽了一口气。

我摇摇头，眯起眼睛看着那个策马扬鞭的伟岸身影。他站在战车上，傲视群雄，两翼护卫的是密耳弥多涅人，我们原以为他们的缺席会救我们于水火之中。"不，阿喀琉斯此刻独自坐着。"我轻声说道。我看见他了，孤独而忧伤，和他身边火堆中闷燃着的余烬一样闷闷不乐。他毅然决然地看向大海，他的女神母亲正注视着他，黑色的眼眸中闪烁着满意的神色。

"这不是阿喀琉斯。"我小声说道。阿波罗的话在我的喉咙里灼烧。

安德洛玛刻对我的判断充耳不闻，她站在我身边一动不动，眼睛瞪得大大的，充满了惊恐。"赫克托。"

当然，我的哥哥正大步流星地追赶阿喀琉斯的战车，他当然不能眼睁睁看着自己的部下在自己面前被砍倒。我能感到空气中危险重重的刀光剑影，就像阿波罗拉紧的弓弦一样在战场上颤抖。我很肯定，下面两个在沙地上厮打得不可开交的男人，其中一个必定要死。

遥远而寂静的密耳弥多涅营地空无一人，我能感觉到阿喀琉斯突然紧张得全身僵硬，我知道他扭头看向了远处城墙脚下激战正酣的战场。与此同时，我看到不可思议的事情发生了——阿喀琉斯的盾牌掉在了战场的泥土中，接着他的膝盖一软，向后倒了下去，巨大的羽饰头盔随之从他的头上滚落。

赫克托的剑鲜血淋淋，甚至连城垛上的我们也清楚看到了猩红色的光芒。

我停了下来。有时候，在梦境中，我知道自己是睡着的，我会感到自己被困在沉睡的心灵不断展开的事件中无法挣脱。就像现在这样，人们面面相觑，一脸难以置信的表情。

城墙下很远的地方，赫克托已经剥下了对手的盔甲，这时密耳弥多涅人蜂拥而至，拼命保护柔软的血肉之躯。尸体成为了新的战斗炙热的焦点。这是一场猛烈而不惜一切的交手，目的是为了争夺阿喀琉斯盔甲下那衣衫褴褛、血迹斑斑的残骸，无论那是谁。

普利阿摩斯听懂了将士们传回的信息，低下了头，像是打了败仗。"不是阿喀琉斯。"他说。

我转过身，一阵作呕，疲惫不堪。那天的屠杀我再也看不下去了。我凝神注视着脚下的街道，努力寻找被头脑中裹挟一切的疼痛遮蔽住的真相。我知道，它一定是藏在某个地方，如同闪闪发光的宝石，撩拨心怀却又可望而不可即。要是阿波罗愿意让我看清它，要是我能弄清特洛伊是如何走向毁灭的，要是我能确切知道等待我们的厄运会是什么样的就好了。

在他的神庙中，我再次祷告。我并不祈求被救赎。我只希望弄清等待的折磨还要持续多久。阿波罗的神像笼罩在芳香的烟雾中，无动于衷地俯视着我匍匐的身体。外面的战场上，战事如火如荼。逝去的每一刻都像是永无休止，但时间还是在慢慢流逝。昏暗的神庙外，厚重的云层开始消散，随之而来的是惨白的星星在漆黑的天空中闪烁。将士们要撤退了，那些活着的人会一瘸一拐地回去清洗伤口，哀悼阵亡的战友，并发誓等到第二天早晨太阳升起的时候一定会向敌人复仇。同时，灵敏的豺狼也会从暗处溜出来，饥肠辘辘。

赫克托回来了。他走过我身边，穿过廊柱，站在了阿波罗神像巨大的青铜脚边。我抬起头看着他。

哥哥披散的头发卷曲着，湿漉漉的。他一定在参拜神像前洗去了战争的尘土和污秽。他的颈背上空荡荡的，没有巨大的翎羽头盔在脑袋上摇摆。看到这一小块血肉之躯裸露在外如此脆弱，我不禁心头一紧。今天的他焕发着健康与活力，双臂紧绷，肌肉发达，胸膛起伏，血脉偾张。我闭上眼睛，泪水在眼眶里打转。

我听到金属叮当作响,还有倾倒液体的声音,甜美的酒香混合着熏香的味道,我知道这是赫克托在向阿波罗献祭。他会站在神像前,张开双臂,虔诚地祷告。

透过幽暗的烟雾,我感到平静在我的身体中蔓延,清除了头脑中某些心烦意乱的困惑。我睁开眼睛,看见他正看向我。

"你是来问明天会发生什么吗?"我张开干涩的嘴唇说道,因为许久不用,声音有些沙哑。当我看到倒在赫克托剑下的并非阿喀琉斯时,我在战场上大声疾呼,可是大家置若罔闻,自那以后我就没有开口了。

"只有神祇才会知道。"他答道。

我很好奇,他的眼神怎会如此柔和深邃。他肯定是来向阿波罗寻求阿喀琉斯复仇的讯息的。我抬头看了一眼哥哥身后一言不发的高大神像。我终于感到自己飞奔的思绪安静了下来,一点点回归正常。"我能知道。"我低声说道。

他从未轻视过我,也没有斥责过我。对于希腊人来说,他手握生杀大权,是位不可战胜的勇士,从不会仁慈,也不会软弱。但是在特洛伊,他是我们的保护神,不管对别人,还是对他胡言乱语的妹妹,都一视同仁地友善。"我的命运并不重要,"他说着,在我身边跪了下来,跪在了地板上,"这不是我想知道的东西。"

"你今天杀的那个人……"我开始说道。

"我今天杀了很多人,"他说,"这十年来每一天都如此。但是你想到的那个人,他穿着阿喀琉斯的盔甲,他的名字叫做帕特洛克罗斯。"他扫了我一眼。"阿喀琉斯会让我血债血还,这点我很清楚。帕特洛克罗斯临死前诅咒了我,警告我将要发生什么事。"

帕特洛克罗斯。白色开始在我的视线边缘悄然浮现,但是我咽下了随之涌来的胆汁,强迫自己的视线停留在赫克托的脸上。

"但是阿喀琉斯只是一个人而已,"赫克托继续说道,声音很平静,

"战至今日，我们几乎已经制服了希腊人。我们会把他们赶回船上，随他怎么怒吼咆哮。也许他的悲伤会让他马失前蹄。"

我伸出手，搂住了他的上臂。他的上臂很温暖，肌肤下跳动着生命的力量。到了明晚落山的时候，它就会变得软弱无力，沾满灰尘，还会被阿喀琉斯的马车拖行在身后的大地上。我盯着他的手腕，注视着柔软的内侧青筋的轨迹。我看到地狱正朝他袭来，准备吞噬掉我这位耐心十足的哥哥。

"来，"他说着站起身来，轻柔地拉着我和他一起，"别呆在这儿了。回宫吧，今晚和我们在一起。"

没有人希望我在那儿，所以他的同情只会让我愈加伤心。我听从他的盼咐跟在身后，因为从今往后哥哥再也不会有任何请求了。走的时候，我将目光投向了阿波罗，赫克托为他斟的酒还在他脚边的碗里闪着红色的光泽。明天晚上，特洛伊会陷入十年战争以来最深切的悲痛之中。我走在哥哥后面，每迈出一步都在为他扼腕叹息。

# 第十八章

## 克吕泰涅斯特拉

"说下去。"我催促道,身子急切地朝前倾,杯中的葡萄酒都快洒了出来。

他有点忐忑地看着我。这是个精瘦的年轻人,惴惴不安,一副拿不定主意的样子,尽管他觉得给我带来的是条好消息。他的目光忧心忡忡,不断扫向我身边的埃奎斯托斯。埃奎斯托斯肩膀瘦削,甚至填不满那张过度奢华的硕大王座的宽阔靠背。我猜正是这一点让信使战战兢兢,因为他要将希腊人在特洛伊大获全胜的战报传送给一个端坐在阿伽门农王座上的人。

"大家都说阿喀琉斯打起仗来像中了魔。"他继续说道,说话有点结结巴巴。我朝他鼓励地点点头。"他……他冲破了特洛伊人的防线,就像一团火焰,在最干燥的夏季将森林烧得片甲不留。"

"和我说说他杀了哪些人。"我说。

"他不是普通人,他更像一头狮子……"

"是的,没错,他发起怒来就像一团火焰,咆哮起来像一头狮子,但是你告诉我他都干了些什么。"

"赫克托穿上了阿喀琉斯的专属盔甲,这是他从帕特洛克罗斯的尸体上偷来的,但是阿喀琉斯飞奔向前,穿上的盔甲比之前的任何一件都要华丽,这肯定是他的女神母亲送给他的礼物,不愧是赫菲斯托斯本人出神人化的杰作。"看到我脸上一闪而过的愠怒,这个年轻人突然止住了话头。"特洛伊人吓坏了,克吕泰涅斯特拉王后,他们在他的怒火面前落荒而逃,但是他对他们穷追不舍。"

我长长地抿了一口酒。

"他一次次扔出长矛,刺穿四下逃散的士兵。他从战车上跳下来,把敌人从战车上硬生生拽下来,即使他们抱紧他的膝盖求饶,他也不肯大发慈悲。他砍断他们的身体,用剑刺入他们的肝脏,砍掉他们的头颅,任由自己的马匹践踏他们的尸骨,直到战车上沾满了飞旋的车轮和隆隆的马蹄下喷涌而出的血迹。"意识到他的描述之词正是我想听到的之后,他渐入佳境。"他把特洛伊人一直赶到克珊托斯河边,用敌人的鲜血染红了河流。他只放过了十二个人……"

"为什么不全杀了?"埃奎斯托斯问道。我看到他也被这个故事吸引住了,虽然我注意到他在椅子上扭动了一下。他和我感兴趣的地方不大一样。

"他发誓要在帕特洛克罗斯葬礼的柴堆前割断他们的喉咙。但是大仇未报前,他不会烧掉自己的挚爱,只有赫克托死了才算了事。"

"赫克托去哪儿了?"我问道。

"阿喀琉斯在熙熙攘攘的战场上没有找到他,但是在搜寻的路上砍死了所有的人。普利阿摩斯的其他子嗣全都倒在他的脚下奄奄一息,河流里尸体堆积如山。他的残暴和鲁莽的嗜血之欲竟至如此的境地,他甚至愿意和阿波罗决一死战。被打败的特洛伊人仓皇逃回城邦,拼命寻求铜墙铁壁的庇佑,以免全部成为阿喀琉斯的剑下亡魂。"

我倚着靠垫,品尝着美酒。我从未在奥里斯见过阿喀琉斯,就算他在那儿,我也不认识他那张脸。我原本也不关心他在战场上的丰功伟绩,这和我没有半点关系,直到他因为女奴被抢走而大发雷霆,并与我的丈夫交恶。我当时担心他的退出会将胜利拱手让给特洛伊人,这样就

伊莱克特拉 141

会是别人——也许是盛名在外的赫克托——夺走我杀掉丈夫的特权。但是现在既然听到了他势如破竹杀回战场的消息，我感到一种与阿喀琉斯的亲近感开始在我的胸中涌动。我看见他积聚着满腔悲伤与怨怒，感受到他手握长矛大步走过特洛伊的土地，准备向整支军队尽情发泄时的那种残忍的快感。嫉妒在我的心中扭动。如果当年我也可以挥舞着利剑长矛，冲向眼睁睁看着我女儿死去的希腊大军，我也会得到同样的满足。而且我会像阿喀琉斯一样，不找出我要的凶手誓不罢休。我示意信使继续说下去。

"起初，赫克托并没有逃，"他说，"他孤身一人站在城门前，而他的父亲——普利阿摩斯王则在城墙上大声吼叫。"

我听到埃奎斯托斯喉咙里轻轻吞咽的声音。我不知道他是否想象出了这样一幅画面：父亲眼睁睁地看着儿子死去，就像埃奎斯托斯自己当年看着父亲死去一样。这位年迈的普利阿摩斯王因为有五十个儿子闻名遐迩，现如今他已经为失去多少个而哀悼？刹那间，凄惨的事实摆在了我面前：孩子们死了，父母悲痛欲绝，回荡在阿特柔斯祖先传说中的暴力如同潮汐一般从我们的过去袭来，将我们卷入无法抗拒的浪涌之中。

"赫克托曾与我们数以百计的精兵强将交过手，他都活了下来。但是，阿喀琉斯巍然屹立于平原上，带着太阳的全部力量和愤怒。当他发起猛攻时，赫克托再也不敢英勇地站在那里。他在阿喀琉斯面前仓皇逃窜，就像困在梦魇中一样，他绝望地绕着城墙飞奔，想要找到他根本无法找到的庇护之所。他徒劳地朝着阿喀琉斯投掷长矛；长矛击中阿喀琉斯的大盾牌后改变了方向，无用地落在地上。他鼓足勇气，使出浑身力气举剑朝阿喀琉斯狂奔而去，这一招曾经杀死过无数的希腊人，但这一次，阿喀琉斯的长矛刺穿了赫克托的喉咙。"

我叹了口气。"谢谢你带来的前方战报，"我说，"赫克托倒下了，很快我们就能为归来的将士接风洗尘了。"还没到时候，至少这点我心知肚明。透过大厅的柱子,我可以看见柱状的天空,照亮它们的只有星星。烽火台尚未点燃,特洛伊仍在垂死挣扎。它垮台的那一天,我会是迈锡尼第一个接到消息的人。

"这还不是全部。"信使说道。当我提到欢迎战士们回家时,他的眼睛再次扫向了埃奎斯托斯。但是我知道,他绝对不敢说出脑海中浮现的任何念头。

"不是全部?还有什么?"

"垂死之际,赫克托恳求阿喀琉斯把他的尸体还给他的父王。但是哪怕杀害帕特洛克罗斯的凶手就在脚下血染黄沙,阿喀琉斯仍然怒火难消。他剥去了赫克托的盔甲,割开他的双脚,用牛皮条穿过伤口把尸体绑在了战车后面。然后他拖着尸体飞奔起来,扬起漫天尘土,而他的父母就这么站在城墙上注视着一切。据说王后的凄厉尖叫一直传到希腊的船上。他发誓要把赫克托的尸体喂狗,但我想,如果他自己能生吃的话,他一定会大快朵颐的。"

我的面容十分平静。"好的,这真是个好消息。你今晚一定要在这儿好好休息。请你尽情享用我们为你精心准备的一切,真的很感谢你今晚向我们传送的所有信息。只有一件事还想请你告诉我,如果你知情的话。"

他看着我。我能看到紧张写满了他的脸,他必须向身为王后的我回话,必须照我的吩咐办事,而与此同时,埃奎斯托斯就坐在国王宝座上,他一定发狂地想知道等阿伽门农凯旋后,会如何惩罚这样的不忠。

"而且明天,"我急忙补充道,"你将带着金子从这里出发,以示我们的感激之情。有一艘满载陶器和精美珠宝的商船将驶往伊特鲁里亚,我保证他们会在船上为你这样一位前途无量的年轻人预留席位的。"

我看见他轻轻叹了口气,一想到可以脱身,他感到如释重负。"您还希望知道什么?"他问道。

伊莱克特拉

我向前倾了倾。"有海伦的消息吗？我的妹妹，你知道她还活着吗？有人看见她吗？"

"希腊人有时候见过她，"他答道，"她站在城墙上，和特洛伊人站在一起，即使离得很远，也可以肯定是她。她活着，但我们只知道这么多。"

我没指望听到别的消息。晚些时候，等宫殿进入梦乡，我在外徘徊时又忍不住想到了她。在斯巴达，海伦丢下的女儿已经长成了娉婷少女，而我的女儿只能游荡在暗无天日的阴曹地府。当她和帕里斯在夜幕的掩盖下偷偷溜上等候在那里的船只时，我的妹妹有想过赫尔迈厄尼还是个孩子吗？赫尔迈厄尼的岁数已经比伊菲革涅亚大了，原本她是更年轻的表妹，现在却超过了我的女儿，因为她的时间永远凝固在了十四岁。但是，赫尔迈厄尼的母亲却在异国的宫殿里游戏人生，任凭时光从她的指缝间溜走，一去不复返。如果是我的女儿身处人世间的哪怕天涯海角，无论是军队还是汪洋大海都无法阻挡我去找她。而海伦却全无归意。

我不耐烦地叹了口气。这时，从远处的某个地方，我听到了急促的交头接耳声。我的身体绷得紧紧的，一动不动，竭尽全力想去听清是什么声音。

是几个低沉粗犷的男性声音。既不是说话颤巍巍的年长老人，也不是音调高亢的年轻人。呼吸在我的喉咙里急促起来。除了说话声，我还听见沉闷的重击声和无生命的物体被拖拽时发出的声音。他们抬的时候还在咒骂，然后是压抑住的低笑，刺耳而苦涩。黑暗之中，他们的脚步声渐渐消失，只剩下风吹过海面的叹息，一切又复归了寂静。

我一直呆在那里，直到东方开始泛起鱼肚白，仿佛地平线上晦暗的魅影。

清晨我沉沉睡去了。等到起床，早晨的喧闹已经平息，变得像往常一样忙碌而安静。我沿着长廊向王座厅走去，路上与埃奎斯托斯手下那帮聚在一起的守卫们擦肩而过，他们朝我瞥了一眼。他们的嗓音瓮声瓮气，魁梧的身姿随时准备战斗，对迈锡尼任何胆敢质疑我情人的存在是否合法的人来说都是个威慑。他们承诺在我们蛰伏期间提供保护，这曾是我的一颗定心丸。但我们已经蛰伏了很久。我怀疑在他们不断拉长的凝视中看到的不是敬意，不是对王后应有的尊敬——要知道，是她才让他们当上国王卫兵的。我看到的是躁动不安吗？

我坚定的信念从未动摇过，但是我的耐心却在慢慢退去。我不知道他们是否也一样。我们在等待一场战斗的结束，这样才能开启自己的斗争，我不知道这种停滞状态是否已将每个人的忍耐力拖到了极致。

我悄悄走进前厅。透过前面的柱子，我看到埃奎斯托斯正倚在堆满靠垫的王座上。

"克吕泰涅斯特拉？"他直起身子，透过柱子眯着眼睛看着我。

我走进大厅。在我们之间，大厅中央的圆形火炉里闪耀着火苗。四根柱子矗立在它的周围，烟雾袅袅地飘上正上方的天空，这块方形的蓝天打破了天花板上繁复华丽的彩绘图案。柱子被涂上了柔和的略带金光的奶油色，每块地板的边缘都镶着温暖的橙色。每面墙壁上都绘有精美的壁画，壁画中野兽和怪物嬉戏打闹，摇头晃脑，跺脚顿足；海洋里的海浪仿佛冻住了一样，而凡人和神灵从其间大步走来，生动而繁杂的图案点缀在周围。在这个房间里，历史从各个角度向我涌来，展现在我的面前。过去的事迹被当成丰功伟绩大肆宣扬。火炉前，地板上的血迹已经褪色，但是，每一天我们都能看到它，就像刚刚洒出来一样鲜艳。

"我们的客人今早上船了吗？"我问道，"前往伊特鲁里亚，旅途漫漫，他不会先于……他不会很快回来。"

埃奎斯托斯微微一笑。"他一大早就走了。"

我有些犹豫。他的声音里是不是有一丝陌生的腔调？我审视着他的脸庞。"他为我们带来了好消息，让我们看到了战争结束的曙光。"也是我们长久的等待即将告一段落的曙光。我的拳头在身体两侧握了起来。"我很高兴能为此而奖励他。"

"他的确得到了丰厚的回报。"他微笑着，更像是幸灾乐祸。

我正要说话，但是注意到他的眼睛瞟向了前厅入口。我迅速转过身。"是伊莱克特拉吗？"

她尴尬地站在两根柱子之间。

"伊莱克特拉？"我又问了一遍。我能听到自己语气中的尖刻，还有我永远无法抑制的怒火。现在我们的人生除了等待，别无他法，难道她还要火上浇油，在开始任何对话前都要沉默不语？这让我的神经绷得紧紧的，也让我变得苛刻起来，尽管我一次次下定决心要再温柔一点，再耐心一点。

"赫克托真死了？"她问道。

"是的。"我答道。

"那么战争终于要结束了。"她的声音沙哑。

"失去了最伟大的战士，特洛伊是撑不下去的。"我说。

她抬起眼睛看着我。"那么我的父王就要回家了。"

"是的。"

她偷偷看向埃奎斯托斯，我能感到他在我身后紧张起来。大厅里静到让人发怵。我受不了了。"就这些？"我厉声问道。

"就这些。"她看着埃奎斯托斯，嘴角浮上了一丝微笑，然后走开了。

我头痛欲裂，转向了埃奎斯托斯。真希望此时能爬回自己的床，睡个天昏地暗。中央的火炉升起的烟刺痛了我的眼睛，我不得不泪眼迷蒙地看着他："阿伽门农回来前，任何有关迈锡尼的消息都不可以传到他的耳朵里。"

一缕缕灰色的烟雾盘旋着飞向屋顶敞开的地方，逃逸到空中。

"他不会听到任何消息。这一点我确信无疑。"他的目光转向我刚刚在入口处经过的那群守卫。

我记起了深夜时分宫外的窃窃私语，还有重物在地面上的拖曳声。埃奎斯托斯的脸和以前不一样了。

等待行将结束，他的举止却并没有变得更加焦躁，这和我预计的截然不同。他没有退缩。我想，他看起来已经准备好了。

我想知道这为什么没给我带来丝毫宽慰。

## 第十九章

## 卡珊德拉

"帕里斯受伤了！他受伤了！"

暮色渐浓，喊叫声回荡在特洛伊的大街小巷。连在阿波罗神庙的我也惊愕地转过头去听。

自从赫克托倒下后，帕里斯便宛如行尸走肉。战场上的他曾有过辉煌一刻：那天，他的一支箭奇迹般地射中了阿喀琉斯的脚踝，涂了毒药的箭头起了作用。这是我风流倜傥的弟弟第一次在战场上扬名。当战争的结束指日可待，似乎再也没人会关心战场上发生了什么。怒火消散后，阿喀琉斯打起仗来郁郁寡欢，心不在焉。他的悲伤肉眼可见，如同一颗星，悲苦的内核碎成了白色粉末。他游荡在平原上，寻找结束生命的方式。这就是帕里斯的箭最终射中他的原因。阿喀琉斯欢迎它的到来。之后，帕里斯在大殿上受到了简短的欢迎，普利阿摩斯和赫卡柏勉为其难举办的宴会是之前无数盛宴微不足道的零头。赫克托空荡荡的椅子，安德洛玛刻茫然的脸，我的父王母后呆滞的眼神，一切与过去的盛大庆典形成了鲜明的对比。

我已经有好一阵子都记不清日子了。现在叫喊声清晰可辨，我明白了：这么说，今天就是帕里斯的死期。晚了十年。

我的父母会感到悲伤。即使没什么安慰的话要说，但为了他们，我还是会赶去宫里。可是当我从廊柱间走出来，走进柔和的晚风中时，我看到的是海伦。

"他逃到哪里去了？"她问我。

我想了想。"他来特洛伊时，抛下了妻子，"我说，"她叫欧尼内，是山岳仙女。他们曾一起住在山里，后来他为了赢得特殊的奖励选择离开。"

她定定地看着我。"她会救他吗？"

欧尼内。我看见他不辞而别时，她泪流满面。当她得知他的去向和原因时，气得七窍生烟。我还看见帕里斯，在他抛下结发妻子十年后，流着血，一瘸一拐地走在他们曾经漫步的小路上，苦苦哀求她施展自己的回春妙手。

我摇摇头。"她不会。"

海伦的视线看向别处。

"他还是个婴儿时就应该死在那座大山里。"我的话在微风中听起来很刺耳，虽然这并不是我的本意。

"今天，他就会死在那里。"她说道。

我生硬地点点头。

她伸出手抚摸着我的肩膀。我看到她纤细的手指和闪着光泽的粉红色椭圆指甲。她的触碰让人觉得温暖，带着善意。我在想为什么是她安慰起了我，明明新寡的人是她，失去了丈夫的庇荫，也没有姐夫的保护，她在特洛伊的地位更加岌岌可危。我已经听说，如果帕里斯死了，她会被嫁给得伊福玻斯，他是普利阿摩斯幸存下来的为数不多的儿子之一，也是我仅存的几个兄长之一。海伦对此怎么想，我不知道。但是她的额头上并没有爬满忧愁和焦虑，在她的眼睛中，我看到的只有同情。

传奇的英雄们在城邦前的土地上争斗了十年，现在他们都死了。战争让人疲惫不堪，痛苦不已：阿喀琉斯的战车下不再有英勇的鲜血泛着殷红的泡沫喷薄而出，只有被无休无止的战争折磨得筋疲力尽的将士们，日复一日拖着沉重的躯体重新投入战斗。

战争开始的时候，我以为它会在熊熊大火中画上句号，我以为在暴力与野蛮的摧枯拉朽下，我们的城门被攻破，要塞轰然倒塌。但是看起来，战争是一瘸一拐地走向终点，为了灭亡我们，胜者要爬过堆积如山的尸体，而我们将会闭上眼睛，低下头，迎接这缓慢却无法避免的结局。

所以当希腊人离开时，每个人都大吃一惊。消息传遍了整个城邦。我们聚集在城墙边，眺望着那片一望无际的沙滩一直延伸到波光粼粼的大海，海面上空荡荡的，看不到船只。哨兵打探回来后证实了这一点。希腊军队突然间消失得无影无踪，和他们来时一样猝不及防。

我的特洛伊同胞们惊呆了，简直不敢相信这一切。我看到人群中，人们露出半信半疑的笑容，一个接一个发出欣喜的惊诧声。特洛伊城门缓缓打开，大家倾巢而出。

我跟在后面，脚下的大地似乎在晃动。我在想，它是不是要裂成两半，然后整座城邦都被吞进地底，我在想我们是不是要在泥土中窒息而亡，而不是像我先前看到的那样，或是赫卡柏那个被诅咒的婴儿之梦预示的那样，在大火中灰飞烟灭。

海风吹拂，吹起了我的头发。我把新鲜的、带着咸味的空气吸进肺里。泪水刺痛了我的眼睛。水波荡漾，波光粼粼，潮湿的沙滩上泡沫般的海浪拍打着海岸，缠绕成团的海草一丛丛漂浮在水面上——一切令人痴迷。我一直凝视着，直到双眼浸满泪水。

看到那匹马时，我有一种似曾相识的感觉，就像在远处看到某个熟人，等他们从刺眼的阳光中走出来时，他们的脸就会变得清晰起来。 我想， 要来的已经来了。就是这条诡计。我们最终就是这么死的。

这个庞然大物比我们高出许多，面无表情地俯视着大海。巨大的木条被钉在一起，形成柱状的腿，木条被精心地层叠起来，做成带有曲线的隆起胁腹、长长的背脊和弯曲的脖子。他们如何就地取材，在这片海滩上光凭找到那点木头就完成这项工程，这仍是一个谜。至于他们为什么要这样做，这个问题则牵动着在场每一颗激动不已的心。虽然它的轮廓粗笨而难看，但他们还是细心地用芦苇编成鬃毛并抚平，从而使它成为一件精美的艺术品。

我看到父王普利阿摩斯一步步走近木马，因为年事已高、饱经风霜，他弯着腰，驼着背。他仔细研究起来，沿着木马从头到尾走来走去，还伸出手想要触摸一下，但最后关头又缩了回来，有些迟疑。"安特诺尔在吗？"他问。

在特洛伊，安特诺尔的意见备受尊敬，但是，我不是唯一一个对十年前的那一幕记忆犹新的人。当时他言辞恳切地建议父王将海伦还有我们能筹集到的所有珍宝统统还给希腊人，用来换取和平，但是普利阿摩斯选择支持帕里斯，于是，我在他的眼眸里看到了深深的怨恨。那天，安特诺尔大步流星地从宫中走出，斗篷在他身后飞扬，因为他的智慧之言被弃如敝履，普利阿摩斯的儿子才保住了偷来的妻子。

我想到从那天开始所有为此而倒下的人，这群沉默的死人睁着烟灰色的眼眸和我们一起盯着这匹马，我感受到了冷冰冰的压迫感，不禁打起了寒颤。

"这是献给神祇的礼物，"安特诺尔终于说话了，"我敢打赌，是献给他们的保护神雅典娜的。为了向她表示敬意，他们把木马留下，以求神灵庇佑，能让他们安然归家。"

人群中涌起一阵如释重负的情绪。他的话甜蜜动人，充满慰藉之意。每个人都迫切希望相信这些话，也很感激睿智的安特诺尔说出这些荣耀之词，感激他相信希腊人真的已经离开。

"我们收下吧！"聚集的众人不知谁发出一声喊叫，接着人群中响起回应，大家拼命点头，面带微笑畅想未来。"我们可以把它抬进城，作为

伊莱克特拉

我们献给雅典娜的祭品,这样她就会垂青于我们,而不是他们。"

我的眼前布满令人眩晕的黑色恐怖。升腾而起的恐惧感在我心里肆虐,我奋力推开欢乐的人群,带着越来越急促的呼吸,努力想走到最前面,走到父王身边。

"一群笨蛋!"说话的并不是我。我停在乱哄哄的人群中,想找到突如其来制止蠢行的声音来自何处。身边一张张愠怒的脸因为我的闯入而恼火,转而是讶异和迷茫,随后变成了震惊,因为一支重矛瞬间从我们的头顶上闪过,划破天空,近到我都能感觉它飞行时带起的微风弄乱了我的头发。

惊叫声登时响起,但这并不是希腊人的偷袭。我转身想看看重矛是从哪里飞来的。我看到了拉奥孔祭司站在那里,背对海岸,与其他特洛伊人分开站立,双臂仍然高高举过头顶,虽然被他扔出的重矛已经插在了巨型木马的胁腹中,不停抖动。

一片惊恐的沉默中,他开口了。"笨蛋!"他又骂了一遍,你们怎么如此眼瞎?看不出这是诡计吗?"他的脸因为盛怒而扭曲,胸口上下起伏,话语掷地有声。他的身边站着两个年幼的儿子,他们瞪大了眼睛,仿佛不认识自己的父亲一般。

我的心底萌发出一丝希望。我不是孤身一人,也不是唯一看到真相的那个人。如释重负的感觉让我欣喜若狂,我放声大笑,心满意足的笑声从喉咙里迸出,比我预想的要刺耳得多。离我最近的人往后退了退,脸上浮现出熟悉的蔑视之情,我周围的空间也随之大了起来。但我不在乎,拉奥孔也看到了危险,人们一定会相信他的话。炽热的信念让我浑身的骨头生疼。人们必须相信他,他一定能博得众人的信任。

随后,一道白光如利刃一般从头脑中划过,把我的头骨一劈两半。阿波罗再次震碎了我的大脑,我拼命挣扎扭动,就像一条上钩的鱼。幻象的灼热光芒丧心病狂地划过我大脑中娇嫩的部分,在一连串支离破碎的画面中,我看到了接下来发生的一切。

拉奥孔怒不可遏。人们踌躇不决。时间凝固,我们的未来岌岌可危。接下来,拉奥孔的小儿子发出尖叫声,声音又高又细,在痛楚和恐惧中哀嚎不止。他哥哥则无声地拼命挣扎,幼小的身体早被长满鳞片的躯干一圈圈缠绕起来,压得他喘不过气,更哭不出声来。

我挣扎着试图站起来,但被沙子塞住嘴,喊不出来。又一道刺眼的闪光划过,令我头晕眼花。我踉跄着后退,头撞到了岩石上,鲜血渗出来,顺着颈背流下,温暖而潮湿。我的视线无法穿透惊恐万状的人群,但是,我知道发生了什么。两条巨蟒从海浪中涌出,缠绕在拉奥孔的两个孩子身上。当拉奥孔扑向闪闪发亮的巨蟒时,他自己也被缠住了。我知道,此刻身处蠕动的蟒身中,年幼的孩子们被吓得面无表情,脸色发灰;我知道,就在毒牙咬破他的脖子、毒液涌入血管前,拉奥孔也看到了这一幕。

人们尖叫着,四下逃散,惊慌失措地跑过沙滩,尽可能远离这冰冷可怕的景象。在两个孩子中间的拉奥孔仍然朝他们拼命伸着手,被巨蟒死死缠住的父子三人已无逃生可能。当失明的状态开始消退,我能感到鲜血从耳后的伤口中喷涌而出。

嘶嘶声消失了。蟒蛇滑回了海里,它们的任务完成了。然后,人们一个接一个将指责的目光投向拉奥孔的长矛,那支矛仍然在马胁中颤动着。

这也许就足够了,旁观的特洛伊人已经接收到了明确无误的信息:神祇会迅速行动,惩罚伤害木马的任何行径。但是如果没有西农的怂恿,他们是否还会拖着木马走过平原,穿过城门呢?我不得而知。西农是个希腊人,痛哭流涕地向我们发誓,他从希腊军队里逃了出来,因为他们打算拿他祭神祈求归程之旅的顺风。我看着西农滔滔不绝,吐出的

伊莱克特拉 153

每一个词都是恶毒的谎言。这些希腊人的确举行了祭神仪式。我知道这是真的,因为我看到一个姑娘在临时祭台上颤抖,裸露的脖颈上架着的刀在旭日的光辉中闪着清冷的光。但是希腊人不会拿这个士兵做祭品。他说话时眼睛往旁边瞥,催促我们收下木马,从启程的希腊人那里抢走好运,这样他们的船只就会沉没,而我们的城邦则会繁荣永兴。

我紧紧抓住父王的胳膊肘,苦苦哀求:"别信他的话。"

普利阿摩斯甩开我的手,就像是赶走在他身边嗡嗡作响的苍蝇。"希腊人待他太恶毒了,"他说,"看看他腿上被打出的伤,手腕上被绳子勒出的伤痕。"

"这是诡计,就是骗我们相信他!"我说。

我平息了慌乱的呼吸,甩开缠绕打结的鬓发,努力挺直肩膀,摆出王者气派。安德洛玛刻走在沙滩上散步,沉浸在悲伤的思绪中不能自拔,身边蹒跚而行的是阿斯提亚纳克斯,正因为沙子从胖乎乎的手指间流过带来的新奇感而高兴地尖叫。海伦目不转睛地凝视着那匹马。她相信她的第一任丈夫真的乘船回了斯巴达,任她留在帕里斯把她带到的这片异国他乡守寡吗?还是她也怀疑这是一场大骗局,一场为了将她最终带回家而蓄势待发的最后伏击? 她美丽的脸庞没有透露任何信息。

普利阿摩斯和母后赫卡柏已经痛苦到整个人都蔫了。我能看出他们特别希望相信西农的谎话和安特诺尔的指引。他们有那么多儿子在冥府游荡,面色惨白、形容瘦削。他们一定痛心疾首,因为最后留下来的是我这个疯女儿,而我要将他们获得某种胜利的愿望摧毁得一干二净。

我松开了手,不再抓着父王虚弱的胳膊,我的手指在那上面攥出了一圈圈皱巴巴的印记。"我们可以把木马留在这里,留在沙滩上,"我试着劝说,"把它献给阿波罗,就在这儿,在阳光中,在他的注视下,然后今晚锁好城门,以防还有希腊人留在这里。"

强烈的光线下,他那件束腰长袍领口处装饰的铜片闪耀着光芒。"他们希望用这匹木马博得雅典娜的垂青,"他自言自语道,"但如果是特洛伊向她献上礼物,而不是他们,谁敢说她不会转而对我们青睐有加呢?"

沮丧的泪水灼痛了我的双眼。父王目不转睛地盯着木马,我的话如同飘散在风中的羽毛一般无力。

人们忙碌起来,他们把绳子套在大马上,使出九牛二虎之力拖动它。阳光洒在他们身上,赤裸的手臂冒出了汗珠,他们齐心协力,龇牙咧嘴放声大笑。轻松自如洋溢在特洛伊人中间,这是摆脱了战争和围困,能够再次脚踩沙滩,再次畅谈自由带来的甜蜜。我站在了一旁。

如果我要跑开,此时就是机会。大家都听够了我的警告,没人想听到任何消息,戳破这份刚获得的一碰就碎的狂喜。在这座已经陷入轻信、神志不清的城邦里,只剩下我这个发疯的女祭司还保留一丝清醒。

怨恨的潮水在我的身体内澎湃,沸腾成一股怒火。我已经竭尽所能为特洛伊服务,照看阿波罗神庙,虔诚祈祷,举办仪式,为的就是讨这位保护神的欢心。这些年,我尽可能地吞下不受人待见的预言,拼劲全力压制它们。阿波罗对我的惩罚是如此残酷,而我却从未说过一句反对他的话,也从未抱怨过遭受的不公,我只是更加小心地侍奉他,希望有朝一日能得到他的怜悯。结果所有人都将我拒之门外。我从未享受过特洛伊人的尊敬。我是普利阿摩斯和赫卡柏的女儿,但不论我如何费尽心机地帮助他们,我只会遭到谩骂,只会被人冷落。也许我就应该任其自生自灭,随他们快乐地拥抱城邦的覆灭。

我睁开双眼。人们在斜坡上走得更远了,正慢慢走向城墙。他们的呼喊声在微风中飘荡:城门不够宽,有人喊道,他们应该推倒侧面的城墙,这样才能将木马毫发无伤地拉入城内。这些城墙抵御住了有史以来最庞大军队十年的摧残,现在却要因为特洛伊人的愚蠢毁在特洛伊人自己的手中。我摇了摇头。向前迈出了一步,远离他们所有人。一步又一步。

"你要去哪儿？"

我咬住下唇，紧紧盯着大海，没有回答她。

"卡珊德拉？"

她跟在后面，轻盈地踩在沙滩上。我甩开了她搭在我肩上的手。

"卡珊德拉，外面不安全。"

她声音中的惶恐让我停了下来。我从未听过海伦如此惊慌失措。甚至大军刚刚开到时她也没有这样。当然，帕里斯死的时候也没有。

"回去不安全。"我说。

她再次抓住我的肩膀。她离我很近，但是我把目光从她身上移开，不想仔细端详她的面容。"我不知道木马是什么意思，"她说，吐出的话语低沉而急促。"希腊人为什么要留下它，他们是否应该把它带进城——我一概不知道。"她的手指戳进了我的皮肤里，刺痛了我。"但是，你不能在没有保护的情况下独自留在这儿。如果这儿还有士兵，如果有任何人被留下……"

我的喉咙里发出一声啜泣。我确信，在远处的某个地方，只要走得够远，就一定能找到安全的地方。比起眼前的大海，这一点我看得更清楚。松软的山丘上林木葱郁宜人，一座静谧的农舍，烟囱里飘出袅袅炊烟。那是一片宁静祥和的孤寂之地，不会有任何痛苦击碎我的头颅，也不会有任何引人注目的事发生，因而也就没什么需要预言了。

"这里无处可去，"海伦说。

我看着她。她空出来的那只手焦急地挠着颈背，眉头紧锁，眼眸里充满关切的神色。我意识到她是在关心我。我的父母，我的姐妹们，还有我活下来的兄弟们都已经随着人群和木马朝着城门走出老远。只有海伦仍留在这里陪着我。我知道这对她来说意味着多大的代价，她的眼神在地平线上来回扫视，寻找着可能的危险。如果除了西农以外还有任何希腊人留在沙滩上放哨的话,他们会怎么对待手无寸铁孤立无援的海伦?农舍的景象慢慢消失,世界又回到了我的周围。我喘不过气来。我能感觉到她的恐惧传染着我:无数双警觉的眼睛死死盯着我们,一支看不见的军队悄无声息地朝我们逼近,等待着进攻的良机。

她说得没错。我到不了最近的定居点,到不了未被希腊人夷为平地的周边村庄。我不想一个人死在这里。我任由她拉着走在沙滩上,回头又看了一眼空荡荡的沙滩和寂静的大海。如果朝这个方向走是死,朝另一个方向走也是死,我该怎么办?我该去哪里?还有谁能帮助我们?

我的哥哥赫克托曾经一直是特洛伊的保护者和守护神,直到他被阿喀琉斯斩杀。想到这一点,我停了下来,站在原地一动不动,没有理会海伦的恼怒。

赫克托,这位特洛伊的王子已经死了。

现在,这座城邦只有我了。

只有我能看到危险;只有我知道特洛伊将如何陷落、何时陷落。阿波罗给我这个诅咒是有原因的。海伦曾说这是一种恩赐,如果她是对的呢?我咽下了怒火,忍住了泪水,吞下了异象带给我的痛苦。今天是它发挥作用的时刻了;阿波罗把异象只给了我一个人,这意味着是我站在了特洛伊和我所预料的厄运之间,当帕里斯从山中无忧无虑地走来时,我们已经注定要死在他手中。我是特洛伊的卡珊德拉,我能拯救这座城邦,拯救我的家人,我也可以拯救我自己。

伊莱克特拉

# 第二十章
# 卡珊德拉

　　整座城邦都在如火如荼地举行庆祝活动。特洛伊的中心广场上，木马身披花环彩带，人们围在它身边载歌载舞，呼喊出发自内心的喜悦之情。他们对着繁星点点的夜空痛哭流涕，大喊大叫。十年的苦难就这样戛然而止，难以置信的情绪交织着疲惫与欣喜混杂在一起。整座城邦陷入了疯狂之中，这种情绪是如此诱人，以至于我差点觉得自己也要沦陷，仿佛只此一次我无需与家人和子民分开，能和他们一起完全沉醉于感官的欢愉之中。

　　但是我知道等待我们的是什么，我悲痛欲绝。幸福只是假象，是敌人编织的骗局，他们正耐心地等待时机的到来。

　　夜已经很深了，狂欢的群众终于累了，转身走向等待良久的舒适床榻。他们布满泪痕的脸庞闪烁着欣慰的光芒，因为明天，他们将破天荒头一次不再被回荡于城墙脚下的战吼声和响彻云霄的短兵相接声惊醒。

　　我藏在雅典娜神庙外广场一侧的角落里，木马就被放在神庙。等到最后一群人离开，只留下最后的歌声回荡，我舒展开自己僵硬而疼痛的双腿，尽可能快步穿过广场。我将火把伸向神庙入口处永恒燃烧的圣火，浸满松脂的火把头立刻绽放出噼噼啪啪的火光，长长的火把锥体在我的手里滑溜溜的。我的另一只手攥着几小时前拿到的斧头。凭着这斧头，赫克托曾让希腊人走投无路，直到他被阿喀琉斯的怒火吞噬。他挥舞起斧头来如若无物，可对我来说，这把斧头沉重而笨拙。但是在火焰和斧刃的齐心合力下，我知道藏身的希腊人将无处可逃。

木马由干木头制成，缠绕在马腿底座用来固定的芦苇是最佳的引燃材料。我需要抓紧时间，在点火前朝每条马腿底部洒上燃料，这些燃料是我从广场火盆里收集来的，一点就着。等到躲在马腹中的人闻到烧着的气味，他们会大惊失色，在刺眼的浓烟中摔到地上，而我则会拿着斧头等在那里。

我一定要行动迅速，谁知道为了让特洛伊百姓有足够的时间进入昏昏沉沉的梦乡，让他们对埋伏的警告声充耳不闻，希腊人到底会潜伏多久？而且我必须确保火势迅速蔓延，这样才能让藏在里面的士兵无法从肆虐的火焰中爬出。我深吸一口气，高举着火把，朝这个庞然大物快步走去。

我动作很快，朝地上撒了更多的引燃物，然后单膝跪下。我仰头凝视着头顶上方的弧形木头，想象着自己的视线可以穿过它，看到士兵蹲在那里，准备向我们这座熟睡的城市发动暴风骤雨般的毁灭攻击。

我放下火把，火苗开始舔舐起马腿的第一块木头，我的下巴无声地露出了满意的表情。

"卡珊德拉！不要！"

就在这呼喊声传来的一瞬间，他奋力扑向我，沉重的身体压光了我肺部的空气，让躺在广场石板地上的我一时间有些昏昏沉沉。他正在踩灭火苗，而我则抓住他的腿，拼命想把他往回拉，但是，有更多的手压在我身上，我大喊大叫，想要躲开，但他们把我抓得牢牢的。有人从我紧握的拳头中夺下了斧头，火把熄灭后被人踢在一边。当他们把我拉回来时，我看到马腿上只升起了一缕可悲的青烟。

"这是什么意思？"那是父王的声音。

我挣扎着反抗押着我的卫兵。"烧掉它！"我厉声尖叫，"现在就

伊莱克特拉　159

烧掉!"

踩灭火苗的是得伊福玻斯,把我撞到一边的也是他。他转身面向普利阿摩斯,因为刚才用力过猛略微有些喘气。"你说得没错,"他面色严峻地说道,"她刚刚就躲在暗处准备破坏它!"

我扭来扭去,但那双钳住我胳膊的手死死抓住不放。"那里面全是希腊人!你们要相信我的话!求你们了,烧掉它,求求你!"

"这是要让雅典娜的盛怒直接毁了特洛伊!"父王对我勃然大怒,紧紧抓着自己的脑袋,好像要把稀疏的灰白头发直接扯下来一样。"难道看到拉奥孔和他儿子的下场还不够吗?"

我尖叫着,唇边冒着白沫,浑身上下充斥着怒火。哥哥一拳击中了我,太阳穴上顿时爆发出剧烈的疼痛,我的尖叫声逐渐减弱,变成了惊恐的呜咽哀鸣。

"你真的认为里面藏着士兵吗?"她的声音从暗处传来,透着一丝冷静,让我们都吃了一惊。

"海伦?"

她向前迈步来到广场,秀发披散在肩上,目光严肃地盯着巨大的木马。她仰起头,若有所思,几支仍旧燃烧着的火把在她的面庞上投下了跳动的火光。

"我们不会毁掉这匹木马!"普利阿摩斯的声音中充满愤怒,我能听出他说话时的疲惫与绝望,他迫切希望避免另一场灾难猝然爆发,吞噬掉我们所有人。"我们把它抬到这里是为了保护我们,我们不会因为死去的祭司和一个疯女人的妄言就把它毁掉。"

海伦摇摇头。"想要一探究竟,没有必要拆开它。"她轻声说道。她稳步走近这匹木马,步伐坚定而有分寸。

我注视着她,胸口上下起伏,喉咙里塞满了恐惧,让我难以呼吸。

她把手放在了离她最近的一条马腿上,然后闭上了眼睛。"墨涅拉俄斯?"她低声说道,"墨涅拉俄斯,我在这儿,独身一人,就在特洛伊的中心。你到这里是为了我,墨涅拉俄斯,我的丈夫。已经过去十年了,但是我一直在等你来。"她说的是希腊语,尽管很久没说了,但那些字词依然流畅地从她的唇间滚落。"不要让我再等下去了。"朦胧的暮色中,她站着一动不动,在昏暗的巨型木制结构的映衬下,轮廓格外鲜明。沉默在延续,所有人都在等着木马巨大的腹腔内发出任何动静或者做出任何回应。

等她再次开口时,声音起了变化。现在她的声音低沉了,说话的语气也和先前不一样了,也许有点口音,肯定一个上了年纪的妇人说话的颤音,完全不复海伦婉转动听的语调。"狄俄墨德斯?狄俄墨德斯?我是你的母亲,多么想看看你,想在我死前再看我的儿子一眼。狄俄墨德斯,向你年迈的母亲德伊波尔再打个招呼吧!"

我看到得伊福玻斯的手紧紧按住佩剑,注视着海伦围着木马踱来踱去,用变化多端的语调和声音呼唤着毫无感情的木板。"奥德修斯,"她的声音在清脆中带着一丝不耐烦,"佩涅罗佩求你了结这一切,现在就了结,然后回到我和儿子身边,忒勒马科斯已不再是你抛下的那个婴儿了。不要再徘徊,别在黑暗中等待,是时候动手了!"接着,她用更年轻的甜美嗓音呼唤起另一个人。"安提柯乐斯,到你孤独的妻子拉俄达弥亚这里来。别躲着我,安提柯乐斯。"

我们看着她绕着一声不吭的生物转来转去,目瞪口呆,不同的声音构成诡异的和谐,为我们所有人编织出了一道魔咒,其魔力对于藏匿的希腊人来说一定更强大。十年来背井离乡征战在外,她那诱人的哀求声一定是他们任何人都无法抵御的诱惑。

但是,除了海伦,广场上没有任何动静,除了她以外没有人发出声响。当她终于走完了蛊惑人心的一圈,呼唤出每一个有可能藏身马腹的男人的名字后,她停了下来,转向我们,眼睛在火光中闪烁。

伊莱克特拉

看得出来，父王被说服了，得伊福玻斯和守卫们也一样。"看见了吗，卡珊德拉？"普利阿摩斯轻声说道，"里面没人，这里没有诡计。"

我将视线从他身上挪开，盯着地面。很快，特洛伊人的鲜血就会流淌在大街小巷。"烧掉它！"我再次说道，"就算要冒着众神复仇之险，希腊人对我们造成的伤害也要大得多！"

他叹了口气，带着忧伤和挫败感，揉了揉疲惫不堪的双眼。"希腊人已经远在大洋彼岸。"他说着，疲倦地朝着得伊福玻斯做了个手势。"把她带走，"他说，"一定不要让她逃出来。"

他们将我从广场上拖了出来，对我的哀求充耳不闻。我把头扭到一边，看到海伦就站在那儿，背景是那匹马。我的双脚从地板上擦过，我咒骂她施了巫术，高声怒斥她和她眼中柔和的同情之光。

他们把我拖进宫门，拖过蜿蜒的走廊，拖回我的寝宫，我一路上都在大喊大叫。我的声音沙哑，等到守卫松开了我的胳膊，我一把抓住哥哥的手，不让他转身离开。"得伊福玻斯，"我哀求道，"特洛伊仅存的保护者。求求你了，你是这座城邦的王子。赫克托已经阵亡，普利阿摩斯无法看清真相，应该由你来烧掉木马，阻止厄运，拯救我们。只有你能……"但是他摇了摇头，眼神带着厌恶从我身上扫过。

"你该休息了。"他抓住我的手腕，把我从他身边推开，快步后退，砰的一声关上了我们之间那扇厚重的橡木大门。我听到钥匙在门锁里转动，他的脚步渐渐远去，这时我朝着无情的木门撞了过去。

我绝望地尖叫，用力扒着门。木头在我的指甲下噼啪作响，撕裂的皮肉中绽出汩汩鲜血，然而我却几乎感觉不到疼痛。我转过身，扑向那扇狭窄的窗户，夜风从窗外洒入，我可以看到一小方无法企及的昏暗天空。我把额头贴在墙上，专注于石头冰冷光滑的触感。等待的感觉令人难以忍受，每一秒都被拉长，超出了想象的极限，但同时又像是指缝间溢出的沙子。这是大结局前的最后时刻。

虽然没有声响,但是立刻起了变化。我周围的空气似乎嗡嗡作响,我感到颈背一阵刺痛,发自内心的战栗回荡在空中,我抬起眼睛看向天空。

起初就像一阵急风,也许是一朵巨浪,然后变成了地动山摇的吼叫,来自怪物的血盆大口,就好像地狱成了主宰。希腊人一定散布在我们这座熟睡的城邦,随着某种隐秘的信号同时点燃了上百个火堆。

火势越来越大,透过狭小的窗缝,我可以看见跳跃的火苗欢快地吞噬着木质房顶和塔楼。可怖的火之舞肆无忌惮地蔓延肆虐,橘红色的光芒染红了天空,黑烟弥漫。

现在,我可以听到宫殿里传来的恐慌声。咚咚的脚步声,砰砰的关门声,人们四下逃窜,尖叫不止,催促着每个人尽快逃离。微风吹过,一股灼热的空气从窗外扑了进来,随之而来的热浪和灰烬让我窒息片刻。有人扭动了房门的钥匙,用力推开门。因为喘不过气加上猫着腰,我只听到他们跑过的时候大喊着让我快走。

希腊人要攻入王宫了。一阵剧痛间,我想起了我的父王和母后,还有安德洛玛刻和小阿斯提亚纳克斯。这里没有什么地方是安全的。

我紧紧闭上了眼睛。"阿波罗,"我激动地喃喃自语,"阿波罗,我一直是你忠实的仆人,毫无怨言地接受了你的惩罚,求求你,求求你可怜可怜我们吧。"

这么多年来,自从我在神庙拒绝他,感受到他的怒火后,他便一直如影随形。他的嘲弄与折磨在我的脑海里挥之不去,他野蛮的攻击来得毫无征兆,他的恶毒侵入我的每一寸肌肤,宛若毒液钻入我的体内,让我在痛苦中挣扎。

但我仍然孤身一人。没有痛苦的预言折磨着我,也没有危险的光芒荡漾在空气中,更没有嘲弄的笑声跟随着我。

他走了,甚至没有留下来看我最后受苦受难。他弃我如敝履。

疯狂的脚步声渐渐消失。宫殿里感觉空荡荡的。混乱之后取而代之的是荒凉空洞的寂静。

我不能在这里坐以待毙，等着被希腊人找到。虽然不知道去往何处，我还是从房间里摇摇晃晃地走了出来。透过前方庭院两侧的廊柱，我可以看到整座城邦都着了火，空气里弥漫着灰烬。我气喘吁吁地撕开裙子，从上面扯下一条破布，捂在嘴上。

梦魇般的混乱笼罩世界。我努力透过令人窒息的浓雾想看清什么，却什么也看不见。混乱之中，火光冲天，夹杂着梁柱坍塌，高塔轰然倒下后的尖叫声、呼喊声和巨大的撞击声。

我祈祷会有一座压在我身上，瞬间将我压垮，这样就不用再承受接下来的苦难了。如此干脆利落的死法，不是我一直想要的吗？但是在我惊慌失措的大脑深处，我知道事实不会如此，众神并没有为我准备这样仁慈的命运。我跑了起来，一头扎进混乱之中，却不知道自己要去哪里，也不知道为什么。

于是我又回来了，回到了矗立着木马的广场。它的侧面有个大洞，希腊人就是从这里拥向熟睡而寂静的特洛伊中心的。其余人马一定是从隐蔽的海湾悄悄返航，趁着黑暗的掩护躲在城墙脚下，等待城门的开启。

火焰舔舐着木质外壳，一切都为时已晚。惶恐之中我感到油然而生的怒火。我早就知道这个结局，却无力阻止。痛苦在我心中缠绕，绝望和愤怒如潮水般涌来，我没有在他们蜷缩马腹时点燃它，没有在黑暗中活活烧死他们中的每一个。父王和兄长当时阻止了我，他们现在怎么样了呢？是已经死在了火光熊熊的城市的某个角落，还是被希腊人活捉，幸灾乐祸地让他们眼睁睁看着我们所珍视的一切走向毁灭后，再送他们上路？

热浪宛如一堵厚墙，从四面八方朝我紧逼，如果我再这么徒劳地沮丧和愤怒下去，那么它也会吞噬掉我。我不知道为何自己要费力保全性命。如果说普利阿摩斯、得伊福玻斯还有城邦里的其他男人会像被牵去献祭的羔羊一般遭到屠杀，与等待我和母后、姊妹以及特洛伊全城妇孺的命运相比，这已是天大的仁慈。意识到这一点后，我心惊胆战，但我仍然不敢纵身跃入火海，不敢在即将到来的事情发生之前结束自己的生命。

神庙。正是希腊人的保护神雅典娜的神庙。诸神中，他们最为膜拜的便是雅典娜，这位灰眼睛的战争女神在十年战争期间慷慨地赐予他们庇佑。如果有什么能让他们尊敬的话，那便是雅典娜了。她的神庙就矗立在广场边，在火海中毫发无伤。在那里我可以找到藏身之处，也许能逃过一劫。

我奔跑在神殿的柱子之间，在入口处转身回望了一眼身后的世界。满目疮痍，无法想象。我曾经漫步的街道，掩映在天空下的高大屋宇，我人生中每一个熟悉的景象，都在融化、坍塌，成为虚无，只剩下碎石乱瓦，烟尘阵阵。我的胸口疼痛，泪水横流，眼前难以置信的暴行让我头晕目眩。尽管阿波罗传递来的血腥异象已经让我提前看到了一切，但我不曾直视它赤裸裸的真实面目，也不曾感受到热浪灼烧下的切肤之痛。

我跌跌撞撞地走过石门，神庙里面凉爽的空气沁入我灼热的皮肉。雅典娜的雕像就摆放在中央，面容安详，一双漆黑的眼睛空洞无神，死死盯着前方。我扑向她脚边的祭坛，把额头贴在上面，紧闭双眼。如果神庙要在我头顶上坍塌，就请快一点！我疯狂乞求着：不要让我知道。这一次，请不要让我在灾难发生之前预知。

当士兵冲进神庙，将我从祭坛上拉下来时，他的眼睛里空无一物。没有任何人性的残余可以让我哀求。在雅典娜的注视下，我尖叫着让他住手，让他想想自己身处的是战争中的何等圣地，是何等免遭亵渎的圣所。

曾几何时，阿波罗也在神庙里走向我，我知道他的目的，于是将他拒之千里。他愤怒至极，让我付出了做梦也没想到的代价。但是这个凡夫俗子，这个希腊人，这个满身血污的士兵却没有阿波罗冷酷无情的克制力。神祇没有用武力玷污自己神圣的朝拜之所，而是换了一种方式向我复仇，自此之后的每一天都让我生不如死。也许，正因为如此，我才不相信即将发生的一切。也许，正因为如此，当这个男人把我推倒在地时，我的身体僵硬，头脑中想到的是：他随时会想起自己置身何处，会想起雅典娜圣像如何紧盯着他，所以这一切不会发生，也不能发生。

头脑中的血管怦怦跳动，掩盖住了其他任何声音。我被他死死压在身下，他身体的重量压得我喘不过气来。我的眼睛看向雅典娜。我没有说话，只是默默地哀求女神制止这一切，用她神圣的怒火制止他，因为她不能任由这一切发生在她的神庙里。

神像上画出的漆黑虹膜回望着我，如同大海一般冰冷而深不可测。我感到自己的灵魂被她冰冷的蔑视和冷酷的目光刺穿。

然后，当我无助地抬头望着她时，她的玻璃眼珠翻向了天空，这样她就不用看下去了。

妇女们聚在海岸边，哭泣着挤成一团。就在昨天早上，她们还满怀惊喜，难以置信地拥向这片海滩。

从一群妇人中，我听到一声急促的喘息声，接着我的名字被一个沙哑的声音喊出。"卡珊德拉？"

押我到这儿的男人把我推向了她，我跟跄了一下，设法控制住自己才没有摔倒。是我的母后。她蜷缩着身子蹲在沙滩上，看上去苍老了许多，就好像过去的这一夜抵得上战争的十年。围在她身边的是我的姐妹们。我把目光移开，努力眨着眼，不让泪水汹涌而出。安德洛玛刻，我曾看着她成了寡妇,被迫目睹赫克托的尸体拖在泥地上的场面。我曾以为那已是女人陷入的绝望的极致,没想到还有比我想象中更糟糕的事情。我观察到的每个细节都令我触目惊心。

这一刻我看到她怀里的摇篮空空如也。

我的妹妹波吕克赛娜如同芦苇一般瑟瑟发抖,年幼到令人心碎。

海伦也在我们中间。她的裙子被撕破了,破损的布料在她身上飘扬。当我不情愿地看向希腊士兵时,我无法忽视他们的眼神在她裸露的肌肤上流连忘返,与贪婪的目光交织在一起的是某种尚未释放的更阴暗的东西。等待是一种痛苦,是一场漫长的煎熬,我们的命运等待士兵们的发落。

当我看到一群人迈着大步从硝烟弥漫的城市废墟中朝我们走来时,我意识到他们在等什么。他们中间有四个人意图明确,一心视我们为目标。我回头看了一眼海伦,她脸上的血色消失了,尽管她竭力挺起腰杆,我还是能看出她的颤抖。我感到身后的安德洛玛刻已经撑不住了,她的抽泣声回荡在黎明阴森森的寂静中。阿斯提亚纳克斯去哪儿了?我一点也不想知道答案。

其他希腊士兵跟着这四个人,在海滩上散开。前一天当我们从城内倾巢而出时,大海是那么的宽广而空旷。现在,长船停满了浅滩,人们来回穿梭,往船上搬运着从特洛伊抢来的东西。我想知道,他们中有多少人有着望夫归家的妻子,也许还有望眼欲穿的母亲和女儿。不知那些女人看见自己的男人这样看守哭哭啼啼、悲痛欲绝的特洛伊幸存者,她们会作何感想。他们正等着找到我们中可以成为他们战利品的那一个,一如他们处置那堆积如山的金银珠宝。希腊的女人们还认识她们曾拥入怀中的小男孩吗?还认识她们吻别过的深情丈夫,骄傲搂住她们的慈祥父亲吗?

我知道,我永远不会看见他们中绝大部分人的团圆场面,也不会知

伊莱克特拉　　167

道这些洗劫我的家园，屠杀城邦中男女老少的禽兽们是否会重新开始生活，仿佛一切都无关紧要。但是，斯巴达国王就站在我们面前，他是为了妻子远航而来，这是海伦接受惩罚的时刻。一圈人把她围了起来，他走上前，她孤身一人站在那里。

都是因为她，我们才在这里。但是，我记起自己想要逃走时她按在我肩膀上的那只坚定的手，记起她是如何想要救我的命。看着她如此孤单地置身于这场以她之名进行的屠杀中，我多么希望自己也可以为她做同样的事。

墨涅拉俄斯终于说话了："我要把她带回去。她可以在斯巴达接受正义的审判。"

有人哼了一声。男人们猛地转过身来，指责的目光牢牢盯住赫卡柏。我的母亲艰难地站了起来，重重地靠在波吕克赛娜的胳膊上，另一边是安德洛玛刻。"她要回家了，"我母亲啐道，"经历了这一切之后，她要回家了。"

墨涅拉俄斯挺直了身子。"海伦会在斯巴达接受正义的审判。"他重复道。

赫卡柏笑了，顽固刺耳的笑声令我不寒而栗。"不，她不会的。"

在特洛伊海岸，我们这些女人站在城市废墟的余烬前等着被希腊人瓜分，我们以为这已经是最糟糕的结局了。我们可以看到自己的漫漫余生都要这么度过：成为我们最憎恨的敌人的俘虏，每一天被迫看着屠戮过我们的父亲、兄弟、丈夫和孩子的凶手的脸。我们的尊严荡然无存，自由成了早已被遗忘的梦想。但是，我们以为屠杀结束了，却没想到我们不得不再次眼睁睁地看着最爱的人在自己面前被杀害。

这伙希腊人中最年轻的男子并不满意。他沿着海滩来回踱着步，向大海投去怨恨的目光。

"你在烦恼什么，奈奥普托勒姆斯？"说话的是奥德修斯。对于希腊人而言，解决问题的重任交给阿喀琉斯的儿子奈奥普托勒姆斯，寻求建议时他们会找奥德修斯，而不是披着紫色斗篷大摇大摆、鼓起胸膛自视甚高的国王阿伽门农。

"我父亲为了这场战争的胜利献出了生命。"奈奥普托勒姆斯答道。他阴森的目光扫过我们每一个人，眼睛就像大海最冰冷的深处，只有永不见天日的黑色沙床。

"我们会永远纪念他。"奥德修斯说。他的重心从一只脚换到另一只脚，虽然疲惫不堪，但急于上路。

"这还不够。"

阿伽门农哼了一声，他的注意力被这句话吸引了。"不够？"他厉声喝道，"阿喀琉斯死的时候，所有的荣誉都加在了他的身上。阿喀琉斯倒下前，特洛伊最伟大的战士就死在他的手里。你一次又一次地为你的父亲报仇。你把赫克托的儿子从城墙上扔了下去。"我把目光从安德洛玛刻身上移开，胆怯到不敢看她的脸。"你可以把赫克托的妻子据为己有。特洛伊已经被征服了，阿喀琉斯还要什么荣誉？"

年轻人放肆地盯着他，目光悠长。我看到阿伽门农的脸颊上泛起了怒火，但是，他没有说话。也许他不敢。沉默痛苦地延续着，最终被奈奥普托勒姆斯打破了。"你是怎么到特洛伊的，我早有耳闻，"他的声音温和，"为了大军通行无阻你付出的代价，还有你如何从众神那里求来顺风。我们必须以同样的方式向我父亲致敬。否则，他在地府的阴魂不会饶过我们。"

奥德修斯叹了口气："阿喀琉斯不会要求……"

"我父亲在帕特洛克罗斯的坟前割断了十二个特洛伊人的喉咙。为什么他不配享有同样的待遇？"

"你想杀掉她们十二个人？"

伊莱克特拉

恐惧在女人中蔓延开来，但是什么才更悲惨，我觉得我们都心知肚明： 是在特洛伊的土地上被割喉，然后葬在特洛伊，还是被铁链拴着带离故土。

"一个就够了，一个就能让我父亲满意。"他答道。

然后他的目光落在了波吕克赛娜身上。

我听到了母后强忍的哭声，她的小女儿则死死盯着那个男人。鲜血顺着她的脸颊流下，但是波吕克赛娜仍然扬起下巴，目不斜视。

士兵们动作迅速，顷刻间就一人架起她的一只手肘。

"她很年轻，"奈奥普托勒姆斯说，"一定和你女儿当年一样。"他对阿伽门农笑着说："我听说伊菲革涅亚没有尖叫。"

他们推着我的小妹妹走下海滩，奈奥普托勒姆斯拔出了他的刀，这把刀已经将无数特洛伊人砍成两半。

我闭上了眼睛。

不知何故，即使在那之后，日子仍在继续。太阳在空中爬得更高了，但是空气依然灰蒙蒙的，城里的烟雾仍在升腾。鸟儿嘶鸣着，在海面上盘旋。沙滩上，女人们为彼此护理着伤口，虽然我们并没有草药或者药膏来缓解疼痛。我在想，经历了这一切之后，什么时候我们这些人才能再次感受到关爱之手的抚摸。我无言地握着母亲的手。

"她没有被任何人玷污过，"我听到安德洛玛刻对她说，"她逃出了他们的魔爪。"

听到这儿，赫卡柏点点头，喉咙间响起轻微的喘息。太阳之神阿波罗从没向我展示过冥府的黑影，那是他的光芒无法穿透的地方。如果我的异象能向我展示这一点，那么我就终于能给母亲带来某种慰藉了，只要她相信我的话。要是我能看到我的小妹妹就好了，那是一片昏暗而宁静的土地，一方没有任何侵略者可以撼动的世界，她痛苦的回忆会被忘川河银光闪闪的河水冲刷得一干二净。

随着黄昏的到来，男人们也将我们充满敌意地包围起来。他们强迫我们站成一排。其中一个人抓住我的手肘，把我拽到该站的地方。赫卡柏被人从我身边拉开，站在了队伍的另一端。她没有回头看。

阿伽门农穿着那件花里胡哨的紫色斗篷走上前来，向我们每个人投来了品头论足的目光。有人在发表评论，告诉他我们的身份。他们在沙滩周围点燃的火堆闪耀在昏暗的夜色中，四周散布着一团团光亮。他们怎么会知道？我晕乎乎地想。谁向他们泄露了我们的名字？他们是不是列了份名单，权衡我们的特点和地位，考虑我们曾经的归属后才决断如何分配我们？我听到了我的名字："卡珊德拉，普利阿摩斯和赫卡柏的女儿，是个女祭司。长得不错。"他用干巴巴的语气陈述事实。我原本很高兴自己乱糟糟的头发、斑驳的尘土、干涸的血迹还有灰头土脸的衣服可以让我不那么显眼，没想到这还不够。不管那一刻我是什么样的尊容，他已经听到了我的身份。

"就那一个。"阿伽门农说。他的眼睛空空如也，和雅典娜画出的眼睛一样深邃。"我就要她了。"

我们没有时间告别。母亲朝我伸出手，但是她在队伍的另一头，离得太远了，而且希腊人的手已经按住了她的肩膀，强迫她回到原位。我紧紧盯着她的眼睛，就在那痛苦的一瞬间，我看到同样的画面闪现在我们俩面前。她惊恐万状地从床上爬起来，被隆起的腹部吓得目瞪口呆，因为从噩梦中得知这个婴儿会成为什么人而瑟瑟发抖。同样的想法盘旋在我们的脑海里。如果当年她自己能把孩子从特洛伊最高的高塔上扔下去，此刻就不会是废墟一片了。帕里斯会和如今一样必死无疑，但是特洛伊的其他人可以活下来。

我把脚后跟踩进沙子里，但是押着我离开的希腊人根本没注意到我

伊莱克特拉

的反抗。我回头看着这群女人,直到我再也无法承受母亲的面容,无法承受将她的灵魂一劈为二的悲恸和那一刻将我们所有人凝聚在一起的无言哀伤。无论我们在特洛伊时是何种身份,不管这些女人曾经如何将我拒之千里,现在所有人都一样了。她们同情我,我能感受到她们的怜悯之心参差不齐的跳动,我是继波吕克赛娜之后第一个被带走的,尽管她们所有人都将承受同样的命运。特洛伊已成废墟,但是在这可怕的几分钟里,我比以往任何时候都更能感觉到自己是它的一部分。我们的城邦只会存在于我们的记忆里;就在我们彼此分离,就在我们即将漂洋过海、各奔东西之时,我们之间突然形成了一股奇怪的共同的纽带。

我的内心被冰冷的恐惧所左右,害怕即将发生的一切,但即使是此刻,我也替她们感到绝望。我再也见不到她们中任何一人了。

只有海伦动了,她没有像赫卡柏那样被人押着。海伦飞奔上前,双臂紧紧抱住了我。尽管墨涅拉俄斯虚张声势,威胁要在斯巴达审判她,但每个人都知道她是要回家,回到依然在继续的生活中去。她抱着我,在我耳边低语:"我的姐姐克吕泰涅斯特拉是迈锡尼王后。她会善待你的。"

我不禁打了个寒颤。这些话是海伦能给我的最后的热情安慰,听起来却很空洞。我已经知道迈锡尼没有我的避难所。当海伦从我身边走开时,我陷入了无尽的绝望;要是我能登上她的船就好了,要是我能和她一起去斯巴达就好了。我的内心燃起了乞求的冲动,哀号声呼之欲出,但我闭紧了双唇。我不会让这些人因为拒绝了特洛伊公主的请求而感到洋洋得意。

在阿伽门农的营帐里,他一边喝酒,一边夸夸其谈。我盯着一个闪闪发光的金盘子,看着光线如何在它闪亮的表面移动。我在想这只盘子是不是来自特洛伊,是否昨天它还在宫中,是否自己一生中无数次见过它却从不曾留意过。

"她是阿波罗的女祭司，你们知道吧。"阿伽门农不像是在讨论我，但我知道他是。"阿波罗，特洛伊的保护神，"他粗声粗气地大笑起来，"不过，他不会因为这个女人送来瘟疫了。"

听到这儿，男人们不安地骚动起来。我想，他们很快就要回家了，历时十年才勉强赢得了胜利，阿伽门农以及和他一样愚蠢自大的人让这场旷日持久的战争越拖越长。就在一切行将结束之际，就在他们启程归国的前夜，他居然如此大放厥词。我感到他们的眼睛紧张地扫向营帐入口，扫向帐篷外的茫茫夜空，就好像是担心神明会被激怒，会将他们当场击倒一样。

但是，我再清楚不过了。众神已经离开了特洛伊。也许战争最白热化的时候，他们曾迈步跨过战场。甚至连阿佛洛狄忒也曾为了她心爱的帕里斯，甘愿被特洛伊平原浸满血迹的泥土玷污自己纯洁的双足。阿瑞斯与特洛伊战士们并肩作战，横冲直撞，令人毛骨悚然的吼叫让希腊人魂飞魄散。厄里斯张开巨大而粗糙的黑色翅膀在他们头顶上嘶嘶作响，伴随而来的是血腥屠杀。狡猾阴险的阿波罗和他狂野不羁的妹妹阿耳忒弥斯也与我们同舟共济。但是，这些都不够。等到我们失败了，他们就弃我们而去了。

阿波罗留给我的只有头脑中的剧痛和头痛欲裂时的抽痛。突如其来的道道闪光，宛若划过天空的闪电，在我的眼帘上留下印记。每当阿伽门农把湿冷的手放在我身上，每当我感受到他酸臭的热气扑面而来时，这些光就会闪烁。诅咒曾经让我痛不欲生，这种力量曾让我引以为豪又将我毁灭殆尽，我却从中突然找到了某种奇怪的慰藉。这时，我想起了被拽走时海伦对我说的最后一句话，信念如同清晨的薄雾一样将我环绕。

我知道在迈锡尼等待他的是什么。

伊莱克特拉　173

# 第三部

# 第二十一章
# 伊莱克特拉

我驻足窗前，目不转睛地看着眼前从特洛伊到迈锡尼烽火连绵的景象。我从未有过这样的感受。黑暗中的火焰比我见过的任何黎明都要明亮绚烂，预示着迈锡尼新的一天的到来，光芒万丈、金碧辉煌。我精神焕发，兴奋得头晕目眩：突然之间，所有的负担都被卸下了，我感到自己轻飘飘的，不需要装上伊卡洛斯的双翼就能翱翔天际。这一天我等得太久了，久到我已经不再相信它真的会来。当然，我一直坚信父王终将赢得战争，但我已经习惯了在百无聊赖的等待中蹉跎人生，眼下一切即将画上句号，我几乎不知道自己要做点什么。

所以，他就要回来了。我一直深信不疑，现在这份信念得到了回报。我不会去想那些让我变得面目全非的伤心事。俄瑞斯忒斯渐渐长大，实实在在地提醒我们时间的流逝。克律索忒弥斯头戴新娘面纱，为了埃奎斯托斯选中的丈夫抛下了我们。那只瘦骨嶙峋的癞皮狗霸占着父王的宝座，在母后的裙摆边嗅来嗅去，在宫殿里哼哼唧唧，每次见到他那张烦躁而瘦削的脸，我就浑身起鸡皮疙瘩。相形之下，母亲面容平静，一脸决绝，没有皱纹，无忧无虑。她脚步轻盈，从不因为应当承受的负罪感而步履沉重。这一切都已成为过去。

我麻利地穿好衣服，匆匆穿过安静的宫殿，来到户外清晨凉爽的空气中。我轻快地绕过拐角，沿着蜿蜒的小路朝农夫的小木屋走去。等到走近了，我大叫道："乔治斯！"听到自己的声音，我开心地大笑起来。

他从小木屋的黑暗中走了出来，眉头困惑地皱起，睡眼惺忪地眯着眼睛。"伊莱克特拉？"

"乔治斯，他要回来了！战争结束了！"

"结束了？"

我向他扑了过去，他吓得后退了几步。我从未拥抱过他。他轻轻推开我，双手搭在了我的肩膀上。我笑得停不下来。

"你怎么知道的？"他问，"发生了什么事？"

"是烽火，"我说，"我一眼望过去，烽火连成了一片。"

还没等我说完，他就摇了摇头。"就算战争结束了，你怎么能知道是希腊人赢了呢？"

"当然是希腊人赢了。"我缓缓说道。我后退了几步，挣脱了他的控制。我不敢看着他。

"当然，"他赶快说道，"我不是说——当然，希腊人肯定赢了。我只是想——万一……"

"等这一天等了十年。"我的声音比我的本意更严厉。"我们一直知道它会到来，现在它来了。"

他急忙点点头，想要收回他的质疑。"你父王是世上最伟大的英雄，"他说，语气中的真诚让我稍感宽慰，"他离开的这段时间，迈锡尼遭受了苦难。现在他回来了，这对每个人来说都是件好事。"

我停顿了一下说道："不是所有人。"

乔治斯大笑起来。"你不是在替埃奎斯托斯担心，对吧？"

"当然不是！"我把脸转了过去。我不知道该如何表达幸福之下骚动着的情绪。

我听到他叹了口气。"她背叛了他。"

她做了件很可怕的事情。她知道自己要付出的代价，乔治斯知道，我也知道，迈锡尼的每个人都知道。但是她毕竟是我的母亲，不管有时候我多么强烈地希望她不是。

"也许，惩罚了埃奎斯托斯之后，"乔治斯说，"他可能会饶了她。"

"她不配。"

埃奎斯托斯没有强迫她。她的所作所为完全是自愿。她和海伦两个人都是自作自受。我想知道墨涅拉俄斯会怎么处置海伦，想知道他已经做了什么。不过我不太在乎这些，毕竟海伦剥夺了我十年的父爱。但是对于克吕泰涅斯特拉，我还是忍不住有一丝担忧，不管她是不是罪有应得。

"你可以请求他宽恕她，"乔治斯建议，"也许为了你，他会这么做。如果你希望如此的话。"

"你这么认为吗？"

"是的。阿伽门农是个好国王，是个好人。我的父亲一直这么说。"

"我知道这是真的。"

"他夺回迈锡尼后，迈锡尼欣欣向荣，"乔治斯接着说道，"他团结了希腊的各个城邦，让他们跟随他南征北战。他是一位伟大的领袖。不管他做什么，都是正确的决定。"

这些话抚慰了我的心灵。此刻，我百感交集，眨着眼睛噙住了突如其来的感激之泪。乔治斯一直陪在我身边，总愿意说一些暖心之辞，总是对阿伽门农抱有坚定的信念。

父亲要回家了，我不知道我们的友谊会不会发生变化。当一切复旧如初，我不确定希腊之王会如何看待他的宝贝女儿偷偷溜出宫，在无人监督的情况下与一个乡野匹夫聊天这件事。

不过这并不重要。重要的是他要回来了。

我在外面的时候，宫里已经热闹起来。烽火的消息让每个人都精神振奋,奴隶们四处奔走,到处叽叽喳喳。我看到宫廷里的长老们,那些一直臣服于母后和埃奎斯托斯的老人们,正匆匆赶往王座厅,眼神充满了困惑。

当然,她就在那里,镇定自若地站在他们中间滔滔不绝。埃奎斯托斯却不见踪影,我一阵欣喜,以为他已经逃走,但是,随后我发现了他,就藏在最远处的墙边。

"战争结束了,"她大声宣布,"但是舰队还需要几个星期才能返航。我们必须做好准备。从宫殿一直到港口的一路上,我都已经派人沿途看守,一旦发现舰队,他们会立刻通知。"

我把她的话紧紧攥在胸口。这样的希望近乎让人痛苦,离结束这一切只有寸步之遥了。

她发号施令,告诉每个人即将举行的盛大庆典和为了迎接王驾所做的各种安排。我不知道是否有人敢问她接下来如何打算,但是没有人吭声。

烽火一连烧了好几天。每天晚上我都目不转睛地凝视着火光,直到它们燃尽,直到抬头仰望的漆黑夜空只剩下了满天星斗。我想象他的船随着每一个黎明的到来一点点驶近,想象曙光女神厄俄斯用玫瑰色的手指划过我们头顶上的那方天空,想象每个清晨意味着离他归来的日子又近了一天。我等了这么多年,最后这几周最长、最难挨。在这最后的等待中,我的焦躁越发贪婪,咬噬着内心的平静,撕碎了表面上的故作镇定。

但是,不管等待多么煎熬,刺痛中却含着一丝甜蜜,期待中也藏着一份欣喜。时间一天天过去,每一个崭新的黎明都让他离我更近。

终于,当我醒着躺在床上,看着窗外又一个夜晚的漆黑慢慢变浅,泛起灰白时,我听到了守夜人的喊声回荡在山间。我猛地坐直了身子,几乎不敢相信自己真的听到了。但是这声音清晰无误。要来的已经来了,正是我们期待已久的讯息。船队已经登陆,安全抵达我们的海岸。恍然大悟后的甜蜜在心头涌动,这美妙的一刻我感受到了无与伦比的喜悦。随后我重新焕发了活力,灵魂从漫长的冬日中苏醒过来。我跳了起来,在柔和的光线中穿起衣服。我终于要见到自己的父亲了。他回家了,真真切切地回家了。我想知道,我在他眼中会是什么模样。他还能认出我吗?我笨手笨脚,使劲拽着衣服,毫不在乎自己的锦衣华服被扯到变了形。或许我应该在乎的。我的外表这么多年来一直无足重轻,但这是我成年后阿伽门农第一次见我。我希望他能为我骄傲。我强迫自己慢下来,双手不再颤抖。我梳理着秀发,尽可能地深呼吸。

王宫里比烽火燃起的那天还要热闹。从那时起他们就在为今天早上的庆典彩排,所以动作流畅娴熟,配合默契。女奴们忙着在墙上挂满华贵的金线布匹,用精美的花草编织品装扮木柱,将金光闪闪的餐具和酒杯摆上长桌,还在长凳上堆满极尽奢华的软垫。一夜未眠的疲劳让我摇摇晃晃,一时间竟有些迷失方向。我心想, 美梦成真了,无尽的喜悦再次涌上了心头。

我一眼瞥见克吕泰涅斯特拉走过王座厅宽阔的入口,一如既往地高大挺拔,没有丝毫忧心或恐惧的迹象。她没有逃之夭夭,也没有退缩。我动摇了,会不会传来的是坏消息?但是如果不是父王回来了,那么大家在准备什么呢?我想她是在硬撑,就像她一直以来所做的那样。这一刻,我很佩服她的勇气。也许她真的有渡过难关的计划。也许一旦父王回来了,我们便又是相亲相爱的一家人了。

我跟在她后面。"这是在唱哪一出?"我问她。我们四目相对。一时间我能感觉到一种我们之间从未分享的东西在我们面前徐徐展开,离我们寸步之遥。

但是随后,她的目光黯淡了下来。无论那将要展开的是什么,它都已经重新合上了。没等我反应过来,几只胳膊已经将我死死钳住。一只

伊莱克特拉

手捂住了我的嘴，让我透不过气来，胆汁蹿到了嗓子眼。这时她下了命令。

"把她的房门闩死。"她吩咐手下的人。我无法冲她嚷嚷，因为根本发不出任何声音，他们拼命拖着我，力气大到让我快要窒息，就这样我被扔回了寝宫。我摔倒在地，地板上的石砖把我的膝盖都要砸碎了。我大口大口地喘着气，对着紧闭的房门大喊大叫，使劲撞门，直到自己的嚎叫声让我觉得头都要炸裂了。

没有人来救我。

我筋疲力尽地转过身，背靠着固若金汤的房门滑了下来，再次倒在地上。嘴里有鲜血的味道，无用的泪水在脸上肆意横流。

我知道她在打什么鬼主意。我无法逃出自己的房间，也无法阻止她。

# 第二十二章
# 克吕泰涅斯特拉

当伊莱克特拉身后的大门被闩上，叫喊声被木头和铁皮掩住时，我不由自主也从肺里吐出一口微弱而颤抖的气息。我用手挡住眼睛，有那么一瞬间，让自己感受到了她刚才表现出的痛苦，然后我又重新振作起来，化痛苦为愤怒，让它在腹中愈演愈烈。是别的东西给了我动力，让我意志坚定，力量倍增。也许向埃奎斯托斯的卫兵下命令的人是我，但是，女儿痛不欲生不是我的错。我不能让伊莱克特拉毁掉这一切。尽管她会对我大发雷霆，但是我在保护她。伊菲革涅亚曾经那么相信她的父王，结果看看都发生了什么。总有一天，伊莱克特拉会感激我的计划，感恩我为大家所做的一切。

我已经准备好了。这个计划在头脑里演练了无数次，夜复一夜。我的行动流畅镇定，一气呵成。我感觉自己回到了少女时代。那时，我们在斯巴达游泳，只有我和妹妹两个人，我们在清澈的海水中嬉戏。碧波下的海洋世界孤寂无声，就像一个谜，只要我的头没有浮出水面，我就可以在这里随心所欲地翻滚扭动，自由自在，做真正的自己。宫殿纵横交错的影子让我想起了这段经历，但这一次，当我浮出水面，我将步入一个完全不同的世界，一个由我塑造的世界。

在这个世界，就连国王也要知道何为正义。

日子过得支离破碎。仿佛就在昨天，我还握着她的手，看着她在黎明前的朦胧中睁着一双天真无邪的大眼睛，那一刻，我们还没有踏出营帐，我还没有永远失去她。

然后，伊菲革涅亚在我的脑海中与伊莱克特拉融为一体，小女儿在王座厅与我对峙的画面变成了另一幅景象：她的身上焕发出我从未见过的光彩，姿态柔弱，面庞上写满了脆弱无力，让我心惊胆战，仿佛她稍纵即逝的希望死命压在了我以为不再疼痛的伤口上。接着，她被人抓住，眼睛里的恐惧清晰可见，这一次是我下的命令。她死死盯着我，直到现在我仍然觉得被她的目光紧紧盯住，被她的斥责折磨得体无完肤。现在还不是时候——我不会再想这些了。

阿伽门农随时要回来，我不能允许自己过于情绪化。我不能在我需要镇定自若的时候被情感乱了方寸。当十年来心心念念期待的一切近在眼前，终于唾手可得的时候，我不能动摇。万事俱备。我走进浴室，一切已经布置妥当。这里什么都没动，什么都没变。摇曳的鲜花散发出浓郁的香气，我呼吸着沁人心脾的花香。这些花是我亲手剪下的，每年我都会把它们捧到这里，小心地检查每一朵花是否有枯萎的迹象。每一片花瓣都厚实而柔软，每一朵花都含苞欲放，迸发出热切的渴望。房间里每一块抛光的大理石表面都摆满了鲜花，令人眼花缭乱，目不暇接。香熏盘点缀其间，里面盛满了闪闪发光的精油，捣碎的花瓣漂浮在幽暗的金色液体上，散发出更多的香味，像看不见的云朵飘散在整个房间。只有一小盆火在角落里燃烧，投射出昏暗的光线，因此远处的墙上隐约可见光影绰绰，这是房间里唯一没有堆放鲜花的地方，这样一来，任何靠在墙边低矮的深水浴池里的人，都可以躺着欣赏墙上的壁画。

阿特柔斯家族的事迹在此得到演绎。奥林匹斯诸神齐聚我们的大厅，准备享用坦塔洛斯的盛宴。他们赏光莅临这座宫殿，却从未想过这位残忍的父亲心中滋生出何等丑陋的堕落。石膏做成的金色脸庞俊美无比，熠熠生辉。我找来的艺术家赋予了他们灿烂的生命。他很聪明，从未质疑过我。这些故事也许从未被提起，但是我希望它们在这里得到宣扬，这些人的血流淌在我丈夫的血管里，我希望用颜料和石膏让他们的事迹永垂不朽。不用描绘屠戮婴儿的场面，也不用画出神祇的憎恶。这没有必要。每个人都知道等待他们的是一场惨绝人寰的盛宴。

从坦塔洛斯到珀罗普斯，接着画面转到了阿特柔斯和堤厄斯忒斯。为了争夺统治权，他们合谋杀害了哥哥辟修士。壁画上的阿特柔斯夺取了迈锡尼的王冠，却没有堤厄斯忒斯的孩子被自己的亲叔叔煮熟切碎，然后喂给自己父亲吃的场面。壁画上的阿伽门农加冕称王，身边围绕着妻子和三个女儿，却没有那场日出时分的屠杀。我让画家只展现胜利，只画那些让我丈夫的家族高高在上的事件，但我知道，任何端详这幅画的人都会想到点缀其间的黑暗与堕落，它们从和谐的场景中无声无息地渗透出来，无休无止，如同空气中弥漫着的花朵芬芳。

我用手指抚摸着壁画上伊菲革涅亚的小巧轮廓。我以为我会心跳加速，血脉偾张，我以为自己会因为大功告成的期待而颤抖。然而，我却感到出奇的平静，一种信念让我矢志不移。我再次想起了寂静的水下世界，想起了海水如何将我托起，让我安全地漂浮，当时的我还是个少女，无忧无虑地在大海中遨游，完全不知道阿特柔斯家族的存在。

我抚摸着画中女儿的秀发和嘴唇上扬的弧度。我多么希望在冥府阴暗的幽影中，她知道我要为她做什么；多么希望在黑暗中，她会再次展露笑颜。

我昂首阔步地走过宫殿，边走边下达命令。混乱显而易见，茫然的恐慌让每个人都失了分寸。除了我。我仿佛能从远处看到自己，自如地周旋于乱局之中。我对着焦急的面孔微笑，挥手打断那些结结巴巴、没人敢问出口的问题。然而，我能听到它，如同鼓点一般铿锵有力——埃奎斯托斯去哪儿了？

伊莱克特拉

他们一无所知，那些自称顾问的长老说的话我从不在意，他们明显的反对我也一向漠不关心，他们不明白我为何要如此大费周章地迎接丈夫的归来。他们在想，我是不是要假装过去的十年从未发生过，是不是要让埃奎斯托斯凭空消失，就像他从未出现过一样。毫无疑问，他们还记得阿伽门农和墨涅拉俄斯年轻时带着斯巴达军队在王座厅向堤厄斯忒斯发起挑战的场景，那座大厅此时已经被我装点上了精美的帷幔，庆祝国王的凯旋。

我站在那里，审视着宏大的场面，皱起了眉头。这样不行！

"你去那儿！"我不耐烦地朝着女奴做了个手势，她立刻惊醒过来。"墙上的这些挂毯拿下来。"她犹豫不决，一时间不知所措。"国王在外征战十年，从他凯旋的那一刻起，他值得享用所有的荣耀。把这些铺在外面的地上，让他走在上面，用迈锡尼最好的布料在石地上呵护他的双脚。在特洛伊的沙地上呆了太久，他已经不知道舒适是何物了，我们要把他当作国王来尊崇，要比国王更甚。我们要给他应得的一切。"

她知道最好不要推诿了。我能听到自己声音中的哭腔，那种歇斯底里随时会打破我强装的镇定。当她匆忙执行我的命令，低吼着让别人帮她一起抬着沉重的布料时，我转身离开了这片忙乱。

一切都已就位，和我计划的一模一样。埃奎斯托斯藏了起来，他的手下看住了伊莱克特拉，其他人不会猜到我心里的想法，现在只需要用冷静和坚定支撑我挺过来。我试着放慢自己急速的脉搏，不去想记忆中女儿的双眸，什么也不想，只考虑下一步。

远处，胜利的号角吹响。

国王归来。

我抚平长袍，让笑容浮现在脸上。

是时候欢迎他回家了。

## 第二十三章

## 卡珊德拉

宫殿就是坟墓。我看到陆地上巍峨耸立着一座巨石砌成的雄伟建筑，地基散发出的死亡气息盖过了海风的咸腥味。

昨天，我站在甲板上凝视着黎明的曙光，强烈的阳光下，长途航行后的幸存者聚集在一起，形容憔悴、精疲力尽。海水在我们身后泛着红光，天空中燃烧着滔天火焰。靠岸的时候，我很害怕踏上这片大地。我从未站在特洛伊以外的土地上，做梦也没想过自己竟会离家万里。我病恹恹的，浑身酸痛，无比渴望阿波罗神庙中那块冷冰冰的石头，它是那么的安静和亲切。

我不知道暴风雨来临前，我们在海上已经熬过了多少个星期。连肉眼凡胎的人都看得出来，这场风暴是众神之怒召唤来的。天空中聚集的怒火显而易见，雅典娜终于为她的神庙遭到亵渎而表现出了迟来的愤怒。

凄厉嘶吼的狂风将我们周围黑压压的海水搅得波涛汹涌，巨浪翻滚，每一道闪电都照亮了更多的杀戮，更多的船只被险恶的礁石撞碎，更多的船员被卷走。垂死之人发出的凄厉惨叫响彻广阔的海洋，直到女神的怒火熄灭为止。但暴风雨带给我的恐惧却不及这里。我宁愿被汹涌的波涛摆布，也不愿意站在迈锡尼的土地上。

现在，他的王宫就在眼前，阿伽门农再次召集起了疲惫不堪的幸存者，训话的语调索然无味。他提到，在希腊等待他们的是无上荣耀，打了胜仗的英雄们终于要回家了。

当他大步流星地走上走下，摆出一副气宇轩昂的样子时，人们把目光都移开了。他们的眼睛如饥似渴地扫视着身边的陆地，搜寻着家园飘出的那令人欣慰的袅袅炊烟，山坡上点缀着赏心悦目的绿树，不再是他们扎营征战良久却所获无几的光秃秃的沙地。

尽管他口口声声说的是胜利，但是阿伽门农的下巴却显得狰狞而冷酷。我能看出他的怒气，但他发火不是因为荣耀返航的无敌舰队被暴风雨打得七零八落。他生气不是因为手下这么多人送了性命，虽然这些人一路追随着他来到我们的城邦，围攻了我们十年，做梦都盼着胜利的这一天。这些人再也无法感受到白发苍苍的母亲、忍辱负重的妻子，还有成长过程中父亲常年缺席的孩子们的拥抱，他却根本不在乎。

甚至，就连雅典娜，这位长久以来庇护希腊的女神转而与他们为敌，摧毁他们的船只，也不能让他生气。从我的家园掠夺走的财富如今在海浪中翻滚沉没，这些熠熠生辉的珠宝注定要在深海的沙地上生锈褪色。他对此也几乎无动于衷。

他生气是因为他本性如此。他看到自己再次被人小瞧，权威得不到尊重。他才不管部下的死活，他只在乎他们是否崇拜自己。他讨厌他们的目光从他身上挪开，讨厌他们郁郁寡欢的撇嘴，讨厌他们对我和我的疯癫避之不及，而不是嫉妒他拥有我这个俘虏。

但是这个男人，这个希腊之王，早在战争开始之前就是怒气冲冲。我看到，年轻时，怒火写满他的脸庞；我看到，当所有人在大殿上争夺同一件战利品时，他被人轻视；我看到他举起胳膊，剑光清冷，挥剑刺向一个伸手求饶之人的脖子，与此同时，一个男孩哭泣着将视线从父亲鲜血横流的尸体上移开。他愤怒的低语在我耳边嘶嘶作响，横冲直撞。

我任由微风吹拂起我的头发，它温柔的抚摸慰藉着我伤痕累累的脸庞。我想起了波吕克赛娜死去的场景,她不吭一声,拒绝哭喊求饶。她的阴魂自由地徜徉在冥府,因此她比我们都幸运。

漫长的回宫征途即将画上句号。风暴散去,当阿伽门农看到他仍然苟活于世,而我,他的特洛伊战利品也毫发无伤时,他认为这预示着神祇因为某种原因宽恕了他。我知道他们这么做的确有原因,而且是他想象不到的原因。他带着我走过蜿蜒的小路来到他的王宫,迫不及待地想要炫耀他的胜利。我知道他已经十年没有见到妻子了。我知道他的身体里没有半点怜悯。我想,其最后一丝残余,也在他硬起心肠割断亲生女儿的喉咙时被他扼杀了。但是,当他昂首阔步回到他们的家,身后跟着我这个俘虏来的女人,对欢迎他归国的克吕泰涅斯特拉毫无敬意可言时,我还是大吃了一惊。他太傲慢自大了,盲目相信一切都会如他所愿。

但我无法对未来抱有希望,因为我知道未来会变成什么样子。

## 第二十四章

## 克吕泰涅斯特拉

随着金色的太阳在空中越爬越高,如羽毛般轻柔的云朵也染上了淡淡的粉色。温暖的空气充满了希望。

在我遥不可及的某个地方,萦绕着冰冷的幽影,我的女儿等待的就是这一刻。

在卫兵的簇拥和将士的跟随下,他迈着阔步朝宫门口走来。在他身后,有人走路跟跟跄跄,我想那可能是受伤的同伴吧,但是随后一阵疾风袭来,我看到乌黑的长发在她身后飘扬。我感到自己咬紧了牙关。

他大步流星走在这支疲惫不堪、遍体鳞伤的队伍之首,我不知道当我看到他方方正正的肩膀,看到他傲慢地扬起胡子拉碴的下巴,看到斗篷略显滑稽地在他身后飘扬时,自己会有什么感受。我曾担心这一切会再次将我淹没,担心自己会被拉回那个黎明,担心悲伤的浪潮袭来,担心自己无法抑制厌恶和愤怒。但事实并非如此。他的脸就是一张陌生人的脸。不再是那个在斯巴达向我求婚时紧张到喘不过气的年轻人,也不是那个把我带到迈锡尼的喜不自禁的新婚国王。他甚至不是那个旭日光辉中攥着刀走上前来的遥远身影,不是那个我以为我了如指掌的男人,直到他一举毁掉我视若珍宝的一切。

他老了,这十年要是在迈锡尼,他不会如此形容苍白,头发斑驳,虽然我肯定他身后的将士要比这位首领憔悴得多。然而,即使他是在相对安逸的营帐中指挥作战，鲜有冲锋陷阵的机会，他付出的代价还是在脸上刻下了皱纹，将他下巴上的胡须染成灰白。看着他，过去不会如潮水般涌来，我没有感到她的身体瘫软在我怀中的分量，也没有被记忆中她倒头仰面看着无情苍天的空洞目光所压垮。

相反，我感受到了内心的动力，那种汹涌澎湃的浪潮让我热血沸腾。我曾担心情感会让我分心，但它反而为我助力，让我站得更高，让我的嘴角上扬微笑，我希望这个微笑能被视作欢迎。

他没有在雄伟的方形宫门前驻足停留，入口两侧摆放着厚重的石块，顶上雕刻着两头母狮。他没有向两侧多看一眼，而是径直走了过去，下一刻他就出现在我的面前，我们的目光终于交汇在一起。

"欢迎回家。"我说。一时间我不知道他是否会拥抱我。一想到要被他的臂膀搂住，再次贴近他的身体，我就抑制不住地颤抖。我后退了一步，向站在外面稀稀朗朗列队欢迎他的宫廷长老和奴隶们做了个手势。"感恩诸神庇佑你大获全胜，平安归来。"这句话至少是事实。

他微微点了点头，算是谢过了诸神的仁慈，却没有说出任何感谢之辞。我能感到他的愤怒，虽然他不能大声说出来，但被人称颂的是众神而不是自己，这让他大为光火。时隔十年，我仍然知道什么能激怒他，他的自尊心脆弱无比，轻轻一碰就碎。

"我们真的很累了。"他说。再次听到他的声音让我有些畏缩。

"当然，"我赶紧说，"侍女已经为你们所有人备好了洗澡水，还有美酒美食。请让你的部下进去享用吧。"

阿伽门农的目光扫过欢迎他的人群，皱起了眉头。"我的女儿们呢？"他问。我们俩心中都闪过了同一道不可言说的思绪。我知道他感觉到它在空气中嗡嗡作响，但是，他眉头的皱纹只是拧得更深了，头稍稍摆了摆，好像要赶走一只讨厌的苍蝇。"还有我从未见过面的儿子。为什么他不在这里迎接我？"

我保持微笑。我不知道这个男人怎么有胆量提到他的孩子们。"时间还早，"我轻描淡写地说，"你肯定想先沐浴更衣，吃饱喝足休整一番吧？我们已经为你准备好了一切。"

他看上去有些委屈，但还是抬脚朝前要走。我强迫自己挽住他的胳膊。

"您是国王，"我轻声说，"不要踏上普通士卒走过的地方。"我后退一步。"我们已经铺设了最精美的挂毯，供您行走。"

这时，我听到他身后一步开外的女人强忍住一声惊呼，她的身形部分被他遮住。我坚决不让自己的目光在她身上停留。因为我知道她的身份。他在众目睽睽之下，把她带到王宫，面前站着妻子，背后躲着这个女人，这委实让我觉得匪夷所思。现在我可以好好端详她了。一头乱糟糟的黑发，太阳穴上有块淤青，我不愿去想淤青是怎么来的。大大的黑眼睛，始终眼眉低垂紧盯地面。她抬起头，看上去紧张到不能自已。我审视着她深邃的眼眸，感觉有什么东西触动了我，直逼灵魂深处刺痛的伤口。突然间，我不得不拼命眨眼，强忍住泪水。

阿伽门农注意到我在看她，微微一笑。"特洛伊公主。"他说。他慢条斯理地回味着这句话。"卡珊德拉，特洛伊保护神阿波罗的女祭司。"他假笑了几声，毫无笑意，但这个女人却没有畏缩。她眼神漠然，面无表情地盯着地面上的绣花毯子。我的丈夫顺着她的目光看过去，原先的自鸣得意不见了，脸上交织着困惑与怒气。"这是什么意思？"他厉声问道。

我把视线从这个女人身上挪开。"哎呀，这是为您特意铺设的地毯。"这句话像奶油一般顺滑地脱口而出。

他怒不可遏，一脸义愤的样子可笑极了。一想到这个男人曾经碰过我，我就感到胃里作呕。"挂毯，克吕泰涅斯特拉？"他难以置信地问，"踩在如此精美的东西上，我几乎想都不敢想。这是我们为诸神所备，不

192　ELEKTRA

是任何凡人可以亵渎的。"

我差点笑出声,还好忍住了。这是什么?自知之明?卑微谦逊?也许战争到底还是教会了他一点东西。我甩了甩头发,仍然保持微笑。"您真是谦卑,对神明真是恭敬,"我安抚道,"您大可放心,他们看到了您的谦恭。但您不是普通的凡人,阿伽门农。您和别人不同。"我停顿了一下。"您率领军队经历了希腊有史以来最激烈的大战后凯旋。特洛伊化为灰烬,固若金汤的堡垒被您和部下踏平,金银珠宝尽归您所有。以前有谁能取得如此丰功伟绩?这肯定不是凡人所为。"我强迫自己再次走近他,抬起眼睛看着他,目光清澈而坚定。"您带回了普利阿摩斯的宝贝女儿。想想吧,如果是他征服了希腊,他会做何举动。他会毫不犹豫地踩上昂贵的紫色锦缎,以战胜者的身份把一切视作理所当然。阿伽门农,您也要这样做。不要拒绝这份应得的荣耀。"

他回看着我好一会儿。我能听到自己的太阳穴随着心跳在怦怦作响。然后他耸了耸肩:"我会收下我应得的,"他终于开口说,"不过,不能穿着这双还沾着特洛伊泥污的靴子。"

我呼出一口气,轻柔的嘶声带着胜利的意味。我和一个女奴四目对视,朝他的脚点了点头,她立刻上前松开皮绳,把靴子从他脚上脱了下来。看着他踏上了厚厚的锦缎,我欣喜若狂。他脚下的针线精美繁复,讲述着神仙的种种欢愉。他踩上挂毯,脚后跟碾过每一处精致的细节,浓郁的猩红色如同色泽深沉的美酒一般在他脚下流淌。他经过时,长老们眼眉低垂,实在看不下去,只能将目光转向别处。我沉醉其中:清晨的空气散发出甜美的芬芳,阳光照在他肩膀的搭扣上熠熠生辉,他缓缓踏出的每一步都是对众神的侮辱。我默默地向正义的使者宙斯祈祷。

那个特洛伊女人一动不动,怔怔地站在那儿。我无法想象她经历过怎样的暴行,也无法想象她在我们雄伟壮丽的宫殿中预见到怎样的苦难。我不愿去想她蒙受的侮蔑,也不愿去想丈夫已经对她造成的伤害,以及在我和所有围观者面前被游街示众的屈辱。但是我没有时间去考虑她。我再次吩咐女奴把这女人带进去，当作造访的贵客好好款待。尽管我努力想找到合适的词，但是我感到了话语的无力。没有什么善意能弥补我们对她所做的一切，她也不是我们的客人。

我不去看她那张空洞无物的脸，但是在我的脑海里，女儿的面庞已经和这个陌生人交织在一起。在我的记忆中，伊菲革涅亚的面容已经模糊退去，尽管我的身体还记得她被我抱在怀里那份柔软的重量，那时她是个婴儿，未来光明坦荡。我想到这个年轻的特洛伊女人，那位卡珊德拉也曾是集万千宠爱于一身，而如今一切都被夺走。我想知道她的母亲身在何处，那位骄傲的特洛伊王后再也见不到自己的孩子了。我不知道这位母亲是否和我一样感同身受：如果我们能够回到过去，再一次看到孩子睡梦中依偎在我们胸前信任的脸庞，我们是否会紧紧搂住孩子从高塔上跳下，这样他们就永远不知命运的可怖，这样我们就能免除他们未来所有的痛苦。

但是，在这座宫殿里，我们所有痛苦的根源正等着为他的所作所为接受报应。这件事在我的掌控之中，也只能由我独自完成。

剧烈跳动的脉搏慢慢平稳下来。走进去时，我没有颤抖，也没有回头。

## 第二十五章

## 伊莱克特拉

我一直透过狭窄的窗户凝视窗外，指关节顶在石头上显得惨白，就好像我可以用痛苦的力量推倒这几面墙一样。我能想象这画面，心底澎湃的巨浪摧毁所到之处的一切。但是墙壁仍旧岿然不动，我能做的就只有死死盯着这方天空。

我听到他们走近的声音。我竭尽全力踮起脚尖，看到了他们上坡时一闪而过的脑袋，心脏在我的胸腔里剧烈跳动。

哪一个是他呢？是他领着大家？还是传令官在前，其他士兵为他开道？我不知道。我这辈子每天都在想象这幅画面，但是我不知道归来的队伍是什么样子，也不知道父王会如何选择。我什么也不知道。

我扭动着、伸长着脖子，迫不及待想要看到更多，眼中挤出了几滴无用的泪水。等到他们走过大门，上下起伏的脑袋、忽闪而过的头盔还有摇曳的羽饰都消失得干干净净。我把墙沿抓得更紧了，因为现在他们要沿着笔直的小路行进，然后转弯走向宫殿的入口，那时他们就能更完整地出现在我的视线中。我紧紧贴在石壁上，目不转睛地盯着，眼睛都不敢眨一下。

他们比我想象中要更疲惫肃穆，也更衣衫褴褛，不是意气风发的胜利之师。他们飞快地走过我能看到的一小方天地，速度快到我都无法看清他们的脸。我四下搜寻着父王的蛛丝马迹，呼吸变得急促而不均匀，

伊莱克特拉　195

手掌湿漉漉的，绝望的挫败感压得我喘不过气来。

太快了，我都没时间反应。嗖的一下，只看到一抹浓郁的深紫色，只看到斗篷从肩头扬起和一头黑色的鬈发，然后他就消失不见了。我不知道自己该怎么办。那一定是他，但是我连他的脸都没看清。我盯着他刚才出现的位置，这时我看到了她。从散落的头发可以看出是个女人。她比其他人走得都慢，但是她就跟在阿伽门农身后。

我想起了阿喀琉斯向他索要的女奴布里赛伊斯，不过不是她，因为父王已经把她还回去了。那就是别的女奴，也许是从特洛伊带回来的。我一动不动地思考着，然后拼命拍打墙壁，冲击力震荡在我的手腕上，但是我毫不在意，一次次把双手抽回来，再一次次搥下去。她和他走在一起，和他一起回家，克吕泰涅斯特拉将会等在门口，而我却被关在这里。这个世上最卑贱的奴隶都能拥有我无法拥有的东西，我的母亲却将我像动物一样关起来，就好像我什么也不是。我义愤填膺，让我愤怒的是自己的母亲、这个特洛伊女人，还有所有挡在我和父王之间的人。

盛怒之下，猛烈的情绪中涌动着惊恐。克吕泰涅斯特拉不打算再做回阿伽门农的妻子了。不然的话，我就不会被困在这里。他们打算向他发起进攻，就是她和埃奎斯托斯，这一定是他们的阴谋诡计。尽管我深知阿伽门农骁勇善战，是特洛伊之战的王者，但是我害怕她的狡诈。

我在床底下翻箱倒柜，拖出一捆布，拿出了那把狮子匕首，这是离别前他碰过的最后一样东西。我凝视着它，想起了他对我说的最后一句话，多年前的声音回荡在耳边。刀刃已经钝了，当不成武器，只是件装饰。就算我能逃出房间，拿着它我也无能为力。

然后我回到紧闭的门前，重新放声尖叫，其尖利刺耳让我自己都喘不过气来。我什么也做不了，只能寄希望于被他听见，希望她不会赶在他进来前就在宫门外砍死他。我拼命叫喊，用力搥门，急切地希望他能听到我的警告，但厚实的橡木门吞没了我的声音，没有人来。

## 第二十六章
## 克吕泰涅斯特拉

他等在浴室。昏暗的空气里弥漫着浓郁的香气，他凑近墙壁，仔细端详着画中人物。我原本担心他会疑心，但是在丝绒般的花朵飘散出的温暖而迷醉的气息下，任何担心都烟消云散。他的脸上露出自鸣得意的傻笑，这让我越发不达目的誓不罢休。这十年来，我别无他想，但即便如此，我怕是也没有料到自己会如此享受这一刻。过去我认为，这是我肩负的责任，是我欠我女儿的。如今，看到特洛伊女人幽怨地跟在我丈夫身后，茫然地凝视着前方，我觉得这是为全世界做贡献，能促成这件事是我的荣幸。

"让我扶你进浴池吧。"我喃喃说道。

他有没有想过，上一次见到他就是在奥里斯的沙滩上，当时我们的女儿支离破碎的尸身横亘在我们之间。他怎么如此愚蠢，如此自以为是，以为我会原谅他，忘得一干二净？以为我会默不作声地让这件事过去，当他的宝贝女俘在另一间房里瑟瑟发抖时，我会像妻子一样欢迎他回家？看起来他确实是这么想的，因为当我帮他褪去长袍时，他一声不吭地接受我的服侍。他走下台阶，走进温暖芬芳的水中。我向前倾身，递给他一杯酒，感觉到他的目光在我身上停留。这是我们最好的佳酿，我在里面放了草地上的罂粟花榨取的汁液。

"告诉我最后的结局，"我问他，"一切怎么结束的。你们攻下城池后发生了什么？"

他仰面躺下，身边水波荡漾，花瓣漂浮在水面上。"你想听特洛伊城被洗劫一空的故事？"他喝了一大口酒。

"不是全部，"我说，"你不用告诉我那些血腥的细节。但是我想知道……"我停顿了一下。

"什么？"

"我想知道我妹妹的遭遇。"我讨厌问他。我讨厌让他知道，他手里握着我想要的东西。但是我忍不住了，我必须知道结果。"墨涅拉俄斯他……？"

阿伽门农哼了一声。"这么多年，他没说过别的，"他说，"只说等他从帕里斯手里夺回海伦之后，他会怎么做，他会如何当着全军将士的面割断她的喉咙。"说到这儿，至少有那么一刻，他看起来有些羞愧，脸上一闪而过的表情说明他意识到了自己在说什么。但是，他挥挥手把这句话扔到了一旁，浴池里随之掀起了小小的浪花。

我努力压低自己的声音。"他这么做了吗？"

"当然没有。"他得意洋洋地笑道，"你妹妹从我们聚集在城外的特洛伊女人中站了出来。看到她的那一刻……"

"他下不了手。"我把他的话补充完整。

他点点头。

所以，海伦毫发无损地和墨涅拉俄斯一起回到了斯巴达。她嫁的男人可以冲冠一怒，却无法硬起心肠杀死他深爱的女人——这点和他哥哥大不相同。当她从他的战船甲板上走下时，她抛下的女儿会等着她，温暖而鲜活。想到这一点，一股刺痛的热流涌遍全身，我咬紧牙关。

我们陷入了长时间的沉默，有那么一刻，我开始怀疑以前我们是否聊过天。我很肯定地记得和他谈天说地，交流生活琐事，这种轻松的陪伴曾经让我以为自己会在迈锡尼度过安稳的一生。世界现在变得面目全非，我们的人生破镜难圆，一切变得既熟悉又陌生，我有一种奇怪的感觉，仿佛什么东西其实都不存在，仿佛我一伸出手，眼前实实在在的物体就会消散殆尽。

我站在了十字路口。身边的国王夫君正尽情享受着泡在深池中的乐趣。不一会儿他将起身，我可以牵着他的手，带他来到为他准备的珍馐美馔前，或是领他前往寝宫。我可以回到自从那一天起就为我设定好的人生——就是我答应阿伽门农求婚的那一天，因为除了答应他，我还能怎么办呢？如此决定未来就像在鹅卵石路面上掷骰子一样草率。如果我放弃计划，埃奎斯托斯是否会悄悄躲在暗处？也许他会自己发起反击：他会揭发我的背叛，这样丈夫就会处死我们俩。我不怕死。但是当我的思绪进一步飘散，我看到自己站在冥府前昏暗的幽影中，在一群鬼魂中搜寻我的孩子，这时我的脊柱感到一阵刺骨的寒意。我无法看着伊菲革涅亚的脸却不能给她带来终于为她报仇雪恨的喜讯。

"克吕泰涅斯特拉？你睡着了？"他的声音尽管含糊不清，听起来仍带着愠怒，看来酒中的罂粟液起效了。我甚至没注意到自己已经闭上了眼睛。

"当然没，"我说，"你好了么？我去给你拿衣服吧。"

他躺回水中。现在是时机了。我俯身凑向放衣服的地方。厚厚的袍子在我手上滑溜溜的，像缠绕起来的光滑蛇身。在衣服下面，阿伽门农看不见的地方，我能摸到别的东西，厚重的形状让人心安。

他站起身来，我抖开袍子，举在他面前，昏暗的光线中热气袅袅升起。他低下乱蓬蓬的脑袋，我把厚重的衣服从头上套过去，套在了他的身上。他扭动着身体想找到头伸出来的地方，突然被困住了，因为我撒下的这张网密不透风，他瞬间什么也看不见，加之喝了我的酒头晕目眩，他跌跌撞撞，难辨方向。

他茫然不知所措，徒劳地想从长袍中挣脱出来，这可是我煞费苦心

伊莱克特拉 199

缝严实的，所以他的双手想找到袖子的努力毫无意义。他又拉又拽，想从重重压在身上的衣服里钻出头，但是衣服的下半截因为浸在浴池中变得更重，反而把他往下拽。现在是我伸手去拿藏在脚边的另一件物品的时候了。

木柄握在手里很结实。我用两只手攥着，它与我的掌心很好地贴合。我用尽全身力气抡起斧子，目标直指摇摇摆摆的身影——也就是我丈夫——的头部。

斧子锋利而闪光的刀刃击中了他，他被衣物裹住，两脚在身下打滑，笨拙的样子滑稽透了。他被重物压得喘不过气来，发出低沉的怒吼，但声音被盖住了，含混不清。我再次抡起斧头。斧子砸在他的头盖骨上发出沉闷的重击声。我不知道自己的力度是否足够震碎他的骨头，所以我咬紧牙关，忍着肩膀的疼痛，再一次举起斧头，一遍又一遍地向他身上砸去。一连串的猛击之下，他的身体轰然倒下，落入水中，而我仍然带着满腔怒火不停地猛击。缝起来的罩子下面我仍然能听到呼哧呼哧的喘气声。我对准那里不断砸过去，直到感觉他的脑袋在利斧下垮塌，发出令人作呕的破裂声，浴池中溅起血水，正好喷在我的脸上。

他变得软塌塌的，身体一动不动，周围急促的水流也平静了下来。黑乎乎的水面上漂浮着沾满污渍的花瓣。我能感觉到他的鲜血顺着我的额头流下来。这让我精神为之一振，就像酷热的夏季雨滴洒在干涸的田野上一样。我的双臂垂了下来，听到了斧子击碎地砖的声音。

他一动不动。这让我觉得不可思议，就像当年我抱着伊菲革涅亚的尸体一样，几分钟前他还活蹦乱跳，现在就是具死尸。我以为自己会心潮澎湃。之前，每每展望这一刻，泪水都会不由自主地模糊视线。我以为自己会兴高采烈，欣喜若狂，我以为浑身上下都会喜不自禁，伊菲革涅亚也会同样如此。我以为我会隔着天人永隔的鸿沟感受到伊菲革涅亚的感激之情，知道她终于心满意足。

房间的寂静一如往常，没有受到冥王冰冷气息的干扰。阿伽门农现在就是一地剁烂的肉，倒在殷红的水中。没有卫兵冲进来，也没有人用铁链把我拖走。王宫是我的地盘，只要我愿意，我随时可以从这里走出，自由自在，畅通无阻。

这也许就是阿伽门农从伊菲革涅亚的身边走开，走进那个可怕的黎明之光时的感受。我杀了他，却不会受到惩罚。

伊莱克特拉的名字钻进了我的大脑，但我把这个念头甩开。她无能为力。这是给她的礼物，虽然她还没有意识到。

阿伽门农的手下将会心存感激地回归故土，回到自己的妻儿身边。他们出门在外的这段日子里，妻子老了，孩子大了。他们会带着感恩之心回到农田，回到他们年迈的父母身边，回归恬淡安逸的生活。我肯定，他们不会再想打仗了。在迈锡尼，人们会忘却这场战争，将战争的伤痛埋葬在过去。我告诉自己，阿特柔斯家族的恐怖也将就此消除。那些为了保住权势不惜骨肉相残的人都死光了。他们走了，我会将这座城邦变得更加美好。民众会开心地忘掉阿伽门农，就像他们忘却特洛伊一样。

除了一个人。当我费力地站起身时，我突然想到这一点。我转过脸不去看阿伽门农残缺不全的尸体，不去看斧头落下时破碎的地砖。在迈锡尼，在这里，有一个人无法将特洛伊抛之脑后。

# 第二十七章

# 卡珊德拉

透过又高又窄的窗户,一丝阳光照进了关押我的牢房。一阵凄厉的声音划过长空,宫里某个地方传来女孩的尖叫。我不知道是自己真的听到,还是拜阿波罗之光所赐,只是脑袋中的回声而已。我自己已经喊不出声了。就算我想到特洛伊,想到姐妹们分散在希腊的众多舰只上,其中挺过暴风雨的那些个正驶向世界的各个角落,我也无法完全相信。我无法让自己理解特洛伊已经不复存在,她们已经远离,而我们再也无家可归的事实。

那些征服者享受到了怎样的胜利?众神的复仇来得迅雷不及掩耳,毫不含糊。雅典娜在暴风雨最猛烈的时候展示了她的睚眦必报,当地平线闪过一道巨大的闪电时,在风暴的最中央,我们从甲板上看到了一个人,他在汹涌湍急的水流中紧紧抱着一块嶙峋的礁石,就是在雅典娜神庙里强奸我的那个人。他浑身被冰冷的浪花浇个透湿,对着众神破口大骂。他犯下的罪孽引来了希腊人的灭顶之灾,这是她施与的惩罚,留在了最后一刻。

我想起有那么一瞬,暴风雨突然暂停。天空闪烁着歹毒的亮光,狂风骤然偃旗息鼓,周围一片诡异的沉寂。我看到他的手指发白,从岩石光溜溜的表面上滑落,他张开大嘴拼命尖叫。闪电再次劈下,吐着分叉的舌头在我们头顶上点燃了蓝色的火焰,照亮了他疯狂的挣扎,他一会儿浮出水面大口呼吸，一会儿又再次沉了下去。锯齿状的闪电一次又一次劈下。我看到他每一次浮起来，都比上一次更虚弱，只能被拍打回更深的地方，如此循环往复，直到他再也没有浮上来为止。在迈锡尼，置身于敌人宫殿中的我想象着那个男人肿胀的尸体在黑暗中慢慢下沉，被鱼群撕碎啃食，最终尸骨躺在海底没有光亮的沙床上。

我眼睁睁看着这个男人死去，但是，随着每一次令人作呕的头部悸动，我也能看到阿伽门农的命运一闪而过，画面残酷煞白。俘虏我的人死了，被砍得遍体鳞伤，他的尊严支离破碎，就像被砸烂的头骨一样。她抡起斧子，脸上洋溢着胜利的神情，野蛮的复仇终于得以显现。如今，我成了一个死人的战利品，一具尸体的财产。想到自己再也不用被他上下其手，我浑身战栗，感到解脱。

接下来，克吕泰涅斯特拉——他的妻子，也就是海伦的姐姐，要来找我。尽管她不像海伦那样令人惊艳，但我能看出她俩举手投足的相似之处。这两个女人似乎都与周围格格不入，仿佛走在与其他人隔绝的世界。我之前就觉得海伦似乎离我们很远，甚至对帕里斯来说也是这样。不过也许她也感觉到了这种距离。也许她来找我，是因为我们都是城邦里的弃儿。

在这里，在迈锡尼，我找到了海伦的孪生姊妹，两人中更强悍的那一个。阿伽门农已死，她一定会来找我，这个在她治下无足轻重的女人。我在任何地方都是如此。我知道厉声尖叫的一定是她的女儿，是阿伽门农留在世间的女儿。我在想，有个这样的父亲会是什么体验。我想到了被奈奥普托勒姆斯砍死的普利阿摩斯。虽然我恳求他听从我的话，他半点也不肯相信，但是他和蔼可亲，对我充满怜悯，对自己没能狠下心来亲手杀了男婴后悔万分。他这位一国之君和阿伽门农有着云泥之别。

我想为他哭泣，为我们所有人掬一把泪，但是我麻木了，仿佛已被飘荡在冥界的浓雾笼罩,那雾气从暗河中升腾而起,流淌于地下的忘川河水将逝者的回忆化为淤泥,这样他们就可以走在灰暗的河岸边,毫不知情自己在身后丢下了什么。我想象着冥府冰冷而潮湿的宁静,那是阿波罗的灼热之光鞭长莫及的地方,那里寂寥空旷,彼处居民的思想不过是随风飘动的薄纱,是太阳神永远不会涉足的硕大的黑暗洞穴。

我知道她要来,但是她推门现身的那一刻,我还没做好准备。她昂然挺立,镇定自若,从头到脚溅满了她丈夫的鲜血。此时我已看清一切,悲伤让我痛不欲生,我已经忘了害怕。

直到现在,我才感觉自己活了过来,每一寸肌肤有如针扎一般的疼痛。门在她身后关上了,只剩下我们两个。她死死地盯着我,脸颊上带着斑驳血迹。

我还没反应过来自己要做什么,就已经扑倒在她的脚下。我惊恐万状,害怕她要给我的东西。我用双臂搂住她的膝盖,仰着脸望着她。

看到我乱糟糟的头发、脏兮兮的皮肤,还有让我过度亢奋的癫狂与绝望,她不禁退缩了。她无法向后退,无法摆脱我。

她一边说着话,一边试图轻轻掰开我的手指,但是我抓得更紧了。我听不懂她在说什么,脑袋一片混乱,理解不了希腊语。我拼命摇头,因为我肯定她是要对我大发慈悲,但是我不能接受。

她看着我的眼睛,与我四目相对。我知道她不情愿,害怕看到我的真实面目。但是既然我已经抓住了她的目光,努力让她看到我看到的一切,她就在我的掌控之下了。

空空荡荡,一无所有。我的家园和一切我熟悉的东西都化为乌有。微风卷起尘埃,飘向无情的大海。

不要让我在这里继续活下去,我默默哀求她。不要惩罚我在陌生人中度过余生。我已被自己的家人摈弃,不要让我在这里同样沦为弃儿,在这片土地上,我只是个被征服的敌人而已,被迫年复一年徒劳地渴望那个永远失去的世界。

我看到她的脸上浮现出理解的神情。透过她血迹斑斑的面颊和我的灰头土脸，我们看到了彼此灵魂最平静的中心。

我松开了抓住她衣裙的手，向她伸过手去。现在轮到我来轻柔地掰开她的手指，露出她手掌里的东西了。

她带了把匕首。她的人生朝不保夕。她犯下了弑君之罪，和我一样命悬一线。她会捍卫自己的生命，她不惧怕战斗，就像石头门上怒吼的母狮一样骁勇善战。但是我寻求的是她的共情，而在她强悍狰狞的外表之下我能看到她的满心怜悯，我知道她愿意帮我。我害怕的正是她的怜悯，她的怜悯可能会让她许我苟活下去，她会试着安慰我，劝我坚持下去，在残缺不全中度过一生。但是我知道，我可以让她明白什么才是我想要的。

我引导着她的手，她只是微微摇了摇头。我用一只手把它悬在自己的胸骨上方，锋利的刀刃对准了肌肤下跳动着的脉搏，另一只手仍然抓着她的膝盖以示哀求。

"不要。"她说，我听到她的声音在颤抖。她猛地抽开手。

我的手死死拽着她的裙子。她的裙子被洗澡水弄湿了，是拜阿伽门农最后的挣扎和疯狂的扑腾所赐。她斩杀的是全体希腊人的君王，是指挥千艘战舰围攻特洛伊海岸多年的统帅。她不应该害怕夺走一个女人的性命。

熟悉的疼痛令人沮丧地袭来，我头痛欲裂，这种痛楚永远无法治愈。阿波罗无情的践踏一遍又一遍地撕裂我的心灵，裂开的伤口边缘参差不齐。我想方设法让她明白，让她理解。我只想停止这种痛苦。海伦向我保证克吕泰涅斯特拉是个善良的人。我竭尽全力希望这是真的。

她后退一步，攥着的衣裙从我拳头里滑落。早晨柔和的阳光透过窄

伊莱克特拉

窗洒在她的身后,她成了一个黑影,一个模糊的轮廓。然后她转过头,我看到了她的侧影,勇敢而凶悍。接着,她回过头来注视着我,我看到她的眼珠闪烁着白色光芒,我的喉咙干涩,说不出无需多言的那些话。

# 第二十八章

# 克吕泰涅斯特拉

当这个特洛伊女人把我的匕首抵在她胸前时，我退缩了，油然而生的恐惧使我本能地将目光从她身上移开。但是，我盯着透过窗户悄然洒下的昏暗光线，却只能在她脸上看到无尽的绝望。我想到了伊菲革涅亚，她原本要迈入属于她的未来，未来却如同花瓶一样在石砖上摔得粉碎。

我想，这个女人已经死了。刹那间，这一想法在我的脑海中清晰无比，奇怪地让我平静下来。她是特洛伊的幽灵，属于她的世界已经在烈焰火海中湮灭，化为灰烬。伊菲革涅亚被人夺走了生命，游荡在黑暗的地下王国。伊莱克特拉在愤怒与渴望中尖叫，我却不知道如何才能抚平她的伤痛。但是在这里，就在我面前，有一种礼物可以由我馈赠，有一种痛苦能够被我减轻。

我轻抚着这个女人的脸庞，托起她颤抖的下颌。我想起阿伽门农突然之间把我女儿猛地拉至胸前，我还没来得及尖叫就已血溅当场。

我用拇指抚过她的眼皮，轻轻合上她的眼睛，我的手掌能感受到她温暖的呼吸。我举刀划过她的脖颈，尽量不让手晃动。即使一切已经结束，我的视线被泪水淹没，她的身子瘫软在我身上，我仍然抱着她，就像当年抱着女儿们睡在我的腿上一样。尽管她的鲜血温热地流过我的衣裙，我仍然原地抱着她。我轻抚着她的秀发，她乌黑的鬈发从我的指间散落，就好像她只是沉浸在香甜的梦乡中，就好像我上次抱着伊菲革涅亚一样。

宫里爆发出一阵骚动：刺耳的尖叫，关门声砰砰作响，脚步声急促嘈杂。此时此刻，我应该站出来宣布胜利了。我深深地吸了一口气，把卡珊德拉的头放在地上，这样我才能站起身，甩开涌上心头的悲伤，这悲伤差点要在我大功告成的时候把我淹没。我再也不需要坐在幽暗的房间里为一个死去的女孩流泪伤心了。我女儿的大仇已报。在某个地方，她自由了。

门被撞开了，重重的木头撞在古老的石墙上嘎吱作响。埃奎斯托斯看到我浑身是血，一副正义凛然的样子，眼睛瞪得大大的。看到我脚边的尸体，他的脚步一时间停住了。我看到他说不出话来，于是开口问他："他被发现了？"

埃奎斯托斯点了点头，咽了口唾沫，眼睛快速地扫视周围。"你为什么……"他开口说了几个字，接着摇了摇头。"我们必须走了，表明立场，平息慌乱。"

十年前，我们就盼着这一刻。自那以后，我们躲在隐秘的暗处共同策划，每一个夜晚都用来斟酌细节。我们有着共同的目标，长久以来让我们团结一心，我们感同身受的悲伤与怨愤终于现形成真。

他没有碰我。当我们迎来期盼已久的胜利时，他没有把我拉入怀中，也没有牵起我的手，带我走向光明。我看到他的目光从我身边溜走，瘦削的脸庞流露出几分厌恶的表情。我能感到自己的内心深处酝酿着的笑声一触即发，如果不小心笑了出来，我只能猜测他会作何感想。

我们走进长廊，一种不祥的恐惧之感向我们袭来，空气中弥漫着担忧和惊恐。我想我是面带着微笑，强压住的笑意随时会爆发出来，但是我感受的并非幸福。周遭世界似乎变得模糊而遥远。我听见埃奎斯托斯正对一个我甚至都没注意到的女奴大声呵斥，让她把所有人召集到王座厅来。我听见她从我们身边一溜烟跑开,但留在我脑海里挥之不去的只有她瞪圆了眼睛满脸惊恐的神情。想到每个人都对我避之不及,我就更想放声大笑了。但是在这一切的背后,我感到灵魂深处的空虚,感到它的边缘正在坍塌,我害怕自己会永远迷失下去。我继续朝前走,这是我的法宝,这是她离我远去后支撑着我的动力:一直向前走着,专注于此刻,现在目的已然达成,我不会让自己去想接下来会发生什么。

我没有看见她,也感受不到她。他的双腿在我的猛击下慢慢变软,她没有抓着我的胳膊这么做。

我甩掉这个念头,现在不是想这些的时候。

年事已高的长老和奴隶们小心翼翼地聚集在王座厅。当埃奎斯托斯和我昂首阔步地走进来时,我感到了他们目光中的恨意,但他们也只能如此了。虽然埃奎斯托斯对他们的敌意耿耿于怀,耸起窄窄的肩膀,挺起薄薄的胸膛,但我知道这毫无必要。我们尽可大方点,他和我都应如此。我会赐予他们一个盖棺论定,这样憎恶就会烟消云散,随之而去的还有他们的满腹狐疑。

阿伽门农的尸体被人抬了进来,放在了大厅中央,尸体上仍然裹着缝起来的长袍。他已是面目全非,血肉模糊,像是无声的控诉。我绷住脸颊,不让自己笑出来,然后向前迈了一步。

"让我告诉你们十年谎言后的真相,"我的声音响起,清澈而真诚,"迈锡尼再也不会有欺骗,再也不会有不为人知的秘密。这个家族的血腥历史可以追溯到数代之前,但是今天,我让它有了个了结。正义得以伸张。我打倒了阿伽门农,让他受到了应有的惩罚。"虽然我的话对他们来说并不稀奇,但是大厅里涌起一阵显而易见的恐慌。我感到胸中涌起一股骄傲,声音里洋溢着喜悦之情。"就为了求得一场顺风,他杀死了我们的女儿,一个无辜的女孩子。他没有留下来接受惩罚。我等着他回来的这一天,好让他为自己的罪行付出代价。这是他的先祖犯下的古老罪孽——屠杀自己手无寸铁的血肉至亲。"

我发现自己并不在乎他们是否相信我的话。他们的评判于我而言无足轻重。我环视着大厅里的每一张脸，目光缓慢而坚定。这儿没有人敢质疑我们。他们虚弱无比，我们强大至极。躺在我们中间的希腊统帅已经死在我的手中。话音刚落，言语带来的快意便消失殆尽，激动不复存在。我想从这里离开，一个人静静思考；我想找个平和的地方，一个安安静静的地方，在那里，我终于可以听到她的声音，听到她感激的回声从遥远的世界传来。

埃奎斯托斯清了清嗓子，打破了沉闷的寂静。"今天，阿伽门农不仅为杀害自己的骨肉付出了代价。"他说。他的嗓音沙哑，在深邃的大厅里显得太微弱了，完全听不清。"他的父亲对我的父亲犯下了滔天罪行，是我不愿提及的恐怖之事，虽然你们都已心知肚明。但是他没有为阿特柔斯的罪孽赎罪，反而将我逐出，当着我的面就在这间大厅里杀害了堤厄斯忒斯国王。我一直耐心地等着这一天，等着正义得以伸张。"

一时间我以为会有人站出来就此发言。当人们看着他时，我感到了大厅里的变化。他尽可以现在来言必称正义，但是举起斧头的那个人并不是他。是我，而且只有我一个人，这儿的每个人都知道这才是事实。但是正当我感觉到聚集在一起的长老们因为埃奎斯托斯的话而犹豫不决时，他们看到他的目光扫向了大厅周围。他的卫兵迈着缓慢的脚步，有节奏地从四面八方围了上来。

"你们不需要对我们做出回应。"我一边说，一边指了指地板上血肉模糊的一团。"木已成舟，"我转向埃奎斯托斯，"来吧，让我们收拾残局。"

一个女奴隶转头看了看我，又几乎是立刻把目光移开，面带恐惧。

"什么事？"我问。

她犹豫了一下。"这尸体……？"她结结巴巴地问道。

"拿去喂狗。"埃奎斯托斯冷笑道。我抓住他的衣袖,轻轻摇了摇头。

我对女孩笑了笑。"为他准备葬礼吧。"我吩咐道。埃奎斯托斯顺了我的意思,为此满脸怒气,不过我才懒得管他的感受呢。

将她父亲下葬是我唯一能给伊莱克特拉的东西。

## 第二十九章

## 伊莱克特拉

我不停尖叫,直到声嘶力竭,再也喊不出来。我蜷缩在地板上,筋疲力尽,毫无知觉。就在这时,我听到了呼喊声,声音惊恐不已,在这其中,我清清楚楚地听到了我最害怕听到的话:国王驾崩了。国王驾崩了。声音来来回回地飘荡在长廊里,人们脚步匆匆,关门声砰砰作响,然后一切都陷入了可怕的沉寂。我躺在那儿,等他们走了很久以后我仍然一动不动,直到他已经永远离我而去,我才痛彻心肺地领悟到:瞥见他的那一眼竟是我拥有的全部,也将是我今后拥有的唯一。

等他们终于打开了大门,整座宫殿仍然出奇地安静。我从他们身边走过,奴隶们都低垂着眼眉,长老们都转过身去。只有埃奎斯托斯的卫兵站得笔直,只有他们敢直视我的脸,一脸傲慢,目中无人,完全忘了我是公主,他们才是入侵者的事实。

浅浅的碗里燃烧的火光投射在墙上,影影绰绰。俄瑞斯忒斯寝宫的门敞开着,从那里匆匆而过时,我注意到里面空无一人。我知道我需要关心这个问题,但是此刻我无法强迫自己把它放在心头。

到处是守卫,我从来没见过这么多,但是没有一个站出来制止我往外走。她是不是下了命令不让他们干涉我?我想知道她还会费心这么做吗?从她把我关起来的那一刻,她的心里有想过我吗?

我信步走到城墙外。我从未这么晚独自一人出过宫,但是寂静的黑夜中没有人现身,没有人抓住我,把我拖回去。我能听到小路上自己的脚步声,还有远处猫头鹰的鸣叫。在被他们找到之前,我还能走多远?微风在我身边低吟,稀薄的月光勉强照亮前方的地面,要不是前面有点燃的火把,我一定早就被黑暗吞噬,但是我一直盯着微弱的橙色光芒,不让徘徊在脑海边缘的恐惧占了上风。

是有人留下了火把,照亮了通往陵墓的路,陵墓的入口高耸如云,由山坡上的巨大岩石开凿而成。我知道从宫中的王座厅可以看到这里,于是回望了一眼城堡,想知道她是否在平原那边监视着我。

巨大的入口处雕刻着繁复的彩绘石头,使我显得像个小矮人。里面是长长的隧道,通往昏暗的墓室内部,山体凿出的石墙光滑无比,形成了巨穴般的穹顶,身处其中的我觉得渺小极了。这就是他们丢下他的地方。

我往后站了站,不想再往墓穴里走一步。其他人已经做过了:他们为他穿上华丽的衣服,在他周围的地上堆满财富,火光中金银珠宝闪闪发光,巨大的花瓶精美绝伦,宝剑光芒万丈。我转过头,一时间有些头晕目眩。如果我再走近点,我可以看见他的脸,看看他们是否在他的嘴上放置了一枚金币,但是我太害怕了,不敢去看。我不知道她是怎么折磨他的。上一次看到他的时候,我还是个孩子,那时他还没动身前往奥里斯开始那场让他成为希腊之王的征战。我多么希望自己可以鼓起勇气再一次端详他的脸庞,但是腹内蠕动的恐惧让我止步不前。

我无法勉为其难走上前,在他身边放下一缕自己的头发,也无法在他的遗体旁哭泣。所有这些年,在我记忆中的大部分时间里,我都在想象着他归来的那一刻:他的脸上洋溢着胜利之光,张开手臂将我抱住。

我骤然转身离开。这里没有我想要的东西,也找不到任何慰藉,无论把他抬到这里的那些被蒙骗的傻瓜怎么想。那些为他穿戴整齐,将他安放于此供人哀悼的女人一定觉得这是个笑话,克吕泰涅斯特拉允许他

伊莱克特拉

体面下葬，就好像她是个悲痛欲绝的妻子。我真希望他能早点看清她的真面目，真希望他再次见到她的那一刻就知道自己应该掐死她。我希望自己能告诉他，应该将她抛尸荒野。我不知道她是否觉得将他安葬于此是为她自己挽回一丝体面，但其实一切为时已晚。

但是我不会让她把自己卑劣的懦夫行为粉饰为伟大的英雄事迹。我不会让她欺骗任何人，让他们以为按国王身份为他举行葬礼是她的宽厚仁慈，就好像她可以为自己的所作所为赎罪一般。我知道，在这座巨大的圆顶墓穴里，没有任何我想要的东西，除了一具再也不会有任何感觉的尸体，一具曾经踏遍特洛伊国土、踏平城邦，如今却静静躺在那里一动不动的尸体，一具就算我冒险靠近，也不会对我的触碰有任何回应的尸体。所以我为什么要留在它旁边伤心流泪呢？这座陵墓就像十年里我熟知的任何地方：没有我的父亲，毫无慰藉可言。

我走了出来，夜色中再次眺望自己的家。月亮已经从云层后面偷偷探了出来，将银色的光辉洒向卫城。另一个方向只有平淡无奇的黑暗，绵延不绝。如果我生来是个男儿身，我就能子承父业，我可以为他复仇，就像他当年为自己的父亲复仇一样。我会让他享有应得的一切。有那么一瞬间，我想到自己应该拾起那些燃烧的火把，把它们抛遍宫殿四处，让它们吞噬掉挂毯织物，吐着贪婪的火舌咆哮于木头之间，用凶猛的地狱之火将凶手团团围住。

如果我能鼓起勇气这么做，我就会离开熊熊燃烧的城邦，走入黑暗的远方。我能靠着浆果果腹，点燃树枝取暖，在山林间苟活下来吗？有那么一瞬间，我看到了自己，一直朝前走，走到双脚起泡，皮开肉绽，走到身体瘦得不成人样，只剩下苍白的躯壳。尽管我很想转身就走，但我害怕潜伏在山间的利爪尖牙，饥肠辘辘的野兽或者穷途末路之人往往就等着我这样游荡在外、唾手可得的猎物。一想到在外可能会碰上的遭遇，我就不寒而栗；茕茕孑立，孤苦无助，我知道自己做不到。

如果我能毫无痛苦地迅速坠入冥府，那我愿意这么做。我会畅饮忘川河水，任凭催眠的溪流带走我的每一寸记忆。但是我做不到。

我完全沉浸在自己的思绪中，直到他几乎近在咫尺才听到他的脚步声。阴影中赫然站出一个男人。我想这一定是埃奎斯托斯的手下来抓我回去了，但是，当我看清是乔治斯的时候，恐惧感消退了下去。接着又有一个人从阴影中冒了出来，站在从陵墓倾泻而下的光线之中。是个瘦小的身影，双臂紧紧环抱着自己。

"俄瑞斯忒斯。"我低声说道。

"别站在光下。"乔治斯说道，声音低低的。一股冰冷的恐惧朝我袭来，埃奎斯托斯的探子们也许就藏在附近，等着抓捕我们。那乔治斯为什么要把我弟弟带到这里以身犯险呢？

"俄瑞斯忒斯。"乔治斯说道，声音里有些急切，但是弟弟的脸转向了陵墓入口，我看得出他目光中的渴望。俄瑞斯忒斯甚至从未见过我们的父亲。

"到这儿来，俄瑞斯忒斯。"我说。他朝我们走了过来，走进了黑暗的掩护中。我用胳膊搂住他小小的肩膀。"你们为什么在这里？"我问乔治斯，"为什么冒这个险？"

"你弟弟在宫里不安全，"乔治斯答道，"我尽快把他带了出来，没等……"他不需要说完，我替俄瑞斯忒斯感谢他没有说完这句话。我的心中闪过一丝羞愧：偷偷溜出来的时候，悲伤鬼使神差般地牵引着我来到这里，我却只有片刻想到了弟弟。

杀父留子有多危险，埃奎斯托斯心知肚明。"我们该怎么办？"尽管空气清冷，我的额头上却沁出了汗水。

乔治斯深深地吸了一口气。"我父亲在离这儿不远的地方有些朋友。如果今晚我能把他带走，带去他们那里，我就可以劝说他们把他带到离

伊莱克特拉　215

迈锡尼更远的地方。会有很多人同情阿伽门农之子,会有很多人为克吕泰涅斯特拉的所作所为感到后怕。我们会给他找个家,找个安全的地方,离埃奎斯托斯远远的。"

乔治斯说话的时候,我能感到俄瑞斯忒斯的肩膀在我的臂弯里缩成一团。他把脸贴在我身上。"我不想走。"他说。我觉得他声音中的悲恸也许会让我动摇。

"这是最好的办法,"我说,"我也不想让你走,但是迈锡尼现在不是个好地方。曾经我们以为父王要回家了,我们还能忍受,但是……"

他泣不成声,我紧紧搂住他,感到自己要被撕成两半:一半渴望将他留在怀里,另一半迫切想把他推开,让他尽快到安全的地方,尽可能远离埃奎斯托斯那帮人。"给,"我说道,一只手搂着弟弟,另一只手解下自己的耳环,递给乔治斯,"也许你需要用它们来打点——如果还有时间的话,我可以回宫再拿点。"

他已经开始摇头了。火光的映照下,螺旋状的金丝耳环别致精巧,熠熠生辉,随后他将耳环塞进了斗篷下的袋子里。"没时间了,"他说,"走吧,俄瑞斯忒斯。"

不知何故,看着身边这个抽抽搭搭的孩子故作坚强,反而比他嚎啕大哭更让我心碎。俄瑞斯忒斯一直没有父亲的指引,胆小如鼠的埃奎斯托斯一辈子躲在母亲后面偷偷摸摸,全然不是什么好榜样。也许我也太过温柔,也许我让他变得女孩子气,看着比实际年龄要幼稚,但是我实在不忍让他再受苦受难了。现在一切都晚了,我希望他能变得更坚强,变成像阿伽门农一样的勇士。现在,我要把他送去一个未知世界,我只能寄希望于他在彼处结识的朋友可以比我做得更好,能把他培养成天命所向的人。看到他尽可能挺直腰杆,强忍悲怆,这给了我一丝希望。"这个也拿着,"我告诉他,接着从腰间拔出那柄铜匕首,"这是父王的。"这是我身上仅剩的属于阿伽门农的物品。我吻了吻他的额头,就像父亲当年吻我一样。"一定要把它带回来。"

他把匕首翻来翻去,上面的金饰在火光中闪闪发光,吸引了他的注意。"一定会。"

乔治斯站在墨黑一片的夜色中,我看不清他的脸,但是,此刻的宁静下,我确信他的眼睛正盯着我。有那么一瞬间,我觉得他要开口了,对于他可能要袒露的心声,我有种不舒服的预感,于是扭身远离他俩,尴尬地后退了几步,靠近父亲长眠的地方站着。

"你不和我们一起走?"他问道。

我已经开始摇头了。"埃奎斯托斯不会把我怎么样的,"我说,"他不怕我,也不怕我会掀起什么风浪。在宫里,我会很安全,在外面……你保护不了我的。"乔治斯不是什么勇士,没有人听命于他,也从来没有打过仗。是我要求他不要上战场的。对于俄瑞斯忒斯来说,与乔治斯一起逃亡是他唯一的机会,如果他们带着一个女孩,会招来更多的注意。我不会拿我们的性命铤而走险,只为了不和母亲多住一段时间。"另外,"我补充道,"我要是走了,就无法知道她的所作所为了。"克吕泰涅斯特拉在这里处心积虑了十载,但是俄瑞斯忒斯很快就会长大成人。

"你怎么回宫?"乔治斯问道。我再次摇了摇头,没等他提出任何建议就打断了他。

"怎么来的,怎么回去,"我答道,"没有人要找我,他们找的是俄瑞斯忒斯,所以趁他们还没追上,把他带走吧。"

他知道这是事实。"那么,再见,伊莱克特拉。我会誓死护住你弟弟,我发誓——"

"我知道你会的。俄瑞斯忒斯——"我不知道要说什么,犹豫了一下,不想浪费这一刻。"我会再见到你的。到时候,我俩都会做好准备。"

我的话在夜色中萦绕不去。我听到俄瑞斯忒斯的呼吸急促起来,随后乔治斯带着他离开了,两个人几乎立刻被黑影吞噬。

　　这个早上,我以为终于可以再次见到父王,但是现在,我站在了他的墓穴外,连一个拥抱的安慰也得不到。我没有任何东西能聊以慰藉,除了心中必须孕育的复仇之火,等到时机成熟,我会让它肆虐,将我憎恶的一切烧成灰烬。

## 第三十章

## 伊莱克特拉

"他在哪儿?"

我已经做好了见她的准备,但是,当她出现在石狮下面的那一刻,我还是往后缩了缩。没想到仇恨如此强烈,伴随着仇恨而来的还有恐惧。因为某种原因,我们都一直隐忍不发。父王的回归总是指日可待,为此我保持缄默,至少暂时忍住了。可能她也是。但现在她做出了难以想象之事。现在,再也没有任何界限可以阻拦我们了。

"俄瑞斯忒斯,你弟弟——你把他带到哪里去了?"

我死死盯着她。我以为她会洋洋得意,面带微笑的样子让我想从她的头骨上一把扯下平静的面具,看看下面到底是副怎样的面孔。但是相反,在照亮回家之路的摇曳火光中,她显得魂不守舍。我在她的眼眸中第一次看到了惧意。这触动了我的回忆,让我想起之前有一次她也这么面目全非,当时她带着破音和我们讲述了奥里斯发生的事情。

"他为什么没有和你在一起?"她提高了嗓门。

"我没带上他。"这个女人今天杀害了我的父亲。我想当着她的面说出来,对着她厉声尖叫,让她瘫成一团,但是对话开始的方式让我有些措手不及。

"你杀了他?"

我差点笑出声来。我为什么会杀害自己的亲弟弟?杀人犯不是我。

和她进行任何对话都是徒劳的，我看出来了。没有意义。她寡廉鲜耻，而且似乎搞不清状况。我扭头离开，想尽量不碰到她，但是她挡住了我的路。

"是你干的？你把他带到陵墓，然后——？"

我敢肯定她会一把抓住我，我受不了被她抓住胳膊，受不了杀害了我父亲的同一双手接触到我的皮肤。"别傻了。"我努力在每一个音节中注入我对她的鄙夷，但是这三个字无法涵盖无边无际的蔑视之情。

"那他在哪儿？"

我摇了摇头。"你为什么要假惺惺地装作关心？你最后一次看向他是什么时候？我太惊讶了，你居然还记得他的存在，就好像你注意过你活着的孩子一样。"

她退缩了几步，就好像被我扇了一个耳光。我真希望自己这样做了。我希望自己能鼓起勇气打下去。"她是你姐姐，"她的声音低沉，"而他杀了她。"

我嗤之以鼻。我再次试着扭转身子避开她，但是她迈步走到我面前。

"每一天都有孩子死去，"我说，"战争让多少母亲伤心欲绝？不是所有人都会起身复仇。为什么你的悲伤如此特别？它有何不同？"

"有何不同？你父亲手刃自己的亲生女儿，你说有何不同？"她开始口不择言了。她真的怒了，也许这是我第一次见识。

"伊菲革涅亚就是祭品。诸神有时候让人付出沉重的代价，而付出代价意味着无上荣光。我想知道他们会让你付出什么来赎罪，如果还有可能赎罪的话。"

"你就不在乎吗？你真的能不管不问吗？你的姐姐被屠杀，你的弟弟消失不见？"

"唯一能给俄瑞斯忒斯造成威胁的是那个与你同床共枕的人。是你引狼入室，把他带到这里。"我看着她惊恐地瞪大眼睛。"你真的蠢到看不出来吗？你以为懦夫如埃奎斯托斯，会让阿伽门农的儿子活下去？"

她知道的。从她的防备和担忧中看得出来，我的话对她来说并不新鲜。也许这就是发现俄瑞斯忒斯不见踪影时她六神无主的原因。她没想到埃奎斯托斯这么快就动手。也许她甚至计划过亲自把俄瑞斯忒斯送走，她害怕情人已经预判了她的动作，到底还是先了她一着。没错，她确实被耍了，不过不是被蠢笨的埃奎斯托斯罢了。

我忍不住想乘胜追击。"你对伊菲革涅亚的死一直耿耿于怀，以至于为一个处心积虑要杀死你儿子的人打开了门，"我放声大笑，"现在来扮演慈母是不是晚了一点？装样子关心俄瑞斯忒斯……或者我？"

她大感不解，她没料到会是这样。我不知道她在脑海里编出了怎样骇人听闻的画面，变态地以为我可能会通过杀害刚刚送去安全地带的弟弟来对她实施某种报复。她怎么会认为我能做得出这样的事，我不知道。她一点也不了解我，这不奇怪，因为我人生的大部分时光，她都在呆呆地盯着远方，仿佛这样就可以把我姐姐从冥府变回来一样。

我很想找到能将她伤得更深的话语，但是我对她的了解远胜过她对我的了解。她很快就能振作起来，重整旗鼓。突如其来的脆弱只是暂时现象，如果我继续陶醉于让她痛不欲生之中，她很快就会恢复克吕泰涅斯特拉的本来面目，冷若冰霜，高不可攀。再向她冷嘲热讽不过就是赤手空拳打在厚厚的石墙上而已。

我一把推开她。推开时碰到了她的身体，这种触感让我战栗，但时间很短，所以我能忍受。就这样我摆脱了她，沿着小路朝家跑去，这个家我恨之入骨，和恨她一样深。

我能不出门就不出门。迈锡尼的生活一直很无趣，但是现在我失去了盼头，而且，没有俄瑞斯忒斯陪在身边，我比之前更独来独往了。我

伊莱克特拉 221

可以坐上一个小时，什么也不干，只盯着地板上的图案，直到双眼模糊，线条连成一片，不知道自己什么时候能有力气站起来。但是管它呢？没有什么东西值得我站起身来，也没有什么人值得我走出去。我没有必要趴在庭院的围墙上眺望远方的大海，只为看到湛蓝的天空映衬出胜利归来的船帆。我不知道乔治斯是否已经把俄瑞斯忒斯成功送到朋友身边，不知道他的朋友们是否把他藏好，也不知道自己能否再见到俄瑞斯忒斯，不过这些念头漫无边际，毫无紧迫感。也许我会见到他，也许不会。即使我知道自己应当一心只想着复仇，沉浸在怒火之中，但是无精打采的感觉沉甸甸地压在我身上。每一个黎明到来时，我只想让这一天赶紧结束。

整个王宫的气氛变了。埃奎斯托斯不再鬼鬼祟祟地跟在母亲身后。我看到他勇敢地走在她前面，大步流星；我听到他最近嗓门更大了，声音响彻大厅。我看见她一脸平静，神秘莫测地注视着他。无论她对这位越发胆大包天的情人有何看法，她都很好地将其藏在了笑容背后，我很难猜出一二。

于我而言，最受不了的是眼睁睁看着他披着紫色斗篷，浑身珠光宝气，他连亲手杀死拥有这些东西的主人都不敢。他不是阿伽门农的对手，他一定心知肚明，但是意识到这一点并没有让他七窍生烟，他反而继续坐在父王的餐桌前朝嘴里塞着烤肉，懒洋洋地靠坐在父王的王座上，一脸心满意足。

与此同时，食物在我的胃里凝固。我以为悲伤会如同心中痛苦的汪洋，卷起风暴将我击垮，让我哭起来无休无止，一发不可收拾，但是，它却像堵在嗓子眼里的一块大石头。我吃不下东西，几乎无法吞咽。说句话对我来说太费力了，于是我选择沉默。而且俄瑞斯忒斯和乔治斯都走了，我在这儿也没什么人可以说话。我连哭的力气都没有，只有几滴泪珠顺着脸颊滚落。我想起埃奎斯托斯的那柄短剑，总在他腰间冷冷发光——毕竟娶的女人不拿谋杀亲夫当回事,男人再怎么小心也不为过——我痴痴地想,要是那把剑刺入我的皮肤会是什么感觉,不知道鲜血是否会喷涌而出,汇成一条猩红色的河流。我无法想象血液在我的体内流淌,感觉自己就像个干瘪瘪的东西。我想起了伊菲革涅亚,想到她紧贴着父亲宽阔的胸膛死去,我的心中慢慢燃起了嫉妒之火。

他们把她下了葬,就是被我看见走在他身后的那个女人。没人告诉我她是怎么死的。多希望可以和她谈谈啊,也许她能告诉我更多有关父亲的故事。听奴隶们说,她是特洛伊的公主。能被国王选中是她的幸事,全希腊最伟大的国王把她带到了这里,这里的宫殿一定能和她生活过的地方相媲美,我想是更富丽堂皇吧。无论特洛伊坐拥何等宝藏,迈锡尼拥有的是阿伽门农。而且她也曾经拥有过他,虽然只是片刻光景。

但是,她死了,许多认识他的人也都死了。战争让一切物是人非。就连我作为女儿,对他的记忆也是寥寥无几。阿伽门农是阿特柔斯家族的后裔,这个强大的家族本该享有至尊荣耀,却被身上的诅咒一而再,再而三地击垮,他的死亡也不会让诅咒灰飞烟灭。我活下来了,俄瑞斯忒斯也活着。但是我已疲惫不堪,被绝望压得喘不过气来,而俄瑞斯忒斯只是个孩子,与我相隔千里,我不知道我们如何用自己的肩膀撑起命运的重担。

日子不经意间一天天过去,但是,这天下午,我看着炙热的阳光洒满整片山谷,热浪逼人,透过狭小的窗户缝,我看到远处的农舍升起了袅袅炊烟。是乔治斯回来了。

王宫里没人关心我的一举一动,也没人在乎我的去向行踪。我知道埃奎斯托斯已经派人去找弟弟了。这是克吕泰涅斯特拉唯一露出马脚的时候,看到他们空手而归,她的眼中闪过一丝焦虑。我不知道哪一种情形更让她担心,是他们找到了他,还是他继续失踪。当他们又一次报告一无所获时,我好像在她的脸上看到了欣慰。虽然他们担心阿伽门农之

伊莱克特拉

子的举动,但我想大家都忘了我还在这里。不过,当我溜出宫朝农舍走去时,我还是在走廊里四处看了看。

看到他熟悉的单薄身影带给我的是出乎意料的安慰,那是种意想不到的慰藉。我留意到他看见我时脸上涌现的暖意,我很高兴,这是父亲回来的那个早晨之后我感受到的第一缕幸福。

"伊莱克特拉!"他喊道,快步朝我走来。

"俄瑞斯忒斯呢?"我回头张望了一眼,确定没人跟在身后。

乔治斯点点头,"我已经把他托付给朋友了。他们会带他前往菲西斯,那里的国王斯特罗菲乌斯娶了你父王的妹妹,俄瑞斯忒斯在那里会受到善待。"

我感到一阵心痛。俄瑞斯忒斯会和我父亲的妹妹待在一起,和我们的血脉在一起。不知道她和他是否有相像之处,是否能讲出家族的故事。我的思绪一定清楚无误地写在我的脸上,因为我看到乔治斯的眼眸中满是同情的神色。如果他说出的话太过温柔体贴,我害怕自己会做出什么不该做出的回应。"那我就等吧。"

"等到俄瑞斯忒斯回来?"

"不然我还能做什么?"

乔治斯叹了口气。"俄瑞斯忒斯还是个孩子,"他说,"还要很多年才能归来,才能打败埃奎斯托斯。你觉得你能留在这里,留在这座王宫,和王后还有他一起生活?"

我把目光从他身上移开,目不转睛地盯着枯木丛生的山坡,无情的酷暑让山坡变得光秃秃的,一片棕褐色。"我无处可去。"

我听到他咽口水的声音。"你真的认为你没有危险?等到埃奎斯托斯在位子上越发自如了,你觉得他会容得下你?"

尽管骄阳似火,我却用双臂紧紧环抱住自己。"他不会杀我的。"

"他不需要动手。如果想摆脱你,只要把你嫁给任何他选中的人就行。如果他希望你消失,他可以把你送到希腊最远的地方,甚至更糟。"

我想象着自己无法在这里看到正义得偿的画面,当父亲大仇已报,我却身处大洋彼岸。再也回不来。"我不会去的。"我说。不过,我知道这句话毫无意义。

"你觉得你还会有选择吗?"

我仍然没有将目光转回看他。我凝视着前方,却看不见草木稀疏的山坡。我看到了父亲的陵墓,漆黑而寂静。

"伊莱克特拉?"

我知道我不能忽视他话语中的沉重。我想,我知道他要说什么,多么希望自己可以阻止他。

"时间的流逝只会让埃奎斯托斯越来越胆大包天。眼下,他刚掌权没多久。如果你要逃脱他的阴谋,现在就是时候。"

"我要怎么逃?"我的声音无精打采。

我听到他吸了一口气。他把手搭在我的肩膀上,骤然之间离我更近了。"自己选一个丈夫,伊莱克特拉,然后告知你的母亲。如果她还没有完全铁石心肠的话,她会同情你,因为她知道父亲的死让你悲痛万分。如果你告诉她心意已决,你就可以留在迈锡尼,等着俄瑞斯忒斯回来的那一天。"

他的触碰让我退缩。"那么,要嫁给谁呢?"

"我知道,我只是一介卑微农夫。我知道,你该嫁的是一国之君。若非我能在你弟弟回来之前护你平安,我是绝不敢提出来的。我不会——我永远不会——"

他慢慢语无伦次起来,我终于朝他看去。他面色僵硬,因为风吹日晒而变得粗糙的面颊上泛起了一丝红晕,表明了他此刻的尴尬。我自己也满脸通红。他说的话字字属实,而且我知道他是好意。

伊莱克特拉 225

但是，我从未想过自己嫁人的事。就算我要出嫁，也绝不会是乔治斯这样的男人。这意味着母亲大获全胜吗？怒火在我的心头燃起。她把父亲从我身边夺走，我要在父亲绝不会替我选择的婚姻中求得庇护，要嫁给和阿伽门农全然不同的男人，我的身体厌恶这样的想法。

然而……如果我拒绝，一切会更糟。我感到乔治斯的紧张在周围的空气中嗡嗡作响。一丝风也没有，热浪扑面而来。我必须答复他。我知道，如果我同意，我就能离开王宫。我可以摆脱克吕泰涅斯特拉，同时仍然近距离地监视她，近距离地倒计时，直到俄瑞斯忒斯归来。也许这是我缅怀父亲的唯一方式。

"行，"我说，"我们结婚，这样就能挫败埃奎斯托斯策划的任何阴谋。"

这样接受求婚，实属奇怪。我的心情沉重极了，忧伤层层堆积，把我拖入深渊，让我离光明越来越远。虽然他是在帮我逃离，但我感到自己又被重重关上了通往未来的另一扇门。

我强迫自己说下去，强迫自己说出更多，尽管我知道这些话十分伤人。"但这是唯一的原因。不然我不会答应。"

"当然，我理解，"他点头说道，"我们一起等待，等待俄瑞斯忒斯回来的那一天。"

我握住他的手。我的朋友，我唯一的朋友。我多么希望自己疲惫的灵魂能更多地回报他的善意，但是我只能做到这一步了。

# 第三十一章
# 克吕泰涅斯特拉

迈锡尼的一切矛盾重重，没有什么常理可言。我送长女出嫁，结果她却在我面前如羔羊一般被屠杀时，我感到自己的人生陷入了混乱。从那一刻起，我所熟知的一切突然偏离了轨道，就好像马匹在空旷的道路上受了惊吓，立刻拖起你的马车在崎岖不平的泥地上狂奔。我所看到的前方之路——我所设想的平静而安逸的生活——消失得无影无踪，我学会了驾驭悲恸与愤怒的未知地带，直到了解每一处可能会再次绊倒我的暗礁和沟渠。

但是现在，我杀了国王，没有人能为此惩罚我。我的地下情人走出阴影，堂而皇之地出现在世人面前。我再次感到世界已经倾斜，自己控制的缰绳可能脱手，也许我并不知道前方会是什么——因为我的女儿又一次站在了我的面前，告诉我她即将出嫁的消息，这是一场我不曾预见的婚姻，将一切掷入了新的混乱之中。

伊莱克特拉告诉我的时候，脸上没有任何幸福之意，声音中不带一丝柔和，目光中没半点迷离。她看着我，一如既往地冷酷而愠怒，从她身上唯一能觉察出的情绪就是带着愤懑的胜利。

"农夫？"我重复了一句。她气势汹汹地做好了对质的准备，我能看出来。我刻意让声音不带有任何感情色彩："真没想到。"

她瞪着我。一个几无快乐可言的新娘。但是这根本不合礼法。我们这个家族已经变得目无规则，但想到自己的所作所为，我却不能质疑这件事的荒谬，质疑她怎么可以自己挑选丈夫，还选了位如此卑微的丈夫。我要制止吗？我倒是嫁给了国王，可看看我都过的什么日子。血统的高贵没有抹去流淌其间的诅咒带来的污点，富甲天下也没有为他买来正直和仁慈。我为什么要希望女儿步我的后尘？如果伊莱克特拉为了爱情做出抉择，我不在乎她要嫁的人是谁。我已经为迈锡尼的街谈巷议提供了足够的谈资，才不怕他们如何对我的孩子评头论足呢。

她等着被我劈头盖脸大骂一通。我觉得这个想法甚至比婚礼的期待更能让她激动。我厌倦了，我想，和她这么斗下去。而且，我想起了石狮子下她对我说的那番话，当时俄瑞斯忒斯空荡荡的寝宫让我惊恐不已，一时间竟以为她对我实施了她所能想出的最可怕的复仇。伤害弟弟的念头从未浮上她的心头，但是埃奎斯托斯……我把她对他的评价在脑海里翻来覆去地想，我无法置之不理。对我儿子的威胁很有可能来自阿伽门农的篡位者，所以，我又一次发现自己和一个会杀我亲骨肉的男人绑在了一起。

杀掉阿伽门农成为我这十年来的执念，这十年也是我儿子的全部人生。我好像在梦中行走一般，梦见丈夫的死与伊菲革涅亚的死交织在一起。现在，梦醒了，看到的一切让我惴惴不安。我的儿子走了，去到我鞭长莫及的地方。我敢肯定，伊莱克特拉知道他藏身何处，但是她对我恨之入骨，绝不会告诉我。如果我还想再见到他，我必须要让她心软，我必须要让她明白我所做的一切都是为了她。

而且，如果她要嫁给迈锡尼的乡野村夫，我还能有个孩子留在身边。即使她恨我，她也近在咫尺。这说明她没有逃走的打算。

"你没什么要说的吗？"

我意识到我们之间的沉默已经延续了很久。"这个抉择不同寻常，"我说，"会招来非议的。"

她向我投来的目光充满深深的鄙夷。"关于我?"

"如果你不介意,那么我也不介意。"

我的温和激怒了她。"我不相信你的话。"

"你可以嫁给他,如果这是你的愿望。我希望你会因此而幸福。"

"我永远不会幸福。"她瞪视的目光跳过我,一脸深仇大恨的样子。我不知道乔治斯到底是谁。我从未费心留意过王宫周围劳作的人,也没注意到伊莱克特拉偷偷溜到田里和任何人交谈。我不知道她有朋友,更别说心上人了。我不知道我这个闷闷不乐、爱生气的女儿有什么魅力吸引住了他。"还有埃奎斯托斯呢?"她问道,语气中多了一丝期待。显然,她希望他会做出她隐隐期待的反应。"他会说什么?"

"你为什么要在意?"我想我的直截了当让她吃了一惊。这么多年,我们都在互相兜圈子。但是自从她在石狮子下一吐怒气之后,我觉得我们俩都无所顾忌了。如此坦率地说话感觉莽撞又轻率,但我看不出再欺骗下去有什么意义了。

"我想他会按你的吩咐行事。"她刻薄的目光快速扫过我,但是随即又微微一笑。"抑或是我错了?现在他认为是他亲自执掌迈锡尼的大权,他还会对你言听计从吗?"

"埃奎斯托斯才是国王,"我平静地说道,"但是我肯定,我为你求情他听得进去,对你的悲伤,他会感同身受。如果自己挑选夫君能让你好受点的话,我们不会否决的。"

看上去,她在喉咙里翻滚酝酿了上千条回答,但是她一言不发。她突然转过身,厌恶地迈步离开。等她一走,我脸上平静的笑容也随之消失了。我对埃奎斯托斯的反应并不像刚才宣称的那样信心十足。我开始思考起这个谋杀案的帮凶,这个多年以来和我密谋的男人。和我亲手杀死的粗野魁梧的丈夫比起来,他全然不同,在他身上,我看到的是沉稳狡诈,而非耀武扬威。我没想过他会是个有主见的强势君王。老实说,

伊莱克特拉　229

我以为他是被我牢牢拿捏住的。一直以来,推动计划的是我,运筹帷幄的是我,做什么,怎么做都是我去策划。我做梦也没想过自己带进宫的这个男人会威胁到自己的骨肉。埃奎斯托斯单靠他个人是绝不可能向阿伽门农复仇的,他需要我来动手。所以我想象不出他会主动出击,有胆量自己策划阴谋。但是我无法抛开伊莱克特拉的警告。我很高兴俄瑞斯忒斯走了,在迈锡尼他会有性命之虞。我走入了自作孽的圈套:为了给一个孩子的死报仇雪恨,我向一个惊弓之鸟寻求帮助,赐予他权力。在恐惧的驱使之下,他也许会如同困兽一般发狂伤人。

我要把这桩婚事告诉埃奎斯托斯,要让他看出这件事于他有百利而无一害。去找他的路上,我一直在头脑里盘算着。午后酷热难耐,所以我猜他应该四仰八叉地躺在院子的长榻上。果然,我的直觉一如既往地正确无误。从他如影随形的卫兵身边走过时,我对他们笑了笑,但没有得到任何回应。这很像伊莱克特拉对我的反应。看起来,在我自己家里,没人乐意见到我。我在埃奎斯托斯的长榻边上坐了下来。

"我有个好消息。"我笑着对他说道,希望我兴高采烈的举动能感染到他。

"找到俄瑞斯忒斯了?"他一边问,一边用手肘撑起身子。

我强压下一个冷颤。"不是,是伊莱克特拉。她要嫁人了。"

"什么?"埃奎斯托斯的脸皱了起来。

"她选中了一个叫乔治斯的农夫。她今天来告诉我了。"

"这是开玩笑吗?"

"怎么会呢?"我保持自己的笑容,仿佛我的话一点也不荒唐,仿佛我轻松的语气足以让他信服。

他猛地坐直身子,双手紧握在一起。"她怎么可以自己选丈夫?这是什么鬼话?"

"我知道——"我刚开口,就出人意料地被他打断。

"女孩子不能选丈夫,也不能嫁给农民。众神是把理智从你的大脑里剔除得一干二净了吗?"他死盯着我,脸涨得通红。"我知道你父亲让海伦在一众求婚者中挑三拣四,但是事情不该这样做,而且,你妹妹对任何人来说都不是什么好榜样。"

"事情是不该这么做,"我表示赞同,"但如果我做该做的事,那我就会在你偷偷溜进宫的当晚把你交给我的卫兵,我就该恪守妇道等着丈夫归来,绝不对他的行为有任何指摘。"我深深地吸了一口气。"当我被告知要把伊菲革涅亚送给阿喀琉斯时,我没反抗。我没有资格反抗。看看我的顺从都带来了什么后果。"

他正要说话,又停了下来,一脸不解。

"我们可以为她包办婚姻,包办一桩有利可图的婚事,找个合适的人,也许是个远在他乡的富有君主,"我继续说下去,他拼命点了点头,"我们肯定能找到一个不会被我们自己……不合纲常的处境吓退的女婿。"会有人愿意和杀害阿伽门农的凶手联姻结盟,依我看,也许找到他们并不太难。我丈夫在特洛伊的斑斑劣迹我听得越多,就越觉得与我一样讨厌他的人大有人在。"但那样的话,伊莱克特拉就会远在我们的监视范围之外,她在夫家会有钱有势。"我不想把俄瑞斯忒斯牵扯进来,让他想起俄瑞斯忒斯可能造成的任何威胁。我必须小心行事。"在那里,她会结交朋友,她讲的故事会让他们同情不已。如果她能说动丈夫向迈锡尼发动战争,为她父亲报仇,那该怎么办?"我伸出手,放在他的手上。"她提议的这桩婚事对我们来说再好不过了。她不会手握兵权,也没有资源供她调配。她近在咫尺,一举一动我们都可以了如指掌。她认为这样做可以羞辱我们,但是她没想到的是这其实是份大礼。"

"我没想到这点。"他缓缓说道。

"当然没有。你太过吃惊了,这也正常。但是当你花点时间考虑牵涉到的方方面面……"我没有把话说完。

"我明白这大有好处。"他的手指拧在了一起。

我没有催他说下去,而是观察了他一会儿。阿伽门农刚死,埃奎斯托斯还没有在他的位子上坐习惯。我们两个都没忘记,是我挥舞着斧头,而他躲在王宫某个远远的角落里。但是,假以时日,我不知道他对事情的记忆是否会发生变化,也不知道他是否会想象自己扮演了更核心的角色。想起这十年他跟在我后面亦步亦趋,或是记起当阿伽门农的头骨被敲碎时他蜷缩在那里的样子,全都和他迈锡尼国王的形象严重不符。此刻,我的孩子对他构成了威胁,但他清楚自己必须谨慎行事。等到他在这个新位子上越来越如鱼得水的时候,情况也许会起变化。我感到太阳穴处头痛欲裂。他希望伊莱克特拉不再碍手碍脚。我希望她平平安安。她希望对我施以惩罚。这桩奇怪的婚事会是我们三个人唯一的出路吗?

"阿伽门农的女儿不应该嫁给国王,"埃奎斯托斯若有所思地说道,"嫁给平民老百姓是最好不过了。"他眉飞色舞起来。"当然,就应该是这样!奇怪!之前我怎么没看出来呢。"

我努力让自己耐心点。"那就这么定了。"我站起身,担心如果再待下去,听到他对我女儿这样评头论足,自己可能会勃然大怒。他为她的落魄心花怒放,认为这样的安排对仇敌的孩子来说再合适不过了。但是别忘了,她也是我的孩子。

他摆摆手,让我下去,尽管我已经准备离开了。走出院子,我沿着俯瞰山谷的长长的城墙踱步,风景的正中央是那座荒唐的陵墓,主宰着周围的一切。我再次感到内心的空虚。我想,我有四个孩子。我很感谢克律索忒弥斯的恬静和驯服,轻而易举结了婚,让自己远离危险。她温柔的性格让埃奎斯托斯无所顾忌,因而可以独善其身。但是伊莱克特拉太暴躁了,总是怒气冲冲。我曾经以为,阿伽门农一死,我就可以让她明白我的苦衷,但是这却让她离我越来越远,让她变得冲动鲁莽,所以她自甘堕落，过着远不合身份的生活，就是为了逃离我吗？抑或是她对我嫉恶如仇，所以愿意自取其辱，这样就能连带着体会到羞辱我的无穷快感？还有俄瑞斯忒斯……俄瑞斯忒斯的一生都笼罩在我失去伊菲革涅亚的悲伤之中，我从未真正了解过他。他被赶到世界的某个角落，我担心埃奎斯托斯不愿忘记他的存在。

对于伊莱克特拉，我想不出办法。我不知道从何做起。但是，对我的儿子来说，确保他平安无虞的唯一方法就是先人一步找到他。

我眺望着阿伽门农的陵墓，奢华中透着怪诞。他是死有余辜，死一百遍都不为过。但是伊菲革涅亚仍然人死不能复生。我为了她的死复仇，结果却给活着的孩子们带来了更多的痛苦，这样的念头让我痛不欲生。这些年我沉浸在悲伤之中无法自拔，我逐渐意识到我失去的还有他们人生中许多宝贵的东西。

无论如何，我必须为伊莱克特拉的出嫁做准备。我不知道如何准备。我们会庆祝吗？会举办盛宴庆祝如此不伦不类的结合吗？伊菲革涅亚那件橘黄色裙子在我的记忆里闪动。还有黎明前的微光中她睁得大大的双眼，神情严肃。

我摇摇头，赶走了这些幻象。无论如何，伊莱克特拉不会想要我的任何东西。我敢肯定，婚礼越简陋，她就越欢呼雀跃。但是不管婚礼如何举办，等婚礼一结束，我必须动身去找俄瑞斯忒斯。我不能把任务交给卫兵，任何人都禁不住重金收买或是严刑伺候。我必须亲自去找他，而我第一个想到的地方就是我儿时的家，阿伽门农的弟弟带着他失而复得的新娘凯旋的地方。我必须去一趟斯巴达。

伊莱克特拉　233

第四部

## 第三十二章

## 伊莱克特拉

大婚之日,我满脑子想的不是乔治斯。当我朝他走过去时,浮现在我眼前的是母亲的脸,即使我刻意将目光从她身上移开。我希望她会大失所望,随之而来的耻辱在她内心燃烧。我从没想过这是我的耻辱,因为乔治斯比埃奎斯托斯强多了。无论他多么卑微,多么不名一文,我挑选的丈夫在任何方面都比她的选择优秀得多。

跟了乔治斯,我会显得软弱无力,看上去再也无法招朋引伴实施我的复仇大计了,因此埃奎斯托斯就会允许我生活在王宫的视线范围,我就能每天监视他们。等时机一到,我们就能万事俱备。

而且,他是我的挚友,对我的父亲忠心耿耿。有乔治斯陪在身边,我能永远缅怀阿伽门农,总有一天我会让我们家族重振雄风。

但是,我不知道自己是否还有爱的能力。我觉得自己比实际年龄成熟太多,因为失去太多而感到无尽的空虚。要不是因为我的深仇大恨,我想我连迈步向前也做不到。仇恨给了我力量,推动着我前进。它在我的内心咆哮,抹去了曾经存在或是可能存在的一切。

婚礼后,我们一起去了阿伽门农的陵墓。我们站在墓穴外,置身星空下。

"他是最勇敢的战士,"乔治斯一脸严肃地说道,"埃奎斯托斯可以随心所欲散布关于他的谣言,但是,在迈锡尼,每个人心知肚明,我们记得清清楚楚。"

可是,乔治斯并不记得他,有关他的记忆不比我多到哪里去。他几乎没有见过我的父王。他只是把他父亲曾经说过的话鹦鹉学舌而已。不过,我还是心存感激。我渴望从敢于深情缅怀真正国王的人们那里听到对阿伽门农的赞美之词。乔治斯向我保证这样的人大有人在。在埃奎斯托斯的淫威之下,他们不露声色,但是他们都希望阿伽门农之子能登上王座。我让他把这些话说了一遍又一遍。

在克律索忒弥斯的婚礼上,人们大快朵颐,欢天喜地。当时的每一个微笑、每一个音符、每一个幸福的字眼都让我忍无可忍,避之不及。我们一家人怎么能假装幸福开心,装出相亲相爱的模样呢?我更愿意像现在这样沉默独处。伊菲革涅亚所谓的大婚之日闪现在我的脑海里。于我而言,我的姐姐只是个模糊的记忆,我隐约记得她一头飘逸的黑发和带着酒窝的笑靥。那一天的黑暗中,她的人生在一个安静而空旷的地方画上了句号。她走得安详。我觉得她可能是我们当中最幸运的一个。

清冷的空气中,我瑟瑟发抖,乔治斯用手臂搂住了我。我目不转睛地看着父亲陵墓的入口。

婚后的几个月,我的确努力过。我很庆幸不用再踏足以前的寝宫,不必再眺望父亲走向死亡的地方。每当我从睡梦中惊醒,尖叫着让他停下来,转过身去,不要踏上她铺好的挂毯时,乔治斯总会在一旁尽其所能地安慰我。

从我们的家可以看到王宫,阳光下熠熠生辉。说来惭愧,有些时候,我忍不住还是会想起夏日庭院里清爽宜人的树荫、五彩斑斓的墙壁、香气袭人的烤肉,还有溶入美酒的甘甜蜂蜜。

以前的我一想到贫穷,总觉得一贫如洗也胜过看到克吕泰涅斯特拉和埃奎斯托斯。我觉得只要不用看到他俩自鸣得意、幸灾乐祸的嘴脸,这里的生活就会是极乐的天堂。我以为离开王宫就能换来尊严和体面。但是穷人是没有什么体面可言的。贫穷是一种折磨，劳心费神。每个早晨醒来，我都会盯着空空如也的四壁，它们每一天似乎都在从四周朝我步步紧逼，将我越箍越紧。

当然，无论我尝试什么，我的表现都无可救药地糟糕透顶。当我烤煳面包，忘记担水，让成群结队的蜘蛛在家里四处结网时，乔治斯宠溺的笑容渐渐退去，取而代之的是无声的沮丧。他没日没夜地辛勤劳作，在地里挥汗如雨、筋疲力尽。每当他拖着疲惫的身子回到家，结果却看到我仍然沉浸在绝望中无法自拔时，过去那样亲密无间地谈天说地似乎也变得遥不可及。我担心他后悔了，不该将自己和我还有我的痛苦绑在一起，尽管他告诉我绝非如此。

她再也不来这里了。她试过几次，带着万年不变的镇定，衣着光鲜地站在陋室门口，看起来可笑极了。她想让我收下金银珠宝，还有各种名贵首饰，都是她的东西，没有一件是我父王的。

"我不需要。"和她说话让我感到厌烦。我从未和乔治斯提过她的到访，更没说过她带来的礼物。"我希望你不要出现在这里。"

她皱起眉头做最后的努力，光滑的额头因为困惑而皱了起来。"我能做什么？"

我用胳膊紧紧环抱住自己的身体，死死盯着她身后的那方天空。"走开。别再来了。"

我听到了她吸气的颤抖。接着是长长的沉默。等到她开口，声音已经变得冰冷。"他原本会杀了你，或者克律索忒弥斯，或者俄瑞斯忒斯，或是你们中的任何一个。只要能让他赢，把你们全杀了也无妨。"

我摇摇头。她说不出什么新花样，只是反反复复的老生常谈。我已经累到筋疲力尽，不想和她再啰嗦一遍了。"他这么做倒如我所愿了。"

"我以为你能看清这一点。在他不复存在之后。在我保了你平安

伊莱克特拉

之后。"

"平安？像俄瑞斯忒斯那样吗？"

"他是安全的？"她低声说道，"你知道情况？"

听到这儿，我看了看她。这样的交手让我学到了很多，我对什么能往她伤口上撒盐了如指掌，知道怎样才能让她尝到我苦等父亲消息的那些年承受的而她却视而不见的痛苦。"不知道。他也许死了。就算我知道，我也绝不会告诉你。"

她的脸沉了下来。"你没必要如此选择，伊莱克特拉，"她厉声说道，"现在还来得及。"

她转身就走。

"你错了。"我对着她站过的空地说道。

我根本别无选择。

## 第三十三章

## 克吕泰涅斯特拉

"你一踏上斯巴达,墨涅拉俄斯肯定会杀了你。"埃奎斯托斯摇着头,一脸难以置信的样子。

"我会带上卫兵护驾。我会秘密联系海伦。墨涅拉俄斯根本不需要知道我在那里。"我坚持道。

"如果是他藏了俄瑞斯忒斯——"

"这是他唯一可能藏身的地方,"我说,"我妹妹是那儿的王后,我不会有事的。我对那里很熟悉,不会让别人看见。但是俄瑞斯忒斯一定在那儿。"如果他在斯巴达的话,我相信海伦会帮我给他找一个更安全的地方。我们同心协力就能把他偷偷送到埃奎斯托斯的爪牙鞭长莫及的地方。

"你会把他带回迈锡尼吗?"

"当然。"我不知道他是否信我的话,是否认为我会对他信赖到把自己的儿子带回宫里的地步。如果他能从我对阿伽门农的所作所为中吸取教训,也许他就不敢戕害我的任何骨肉了。我是不是疯了,竟然认为他有胆量这么做?竟然让伊莱克特拉埋进我心中的毒种在我的头脑里生根发芽?虽然她说的泄愤之言,我却不能置之不理,草草否定。我不能听之任之。埃奎斯托斯也许认为我会信守诺言,把俄瑞斯忒斯带回国,也许他知道我的打算是把他藏得更严实。他可能认为这是背后捅我一刀的机会,利用我找到我儿子,然后一了百了。我不知道。我从未想过阿伽门农会杀害我们的女儿,我又怎么知道埃奎斯托斯是不是同样心狠手辣?他那么一心一意想杀死我的丈夫,为什么不会也想杀我儿子呢?我知道和他同床共枕的这些年做不了挡箭牌。阿伽门农对我这个妻子既没有怜香惜玉,也无敬重可言,没有什么能拦下他握着屠刀的手。我是认为埃奎斯托斯比他好得多吗?我一定是这么想的,但我恐怕又看错人了。我的手指紧紧蜷缩在掌心。

"如果你觉得他真在那里——"

"除此之外,他还能去哪儿?"

埃奎斯托斯耸耸肩。"你能偷偷和海伦说上话?你肯定不会被人看到?"

我大笑起来。"墨涅拉俄斯绝不会知道我在那里。"

"那就值得跑一趟。"他说。

于是,我再次坐上马车,动身前往梯林斯,这一次我披着简朴的斗篷。卫兵们簇拥在我的周围,他们都是埃奎斯托斯的手下,没准一看到俄瑞斯忒斯就会奉命将他杀死。我需要他们确保我路上的安全,需要他们在梯林斯港把一大袋钱币送给开往吉雄的商船船长,换取航行中不会被船员发现的藏身之处。多年前我以皇家新娘的身份从斯巴达启航时,情况完全不同。这一次,我像一袋谷物被人偷偷带上船,船员们粗声粗气的喊叫声混杂着海浪拍打木质船舷的声音,让我头疼欲裂。船靠岸后,我松了口气,一直等到船空了,船长才过来放我们走。我终于敢抬头仰望天空,在厚重的斗篷风帽下朝外张望,能呼吸到带着咸味的清新海风,真是三生有幸。木质甲板随着脚下的水流嘎吱作响,船长毕恭毕敬地站在一旁,我眺望了一会地平线,庆幸自己可以摆脱束缚得我透不过气来的伪装。

"岛就在那里。"他朝着一块弹丸大小的陆地点点头,岛上树木葱笼,距我们所在的位置仅一步之遥。"那是克兰纳岛,特洛伊人从墨涅拉俄斯身边偷走王后时,就是在那里把她带走的。之后他们扬帆去往特洛伊。"他的声音意味深长。

所以,这就是他们当地人口中的故事。既然墨涅拉俄斯选择原谅妹妹与人私奔,那么至少官方的说法一定是她被强行带走。我不知道她当时作何感想,也不知道她当时究竟有多少选择。她是我的双胞胎妹妹,但我却完全想不出。死亡和毁灭会跟着他们漂洋过海,经年累月的残酷战争才换来他们私奔一场,她能预料到这些吗?滔天苦难会波及多远,其触须会卷起多少无辜之人,对此,她有分寸吗?就为了能求得一阵风,让舰队跨越重洋,驶向他们,我的女儿献出了生命。

我们离斯巴达越来越近了,我开始想见到海伦后要说些什么。我之前只想到俄瑞斯忒斯。但是现在我的脑海里浮现出了成百上千的问题。等马车停下来的时候,我甚至还没想好从哪个问题开始。我知道,此处距斯巴达王宫仍有段距离,所以我们的到达不会惊动任何人。我将步行潜入王宫,就像埃奎斯托斯当年溜到迈锡尼转动命运之轮一样。我走下马车,踏入渐浓的暮色之中,来到宽广的欧罗达河岸边。空气静谧而安详,散发出的芬芳将我带回到多年以前,思念之情立刻将我吞没,而我怀念的不仅仅是孩提时代的故乡,还有人生没有被战争撕扯得四分五裂的那段时光:那时求婚者还没有挤满大厅争先恐后地向海伦表达爱意;那时的一切都微不足道,午后的时光可以在不知不觉中溜走;那时我可以和妹妹卧躺在河边,有一搭没一搭地闲聊着不值一提的话题。

到达王宫后,我吩咐卫兵在宫殿入口的隐蔽处等候,而我则继续前进。他们不安地挪动身子,但是我执意如此。我太了解这个地方了,这里曾是我生活多年的家。对于入侵者来说,王宫的防御十分严密,但是扮成一个不起眼的女人,我可以通过只有在王宫住过的人才了解的秘密通道,神不知鬼不觉地溜进去。

夜幕已经降临，王宫里却热闹非凡，火把熊熊燃烧着，奴隶们在院子里来回穿梭。我能听到远处的马厩传来马匹的嘶鸣声，还有王宫中央的轻歌曼舞声和嬉笑声飘荡在微风之中。我藏在褶皱的斗篷下小心审视，判断溜进墙上秘洞的最佳时机。那是童年时顽皮探险的发现，看到洞还在，我不禁松了一口气。我眼眉低垂，看上去和奴隶没什么两样，没有引起任何人的注意，快步走过院子，从一扇敞开的门走了进去。我已经二十多年没有踏足于此了，但是一切给我的感觉是那么熟稔，就像昨天我和海伦刚在这些走廊里窃窃私语一般。我努力压制住涌上心头的情绪。

王宫中央一片繁忙的景象，奴隶们在厨房和大殿之间熙来攘往，而我呆在寂静无声的地方一动不动。我知道通往王后寝宫的通道，如果我可以神不知鬼不觉到达那里，我就可以等着我妹妹。即使她要一直宴饮到凌晨，我也可以等。但是，当我用手按住原先通往母后寝宫的厚重木门时，我听到里面有人。

我没有感觉到害怕，也没有停下来去想里面也许不是海伦，所以当我推开门看到她站在那里，朝我转身的时候，我一点也不惊讶。而她就不一样了，脸上写满了诧异和难以置信。

"别叫出声。"我说。

她瞥了我一眼，让我进来。"当然不会。"她呆在原地，一动不动，身旁桌子上的浅碗里燃烧着微弱的火苗，我看到她手里有一把捆在一起的草药和一把小刀。"你——你来这里做什么？"她问道。

"你觉得呢？"

她似乎从恍惚中回过神来。"探望——现在？你冒着生命危险就为了来看我？"

我的心怦怦直跳。"为什么不呢？你怕了？你想把我交给你丈夫？"

她大笑起来，笑声中带着茫然。"当然不会！不过我简直不敢相信，我不知道你是不是个梦!快来。"她放下小刀,张开双臂朝我走来。

我没有抗拒她的拥抱。她的秀发软软的,贴在我的面颊上。在异国他乡的海边,在简陋的军营里,墨涅拉俄斯一住就是十年,只为能再次拥她入怀;难以计数的士兵为此献出了生命;我的丈夫亲手杀了自己的女儿,也只是为了夺回海伦。在这漫长的岁月中,她已经不再是她自己,她超出了一个普通女人的范畴。我无法把所有血腥的惨剧和我妹妹联系在一起。

"但是你来这干什么,说真的。"她后退一步问道。她紧紧盯着我的脸。"你来这地方太危险了,不久前刚……"

"对你来说不是同样危险吗?"我反问道,"你回到了这里。我当时都不知道墨涅拉俄斯会不会带你回家,连他是否打算让你活下去都不知道。他现在在哪儿?"

"在大厅宴请宾客,"她答道,"他们又在讲特洛伊的经历了,照旧还是那么惆怅,所以我偷偷溜出来了。"

"你不在,不会被发现吗?"

她耸耸肩,慵懒中带着优雅。"我只打算走开一小会儿。"她的目光瞟向桌子,上面散落着干枯的叶子。"不过,就算我离开得再久一点,墨涅拉俄斯也不会质问我的。而且,如果你被人发现了,我肯定能为你求情。"她绽放出笑靥,在温柔的火光中仿佛回到了豆蔻年华,依然是那么自信,那么笃定。斯巴达的海伦,当年一大群男人为了她在大厅里争得头破血流,只要能赢得她的芳心,他们甘愿付出一切。经历了结婚生子,熬过了十年围城,挺过了战争的血雨腥风和战后余波,她依然没有任何改变。"坐吧,"她忙不迭地劝我,"我叫人送点酒来。"

我坐在柔软的长榻上,她则轻手轻脚地走到门边,这时我听到她低声吩咐一个路过的奴隶。尽管她端了一壶酒回来,浓郁的甜香弥漫在空气中,我还是感到一阵烦躁。我需要她的帮助,我提醒自己。我的儿子才是重中之重。奴隶还端来了面包，看到它的那一刻我意识到自己饥肠辘辘。我掰下一片面包，打心眼里希望自己有足够坚强的意志力，能婉拒她的盛情款待。我吃的时候，她又拿起小刀，麻利而整齐地切起了桌上的草药，接着把它们装进系在腰间的小袋子里。然后她拉近凳子坐了下来，满脸期待地看着我。我要说的话立刻变得沉重起来，压得我喘不过气，于是我四下寻找可以拖延的理由。"草药？"我问。

"混在一起可以舒缓情绪，"她说，"溶在酒中提振精神，饮酒者会忘了伤痛。"

我想象着盛宴上的墨涅拉俄斯为他在特洛伊失去的一切黯然神伤。我看着海伦腰间挂着的袋子，吸了一口气。"你为什么要走？"我脱口而出。我不知道自己是否打一开始就打算问这个问题，这个天下人都想问的问题，问了只会显得我无能。但是，我同样想知道答案。

"你为什么要问呢？"她的目光盯着我。"你觉得如果我没去，我们的大军就不会开赴特洛伊吗？"

我无言以对。

"那些人乘着满载战利品和女人的大船凯旋。吟游诗人每晚都在歌颂他们的英勇无畏、他们的无上荣光和在那里赢得的举世盛名。而特洛伊这座公认的坚不可摧的城邦却被夷为平地。你真以为数以千计的战船上的人，只想着把一位妻子送还给她丈夫吗？"她大笑起来，"每一天我都在特洛伊的高塔上看着。战场上到处是力大无穷的勇士，人人都说诸神和他们选中的英雄并肩作战。"

"你也是诗人们吟咏的对象。"一个女人，宙斯之女，成了他们故事的中心。至少对我而言，特洛伊是一个女人的故事。我的女儿成了牺牲的第一人。我不想说她的名字，不想在这间屋子里，这里曾是我母亲梳妆打扮的地方，是我和海伦曾经一起嬉戏的地方，那似乎已经是十几辈子之前的事了。

"我肯定他们会这么做的。但是你来这儿,就是为了问我这个问题?"

我叹了口气。宙斯的儿子们征战在那片战场上,赢得他们在传说中的一席之地。他的女儿应该做些什么?如果让我来选择,我会让她留在那里。如果由我来决定,没有一个母亲会失去她的骨肉。海伦本来可以永远留在大洋彼岸。"为了我的儿子俄瑞斯忒斯,他来到这个世界之前——希腊大军刚刚开赴特洛伊。现在他不见了。我希望他是来了这里。"

她已经在摇头了。"我们没有俄瑞斯忒斯的消息。"

我的心一沉。"毫无消息?"

"对。"她停了一下,接着说道,"当然,我们听说了阿伽门农的遭遇。但是你的儿子没有向我们寻求庇护。如果他真的这么做了,我会立刻告诉你,绝无半点隐瞒。"

我把目光从她身上移开,泪水在眼眶里打转,我克制着不让它们掉落下来。他会不会死在了来这儿的路上?当然有可能。绿林土匪,凶猛野兽,任何效忠埃奎斯托斯的人,任何投机取巧的蝥贼或是为了金银财宝、荣华富贵愿意出卖他的两面三刀之人。从迈锡尼到斯巴达的任何一处地方都有可能是他生命的终点,他可能被草草埋在路边,或是被扔进汪洋大海,或是被丢在地上,任其曝尸荒野被乌鸦啄食。

或者他被偷偷运到了别的地方,除了这里以外广袤世界的任何地方。他可能被藏在最小的岛屿上,也可能被隐匿在最喧嚣的都市。偌大的希腊,我到哪儿去找一个小毛孩呢?

"无论他去了哪儿,我们都会知道的,"海伦说话了,"别灰心,我们终究会找到他的。"

我茫然地点了点头。"如果他来这儿,他不会想让你告诉我的。"

"我不会让他知道这件事。但是一有你儿子的任何消息,我会立刻通

伊莱克特拉 247

知你,我保证。"她握住我的手,"他很有可能来这里,来找他父亲的兄弟。但我可以说,墨涅拉俄斯毫无恋战之心,也不会为阿伽门农复仇。如果俄瑞斯忒斯来了,我会替你解释,你的苦衷他会听进去的。"她犹豫了一下。"当我听说你生了个儿子时,我想到了我的女儿,他们俩有朝一日可以喜结良缘,为我们的家族亲上加亲。"

我努力设想这样的画面。海伦总能轻而易举地描绘未来,预见多年后一切会如何天随人愿。奥里斯之后,我只有一个计划,现在已经大功告成了。我没心思展望未来,也没信心会得到幸运之神的眷顾。

"我的卫兵在等我,就在宫墙外,"我一边说,一边从她的手中抽出手,站了起来,"我来这里的目的已经达到了,我必须回去了,不然他们会来找我。"

"你来了,我真高兴,"她轻声说道,"冒了这么大的险,你真勇敢。"

我隐忍不发。"你回去参加宴席吧,"我说,"我会悄悄溜出去的,原路返回。"

她站起身来。"我会打听俄瑞斯忒斯的消息,有任何下落,我会告诉你。"

我让她抱了抱我。我需要来这里亲眼看一看。我肯定她没有撒谎,她对我的儿子一无所知,但是把我带到这里的紧迫感没了,涌上心头的只有无尽的失望,让人心力交瘁。

"再见了。"她在我耳边低语,然后悄悄走出了房间。

我在她的门口四下观察,确保四周无人。这时一个声音让我吓了一跳。但是,并不是墨涅拉俄斯低沉的嗓音,而是少女轻柔的语调。

"母亲。"她说,接着我就看到一个妙龄少女走了出来,在走廊尽头抓住了海伦的胳膊。

"赫尔迈厄尼,你是来找我的吗?"我看着她将手臂挽过女儿的臂弯,把她拉近,两个人一起往前走,随着她们身影的消失,说话声也慢

248 ELEKTRA

慢听不见了。

　　赫尔迈厄尼，海伦抛下的女儿。自从海伦一走了之，这些年她一直在斯巴达等着母亲的归来。怒火在我的心里熊熊燃烧，尽管我知道发怒于我无益。我为什么要为妹妹的好运火冒三丈呢？这并不能让任何一个孩子回到我身边。

## 第三十四章

## 伊莱克特拉

"伊莱克特拉,有消息了!"

乔治斯和一个人正站在门口,远远望过去认不出是谁。我们从来没有客人到访。我差一点把手里拎着的水罐给摔了。于是,我小心翼翼地把罐子放在地上,努力平复怦怦直跳的心。我可不想把水罐的水全洒了,还得再走回去提水。我不允许自己心存幻想,奢望来的人是俄瑞斯忒斯。我竭力稳步朝他们走过去,仔细打量着这个陌生人。他穿得很简陋,就是个农夫,和乔治斯没什么分别,和现在的我也一样。他一点也不面熟,眼神里也没有闪着认出我的光芒。

"有奥德修斯的下落了。"乔治斯看起来比我预想中要上心。我没看出来这有什么要紧。

"奥德修斯?"我摇摇头,一副不解的样子。"他不是已经死了吗?"

"他还活着,战争过去这么多年了,"乔治斯说,"街头巷尾都在议论听到的故事。"

"这和我们有什么关系?"奥德修斯的妻子和儿子多么幸运啊,我想,战争结束了这么多年,居然还能等到他回家。如果我的父亲也能活着回来,让我等上两倍的时间我也心甘情愿。

陌生人清了清嗓子。"他造访了各种各样的地方,有五花八门的传说。但是迈锡尼人不可以讨论这些。"

"为什么不可以？"

尽管我们这座小木屋人迹罕至，附近看不见任何人的踪影，他还是压低了声音。"王后和埃奎斯托斯有密探，一直在搜寻你弟弟的下落。但是这些密探有时候口风不那么严，尤其是喝了酒以后。有个密探最近从斯巴达回来，他们一直在那里监视，以防墨涅拉俄斯国王收留俄瑞斯忒斯，他无意中听到了信使向国王的汇报。"

我几乎无法呼吸。"奥德修斯找到了俄瑞斯忒斯？是这样吗？"

他摇了摇头。"不是俄瑞斯忒斯，不是他。据说奥德修斯去了更陌生的土地。波塞冬想要他的性命，于是毁了他的船，他不得不斩妖除魔，向仙女寻求庇护，最后是雅典娜指引着他回到了故乡。"

乔治斯打断他的话。"奥德修斯宣称他去过冥府，还和死人交谈过。"

我感到一阵寒意。"怎么可能？"

"我不知道，但人们都说他和阿伽门农说过话。"

他的话如同一记猛拳打在我身上，我想我的腿都要软了。"他看见了我父王。"我无法相信，这不可能是真的。如果是真的，我根本受不了。为什么奥德修斯——一个多年前我们认定的死人可以见到我父王，而且居然能活着凯旋呢？我胸中的怒火越烧越旺。

乔治斯朝我走上前来，一副关切的表情。他伸出手扶稳我。"我以为你想知道这些。"

"我想！快，告诉我整个故事。"我对那个人说道。他吸引了我全部的注意力，不管是真是假，我想知道人们是怎么谈论我父王的。

"他漂洋过海就为了找到那个地方，找到那条在地下流淌、一直通往冥府的溪流。在那里，他洒下祭酒，献祭公羊，引出亡灵。为了啜饮鲜血，一群亡灵从地下浮现，阿伽门农也在其中。"

伊莱克特拉 251

我闭上眼睛，一想到我的父亲——迈锡尼之王，有史以来最伟大军队的统帅，居然沦为争抢羊血的幽灵，一时间有些不知所措。"说下去。"

"他告诉奥德修斯他的死因，被一个奸诈的荡妇杀死是怎样的奇耻大辱。他恳请奥德修斯告诉他儿子的下落，但是奥德修斯一点都不知道俄瑞斯忒斯的去向，也不知道这里发生了什么。他们俩一起抱头痛哭。"

"伊莱克特拉？"乔治斯的声音充满了关切。

"人尽皆知了。"我可以想象人们交头接耳叽叽喳喳，流言蜚语再次燃起，众口铄金积毁销骨。我的父王多年前被人谋害，但是至今大仇未报，俄瑞斯忒斯远走他乡，关于他没有人敢说半个字。现在又多了这个传言：阿特柔斯家族的阿伽门农，我们家族的领袖，因为名誉扫地而痛心疾首，因为他的儿子没有回来让凶手血债血偿，他的名声每况愈下。"谁都知道我们让他失望了。"

乔治斯拼命摇着头。"你没有让他失望。你没有，俄瑞斯忒斯也没有。不是这么一回事。背叛他的人是克吕泰涅斯特拉，人们谴责的是她让他饱受煎熬。"

"他们怎么可能不骂我们呢？"我听到自己厉声尖叫。"我的父王在冥府受尽折磨，渴望正义得以伸张，但是一切都是泡影。"

"这不是你的错。"

"他无法安息。"我低声说道，乔治斯把我搂在了怀里。我宁愿他不要这么做。我不需要安慰。我的父王得不到任何安慰，他一心只想复仇，这比置身荒凉湖中的坦塔洛斯受到的折磨还要可怕。

我早早起床，站在了门口，注视着昏暗的天空中星光慢慢消逝。他走到我身后，双手搭在我的肩膀上，我却一动不动、毫无回应，这时我听到他叹了口气，退了回去。我的思绪总是一如既往地回到父亲的幽灵徘徊的深渊。我疲惫不堪地回到屋内,在暗处找寻那把我专门为此准备的小刀。我拉出一缕头发,用刀刃将它割下,我感到乔治斯的目光一直看着我。发梢参差不齐,想到自己狂野的样子,我就感到一阵强烈的快感。已经很长时间没有侍女为我梳理头发,整理仪容,试图把我变成另外一个人了。朴素无华的服饰和乱糟糟的头发让我欣喜若狂,因为他们看见我时会窃窃私语,说这是克吕泰涅斯特拉的女儿,他们会注意到我的落魄,看到她是怎么对我的。我对其他女人的怜悯不屑一顾。我从不会谈论自己受的罪,所以她们都以为我是被赶出宫的,她是为了把我逐出家族才让我嫁给平头老百姓的。没有人相信我是心甘情愿地出走。

"你又要去陵墓献祭吗?"乔治斯问道。他的语调平静而克制。

"我的父亲不在了,"我回答,"我能为他做的只有这些。"

"那等你把头发全割光了,你再拿什么去献祭呢?"

"你觉得我不应该再悼念他?"

"你当然应该。我也缅怀他。"

"那你为何有异议?"

他看起来心力交瘁。"我很抱歉,让你听到了有关阿伽门农在冥府的传言。想到这件事,我也很心痛。"

我重重跌坐在他对面的凳子上。"是你告诉我,我的家族到底是些什么人,我们经历的种种厄运,遭受的百般诅咒。除非我们改过自新,否则无法得到众神的宽恕。我们必须让杀人者血债血偿。"

他垂下双眸,死死盯着桌子。"我不知道这一切是不是真的。"

我倒吸了一口气。"你什么意思?"

"这是众神的期望吗?"他问道,"如果我们这么做了,他们就会心满意足吗?"

"我不明白。"

"你一辈子都活在诅咒的阴影之下,你的家族史让你懂得血债必须血偿。但是我这一辈子都在务农，在你父王的土地上辛勤劳作。从我父亲那里，我学到了万物如何消亡，如何复生，如何年复一年播种收割。我明白了四季的节奏，懂得即使冬日再严酷，也总会有春暖花开时。"他挺直了肩膀，昂然端坐。"循环往复，不断变化，又始终如一。你家族的诅咒同样如此。从坦塔洛斯开始，你的祖先们就对彼此做着同样的事。滔天罪行带来无尽的痛苦，然后是复仇之火熊熊燃烧，接着一切又重新开始。我知道你很难看清这一点，当风暴肆虐，我们很难想象枯死的土地上会重新长出庄稼。但它会的——历来如此。"

"但是如果我们不报仇，如果我弟弟让杀害父亲的凶手逍遥法外，那众神会作何反应呢？这是我们的责任。"我紧紧握住手中的那缕头发，这是俄瑞斯忒斯回来前我唯一能给父亲的东西。"女人不该杀死丈夫，篡位者不该窃取王位，两个人都没付出代价。这是对众神、对家族、对一切的侮辱。"

"但何处才是终点？"他恶狠狠的样子吓到了我。我从未见过乔治斯这般模样。"你难道不明白，一切会继续，一而再再而三？诸神主张正义，而我们为此受苦，回回都是这样。"

"那我们还能怎么办？"

"你可以快乐点。"他从桌子那边伸过手，握住了我的手。"你已经逃出了你母亲和埃奎斯托斯的魔爪。他们和你的人生再无瓜葛。"

我猛地收回手。"我父亲的死就拜他们所赐。"

"许多人的父亲都已不在人世，伊莱克特拉。"

我曾经扔给克吕泰涅斯特拉同样的话，大差不差。对着她，我厉声怒斥：许多母亲失去了女儿，这样的事情每天都会发生，为什么她非要耗尽一生成天想着怎么复仇呢？我不安地挪动了身子。我讨厌想起自己是她的女儿，讨厌想到自己知道的那点东西都是从她那里学来的。"也许那些人还有别的家人，"我终于开口了，"但是，我还失去了弟弟。我一无所有。"

"我们把俄瑞斯忒斯送去和他姑父一起生活，他是一国之君，"乔治斯说，"我们让他过上了平平安安的幸福生活。"

我彻底不耐烦了。"我们怎么能知道？就算他过上了王子的生活，那也不能保证他安全。打猎时，他也许会从马背上摔下，或是被野熊顶死；比赛时，他可能会从战车上摔下来，被车轮碾成碎片。疾病没准会夺走他的性命，因为世界上的任何财富都无法治愈瘟疫。他可能已经长眠地下，再也不能被姐姐抚摸。"而且，就算他没死，这句话我没说出口，也许他早已沉醉在温柔富贵乡，再也不愿冒生命危险了。就像克律索忒弥斯，她从不会说母亲一句坏话，躲在富甲一方的婚姻中尽情享受，永远不敢承受我经历的一切。自从她大婚以后，我就再也没有见过她了。她的丈夫把她带到别的王宫，距此千里，离我远远的，我再也没有机会让她做我的盟友，再一次做我姐姐了。倒不如说她也已经死了，他们所有人都烂在地里，而与此同时，克吕泰涅斯特拉却品着美酒，与一个穿着阿伽门农的长袍、坐上阿伽门农的王位、执掌阿伽门农的权杖的男人谈笑风生。

"你说得对，我们无从知晓，"乔治斯说道，"但是你还活着，人生就这么从你的指间溜走。就像以肩顶天的巨神阿特拉斯，支撑着天空的重量，自己却在巨大的重担下无法挪动分毫一样，你被困住了，等待俄瑞斯忒斯为你抬起重负的那一天。"他一脸悲伤。"但是我一直陪在你的左右，我可以和你一起承担，只要你愿意。只要你能放手。"

我听不下去了。这就是我和乔治斯的不同，这道不断扩大的鸿沟将我们分开。他不是阿特柔斯家族的后人，他父亲死得很安详，像睡着了一般离开人间。乔治斯无需想象父亲的幽灵在冥府哭泣，乞求正义，否则他就会知道一辈子受苦也值得这么做。我紧紧抓住割下的这缕头发，大步走回门口。"我不会放弃的，即使你厌倦了等待。"我说。

外面的空气静谧而幽暗，整个世界还没有苏醒过来。我唯一能听见的就是夜莺哀怨的鸣叫，在寂静中显得温柔而寂寥。她的歌曲太过悲伤。我不禁想，她还记得自己还是个凡间少女时的光景吗？菲洛梅拉被姐夫抓住，遭其奸污后还被割掉了舌头，这样她就再也不能说话了。于是，她把证词绣在了挂毯上，姐姐看到后，为了复仇，亲手宰了自己的儿子，还把他的肉喂给他父亲吃。现在菲洛梅拉重新拥有了声音，神祇把她变成了一只孤独而悲伤的鸟儿，总在黑暗中第一缕晨曦到来前独自一人唱着哀婉的曲调。她的家族传奇和我祖先的传说颇有几分相像，但是神祇没有怜悯我，没有赐予我羽毛和双翼让我振翅飞离这个地方。我注定和她一样，只能发出哀鸣，但我必须用这个身躯来承受。

我一而再，再而三地来到陵墓前驻足，每一次都会留下祭品，有时是一缕头发，有时是一杯倾倒在地上的美酒，有时是春天的第一批果实，我任由它们留在那直到发霉腐烂。我不知道为什么自己仍要这么做。我痛苦地认为父亲就在那儿，就长眠于地下的某个洞穴，要是知道我如何悼念他，也许身处冥府幽影的他便能得到些许慰藉。但是，我的虔诚和忠心没有得到任何回应。

无数次，我在寂静无声的石门前放声大哭；无数次，我用指甲划破脸颊，绝望地咬紧牙关。但是，今天，泪水却毫不费力地涌出眼眶，泪珠轻轻地掉落在地面，没有痛苦，也没有愤怒。我的父亲不在了。如果他还活着，我就不会在这里，我会有自己的骨肉，而不是被困在卑微的婚姻中；我的弟弟也会在这里，而不是在遥远的土地上被陌生人养大。这一切我已经忍受了太久太久，痛苦的重负正一点点把我压垮。

暗沉沉的天空渐渐露出黎明的曙光。今天，我不想走进坟墓，于是转身离开了拱形大门，走入了初升朝阳的万丈光芒中。一抹耀眼的橙色爬上了地平线，刹那之间让我眼花缭乱，火红而刺眼的阳光下我眯起了眼睛。这时，黎明的绚烂中隐约浮现出一个黑影。是一个男人的身形。有那么一瞬间，我觉得是我父亲复活了，他完好如初地回到了我的身边。

然而，当他向前迈步时，我的整个身体都在颤抖。另一个人影朝他走近。

"你来这是为了悼念国王吗？"第一个人问道。他仔细地打量着我，目光停在我手里抓着的那缕头发。

我点点头，不敢说话。

"也许，你是王宫的忠仆？"他听起来半信半疑。

我盯着他的脸。这样做很不礼貌，但是，我早就不在乎了。我在脑海里想象出一个受惊的小男孩，从记忆中调出他的模样，这样就可以把他的脸和站在我面前的这个陌生人进行比较。怎么可能是别人呢？但是他认不出我了。时光流逝，真的让我面目全非了吗？岁月当然对我并不友善。对他却并非如此。站在我面前的这个男人，身强力壮，活力四射，他不再是个小孩，但我觉得从他的脸型和五官中，我仍然能看到从前我认识的那个孩子。

"我不是奴隶，"我答道，"我看起来肯定像。"我深深地吸了一口气。"我来这里是为了悼念我的父王阿伽门农，他就长眠于后面的这座陵墓里。"

他的眼睛瞪得大大的。"你是伊莱克特拉？"

我几乎无法将目光从他身上移开，但我还是瞥了一眼他身旁的那个人。只此一瞥，我已经看出这位男子的风流倜傥和自信笃定。我的脸颊立刻泛起红晕，我为自己是如此蓬头垢面和衣冠不整而羞愧难当。我太醉心于把自己弄得落魄不堪了。"正是。"我挺直了肩膀，扬起头颅，目空一切。

"那么这就是凭证，你是我的姐姐，我已经如约归来了！"他伸出

伊莱克特拉 257

手,一脸兴奋。

他的手掌里摆着的是一把铜匕首,匕首顶端是一头怒吼的小金狮,上面还有举着长矛和盾牌向前冲的猎手们,和我记忆中的一模一样。

"俄瑞斯忒斯。"我低声说道。

他点着头,双目炯炯有神。"我们回到了迈锡尼,我和皮拉德斯。"他指了指旁边的那个人,后者朝我恭恭敬敬地低下了头。

我感到一阵慌乱的兴奋。这正是我一直以来梦寐以求的,是我父亲死后唯一支撑我的东西——现在,一切终于要变成现实了。

"来,快坐下,别摔倒了。"他说着抓起了我的胳膊肘,把我带到了路旁的矮墙边。我感激地在石头上坐了下来。"我必须在父亲的墓前祭拜,所以我们先来到这里。"

"我每天早上都来这里。"我茫然地答道。

我等着他们,此时温暖的晨曦洒向了大地,孤独的夜莺声中加入了其他鸟儿的鸣唱。我的喉咙里离谱地冒出了笑声,我赶紧用手捂住嘴巴。我仰起脸,迎着万丈光芒,努力摆出沉思的表情。

"伊莱克特拉?你过得还好吧?"

我紧闭双唇,完全不敢开口。

"她一定是惊呆了,"我听到皮拉德斯喃喃自语,"一切都太出乎她的意料了。"

俄瑞斯忒斯徘徊了一会之后才坐在我旁边。我感到他的内心既有关切,又有踌躇,毕竟我们这么长时间没生活在一起了。

"为什么是现在?"我终于哽咽着说道,"我已经不再抱期望了,我以为……你们为什么来这里?"

"我准备好了,"他说完,瞥了一眼他的朋友,"我们能去什么地方吗,去一个你知道安全的地方?我们可以谈谈?"

"你们可以来我家,"我告诉他,"不过——"

他疑惑地看着我。"怎么了?"

我挺直肩膀,不想让身体暴露出我的窘迫。"不是你们习惯的地方,不是王宫。"

"那是我姐姐生活的地方,"他轻柔地说道,"别的地方我都不去。"

尽管如此,当我把他们带回家徒四壁的寒舍时,我仍然感到自己的身体快要缩成一团了。这里没有一样东西能让它成为一个家。小屋漆黑幽暗,就是个没人疼、没人爱的茅草棚。我以为自己早就不在乎这些世俗的东西了,但是当我看着小屋时,我透过他们的眼睛看到了它的模样。这时乔治斯出现了,我更想钻到地底下去了。

"伊莱克特拉?"

"这是我弟弟,"我宣布,"俄瑞斯忒斯回来了,终于回来了。"

他的脸上堆满了喜悦,笑容是如此的真挚。我已经很久没见过他有这样的表情了。

俄瑞斯忒斯颇有些忸怩地走上前去。不知道他是不是为了掩饰对我家的鄙夷之情。但是,当乔治斯似乎打心眼里开心能见到他时,俄瑞斯忒斯也表现出了发自内心的喜悦。"你还记得我吗?"他问。

乔治斯大笑起来,张开双臂。"当然记得!"

他们互相拍着对方的后背,两个人都笑容灿烂。

我抱紧自己。"我们到外面去吧。"我不想让他们中任何一人看出我的慌乱。

"当然,"乔治斯说道,"去外面坐吧,里面太黑了。我给你们端点吃的喝的,你们走这么远一定累了。"他领着我们穿过大门,回到阳光下,然后就离开了。欢迎客人、招待他们本来该是我干的活。但这不过是我做错的又一件事,忘掉的又一个礼仪罢了。

"很抱歉,我无法以更好的方式款待你们。"等我们在大树繁茂的枝

伊莱克特拉

条下找到了一处阴凉时,我说。

俄瑞斯忒斯摇摇头。"我很抱歉你受苦了。"

热血一下涌上了我的面颊,他意识到这句话的潜台词,赶紧打住了。

"我是说我很抱歉,你被赶出了家门,"他解释道,"你在这儿肯定幸福得多,有乔治斯陪着,胜过在那里——和他们待在一起。但是,事情不应该是这个样子,住在父王宫殿的不应该是他们,我们不该被逐出宫。"

我咽了咽口水。与其说我是被放逐,倒不如说我是离家出走。她并没有逼我离开。但是,在当时的情况下,她让我待不下去,对俄瑞斯忒斯来说也是一样。我看见他环顾四周,四下打量。我不禁对他心生顾忌:他已然长大成人,种种经历都没有我参与其中。在他人生的头十年,是我塑造了他的一切,但现在,我对他一无所知。

乔治斯走了出来,看到他端上来难以下咽的黑面包,我不由眉头一皱。然而,俄瑞斯忒斯却心怀感激地接了过来。我摆摆手拒绝了食物,有点坐立不安。一切都大错特错。我和他们坐着,而丈夫却忙前忙后地伺候着,我痛苦地意识到自己把头发割得像狗牙啃过一般。多么希望自己早有准备啊,多么希望自己知道他这天要来,多么希望我能坚信他终究会来。

显然和我比起来,乔治斯和我弟弟在一起更加落落大方,他开始抛出一些我无法问出口的问题。"你们为什么现在来?你们为何而来?"

俄瑞斯忒斯的前额皱了起来。"我在菲西斯衣食无忧,"他说,"国王总待我很好,把我当亲儿子,和皮拉德斯没区别,所以我们俩像兄弟一般一起长大。"他瞥了一眼自己的朋友,深深地吸了一口气。"但是,不管在那里的家有多么的温馨怡人,我知道它不是我真正的家。一想到迈锡尼,我总会心如刀绞。"

听到这里，我的肩膀稍微放松了一点。"你没有忘了我们。"

他的眼睛瞪得大大的。"怎么会呢？伊莱克特拉，我每天都会想到你，想你在这里可能会遭受的一切。你太勇敢了，把我悄悄送走，使我逃出埃奎斯托斯的魔掌。我知道我必须回来，这样才能好好报答你。"

我感到眼眶湿润了。我的双手紧紧交握，指甲死死按在手背上。是剧烈的疼痛才让我把握住此刻，不至于倒下。

俄瑞斯忒斯不自在地动了动身体。"尽管如此，回国一事还是颇让我思前想后了一番——回来意味着什么，或者说需要我做些什么。"

他们在这里要做的绝非易事。但是，此刻，我在想这件事也许并不难，如果我想象着把自己所有的痛苦都注入斧头落下的那一击中，想象着埃奎斯托斯就在这斧头下，还有克吕泰涅斯特拉……我停了下来，因为一瞬间，我惊恐地意识到这也许就是母亲看到烽火台的熊熊火光时的感受。想到自己还和她有着任何瓜葛，哪怕再微不足道，我还是觉得作呕，所以我拼命地摇了摇头。"她给我们的父亲下药，布下陷阱把他关起来，"这些话从我嘴里说出来，带着无尽的怨恨，"然后用一把斧子砍倒他。她同床共枕的丈夫。众神不会容忍一个女人如此行事。"我没提自此以后她过着太平的生活。宙斯没有动用雷电将她劈死，没有神祇出面干预。我听说，为了拯救他们钟爱的凡人，为了向冒犯他们的人寻仇，诸神大步流星地加入如火如荼的特洛伊战场。我不明白，为什么克吕泰涅斯特拉犯了滔天罪行，却能安然无恙地活了这么多年。

"我知道，"俄瑞斯忒斯答道，"每个夜晚，我只要一躺下来，闭上眼睛，就会看见我们的父王。他的阴魂在冥府里为他遭受的奇耻大辱泣不成声。"他咽了咽口水。"所以我向阿波罗请示神谕，祈求得到他的启示。"

"神谕怎么说？"我全神贯注地看着弟弟。

俄瑞斯忒斯的目光与我相遇。"我告诉祭司们我想问的问题。他们给

伊莱克特拉　261

我指示，告诉我需要做什么以及如何求教于皮提亚。我在那儿沐浴更衣后，头戴月桂花环向神庙供奉了祭品。她坐在暗处，四周烟雾缭绕。我一开始担心找不到合适的词，但我还是设法把问题问了出来。我必须知道答案。阿波罗与她交谈时，她一直翻着白眼。最终她告诉了我答案。"我们周围的世界静止，一片寂静，只等着他再次开口。"只要凶手还活着，我们的父亲就得不到安息。阿波罗女祭司警告我，如果我逃避责任，因为怯懦而没有为他报仇雪恨，我会受到神的惩罚，这是阿波罗的命令。"他头一垂，双手抱头。"我别无选择。"

归来的他已然是成年人，但是，看着他就这么双手抱着膝盖坐在地上，一副绝望的样子，我仿佛又看到了我送走的那个小男孩，忍不住心如刀绞。我并不怀疑神谕。我既同情他，但内心同时又涌起了一股类似于兴奋的情绪。"她没有做过你母亲，"我平静地告诉他，"我知道，你退缩是因为这件事可怕至极，你是个善良的孩子。但是只有这样，才能让我们的父王安息，才能为阿特柔斯家族伸张正义。"

他抬起头。"我行吗？"

没等我说话，皮拉德斯已经伸出手，牢牢抓住俄瑞斯忒斯的肩膀。"你不是一个人。"他说。

我凝视着他们两个人，他们肩负的责任如此沉重，但他们却无所畏惧。这让我的身体里涌起一股从未有过的快感，好像树根张开，树干向着光亮伸展的感觉。这一次我没有将目光从皮拉德斯身上挪开，而是直视着他的面容，他也回望着我。

我觉得他像一名战士，宽阔的肩膀、黝黑的胡须和浓密的眉毛让他看起来比俄瑞斯忒斯年长了许多，也严肃了许多。我在想，当父王指挥着身后的斯巴达军队杀回迈锡尼，准备夺回属于他的王宫时，他是否也是这般模样。勇敢的英雄陪着他的挚友伸张正义——我知道，如果我能过上本该过上的生活，这才是父王会为我挑选的夫婿。

"勇敢点,俄瑞斯忒斯,"我低声说道,"你是阿伽门农之子。"我感到这件事在我们三个人中间嗡嗡作响,将我们紧紧联系在一起,它的可怕让我们无法大声说出口,但是它的重要性使我们无人能退缩。

"你们打算怎么做?"乔治斯的声音打破了这一刻,吓了我一跳。

霎时间,我看到俄瑞斯忒斯的眼眸中闪着湿润的光芒,嘴角微微颤抖,但随后脸上浮现出坚定的茫然——他太像克吕泰涅斯特拉了,我的胃里泛起一阵恶心。"我们是偷偷回来的,"他说,"我们不想造成过多不必要的流血事件。"他低下头,微微地倒吸口气。

"我们计划以外乡人的身份来到迈锡尼,"皮拉德斯插话道,"外乡人带来了俄瑞斯忒斯已死的消息,希望能因为给埃奎斯托斯通风报信而得到奖励。这样我们就有机会觐见他。他一定会想听个明明白白,他会认为威胁已不复存在,如果阿伽门农之子已经不在人世,他就会认为自己终于安全了。那时我们就有机会了。"

我对他说的每一个字都点头称是。

"这样就够了吧?"俄瑞斯忒斯大声说道,"如果我们这样当场把埃奎斯托斯砍倒,就够了吧?"话一出口他就面露赧色,但是扬起的下巴中却透着一股倔强。克吕泰涅斯特拉的儿子,我再次想到这一点。我惊恐地发现,他的五官太像她了,而不是我父亲。

我们沉默了许久。"神谕说要向杀害父亲的凶手们寻仇,"我说,"你知道,她就是那个举起斧子的人。而且不止如此。你还记得是她一直站在台前,埃奎斯托斯躲在后面,还记得她是如何策划阴谋的吧?"

"要是他才是幕后指使呢?"俄瑞斯忒斯委婉地说道,眼神中充满期待地看向我,希望我这个姐姐能再帮他一次。

"你知道事实怎样。"我轻轻告诉他。

"伊莱克特拉。"乔治斯的声音让我缩了一下。他注意到我的表情,犹豫要不要说下去。"毕竟她是你母亲。"他先前的这句话一直萦绕在我们之间,他当时告诉我复仇是徒劳的,只会带来无穷无尽的痛苦。但是他错了,我深信不疑。我们可以结束痛苦,但前提是我们要足够勇敢。

"这是阿波罗的指令,"我说,"我们家族曾经对神谕置之不理,所以全都深受其害。我们怎么能冒这个险呢?"

"她说得对。"皮拉德斯说道,我感到如释重负。

"我不想违背神谕。"俄瑞斯忒斯缓缓说道。

他思考着我们的话,我则大气也不敢出。在德尔斐神庙他听到了面临的威胁:如果他让杀害父亲的凶手逍遥法外,阿波罗就会惩罚他,这说明我们是对的,即使我们讨论的事情如此可怕。不过有一点我没有说出来,那就是,如果他杀了她,厄里倪厄斯就会来教训他。长着蛇发、目光歹毒的复仇三女神,对弑父弑母的人有着无穷无尽的复仇欲望。阿波罗也许会惩罚不为父亲报仇的儿子,但是弑母的儿子一定会遭到复仇三女神的追杀。她们会追着我弟弟一直到天涯海角,她们的翅膀遮天蔽日,凄厉的叫声会在他耳边日复一日地回响,折磨他的欲望却不会减弱分毫。

但是,至少那个时候她已经一命呜呼了,与她一同归西的还有她的情夫。俄瑞斯忒斯的推诿一点不奇怪。自从我把他送走以后,他一直生活安逸,而在这里忍辱负重苟且偷生的是我,她的所作所为造成的苦难全部由我承担,其他人却不必如此。至少目前没有。

"你认为这是完成阿波罗神谕的唯一方法?"他问道。

我坐在这里,衣衫褴褛,完全就是个黄土上的农民,但是这三个人都看着我,等待着我要说出口的话。我是阿伽门农之女,我感到真理在握,未来正在我面前徐徐展开。我此刻堕入的人生只是暂时的,我看到了眼前的机会,转机终于来了。我仰起脸注视着太阳,就像一朵含苞欲放的鲜花。

俄瑞斯忒斯一直信任我。多年以前,我告诉过他世界是什么样子,他从未有理由怀疑我的话。如果我告诉他就是这样，如果我能施加推力，那么事情就会发生。

头一次，权力在我手中。

"这是唯一的方法，俄瑞斯忒斯。"我向前倾身，把手放上他的手心。他的目光与我的对视，我感到一阵战栗，仿佛径直看到了他灵魂上的裂痕。"你必须杀了她。"

我们决定让俄瑞斯忒斯和皮拉德斯藏在小屋里过夜。他们聊着天，做着准备，向神灵祈祷行动能一帆风顺，而我就在旁边看着。我知道胜利是属于我们的。我们绝不会失败。

和平时一样，乔治斯一整天都在忙忙碌碌地干活。我准备食物却比往常上心了许多，努力让家看起来不至于凌乱不堪。我扫起了地，很少拿起的扫把里的蜘蛛被吓得拼命逃窜。我把大麦磨碎，烤出厚实无味的面包，还把皱巴巴的蔬菜切碎放进肉汤。这些我最讨厌的家务，今天做起来却心甘情愿，我自己也很吃惊，就和那些可怜的蜘蛛一样。我干活时急促而焦躁，始终心神不宁。臭味和烟味搅和在一起，令人作呕，我的脑壳也跟着脉搏跳动的节奏嗡嗡作响。与此同时，我不断瞥向俄瑞斯忒斯和皮拉德斯，看着他们有时在外面踱来踱去，有时走进屋里，以完全相同的姿势面对面坐着，他俩身体前倾，胳膊肘撑在膝盖上专心致志地交谈。尽管两人都全神贯注，但当我的目光移开时，我还是能感觉到皮拉德斯的视线在我身上停留。我甚至找机会溜开了一会儿，用梳子打理起自己参差不齐的头发，把它整齐地编成了辫子，我的手指还记得多年前的步骤，从那以后我就再也没在乎过这件事了。我拉了拉自己破旧不堪的裙子，有那么一瞬间我希望自己当时收下了克吕泰涅斯特拉想送给我的绫罗绸缎和金银珠宝。但是我怎么会这么想呢？我怎么可以穿着她给的衣服和我弟弟坐在一起呢？无论在他们面前我是多么的自惭形

伊莱克特拉　265

秒，我有我的尊严。我不会被她染指的东西玷污。我不耐烦地用手指叩着桌子。

太阳落山的时候，回到家的乔治斯看到了这样一幅景象：壁炉里炉火熊熊，炖着的肉汤香味扑鼻，我的弟弟和皮拉德斯坐在餐桌旁，果盘摆在桌子中间，里面放着我亲手摘下的美味水果，旁边是一壶酒。他的嘴角咧开，露出了似笑非笑的表情，刹那间触动了我的心弦，泪水不期而至，模糊了我的视线。

搅拌肉汤时，汤汁溅到了锅边，烫到了我的胳膊，我忍不住骂了一句。

"你没事吧？"他问道。

"没事，"我怒气冲冲地说道，"就是笨手笨脚。"

"你跟我来。"他拉起我没烫到的那只胳膊，带着我从他们身边走开。我跟着他来到户外，此时的天色已经昏暗下来。微风拂过，送来甜美而浓郁的茉莉花香，染着红色晚霞的地平线上，星星眨着眼睛苏醒过来。我希望他不要说话，这样我们就可以避而不谈。

"明天之后。"他说完清了清嗓子，低下眼眉，没有直视我的目光。我凝视着西沉的太阳，目不转睛。它殷红的光辉感染了一切，整个世界都变得炽热，变得红通通的。"等成功以后——"他止住了口。

我不会让他来说出这句话。我觉得自己欠他太多了，至少不要再拖拖拉拉了。"我不会回来了。"

死一般的寂静中，我听到他心碎的声音。乔治斯，我的老友，唯一能理解我的人，唯一能像我一样缅怀阿伽门农的人。我们一起构想他的音容笑貌，这位不曾出现的国王对我们的人生有着难以磨灭的影响。

"娶你的时候，我就知道你应该过上更好的生活，这不是我能给你的。"他平静地说道。

我多么希望自己能安贫乐道，与乔治斯举案齐眉，他是一个好人，忠厚老实。但是，我是阿特柔斯家族的女儿。如果说俄瑞斯忒斯必须肩负起责任，将杀害阿伽门农的凶手绳之以法，我也无法逃脱我的责任，让自己的人生有违阿伽门农的期望。他希望我能通过名门联姻、强强联合为家族带来荣光。"我很抱歉。"我告诉乔治斯。尽管语言苍白无力，但我是真诚地致歉。

我走开了，留下他孤零零地站在渐浓的夜色中。我回到屋内，那里有我的弟弟，这间屋子已经冰冷了很久，现在它活了过来，变得生机勃勃。终于，我们的机会来了，虽然兹事体大，让我站立不稳，走进来时不得不紧抓着大门才不至于跌倒，但我不会因为恻隐之心而改变主意了。现在不是孱弱的时候，那一页已经翻篇了。

## 第三十五章

## 克吕泰涅斯特拉

如今的每个夜晚，我都能轻松入睡。黑暗中，我不再游荡于宫殿，不再凝视着漆黑的虚无搜寻远处的烽火。可我睡得并不安稳。袭来的睡眠像斗篷一样沉甸甸的，把我困在其中。我感到自己四肢麻木，一动不动，废物一般，而思绪却像蜂鸟振翅一样疯狂运转。噩梦来临的时候，我躺在那里动弹不得。

我回到了那个点着火把的寝宫，上了年纪的女奴和我讲述着蔓延在家族之中的诅咒，诅咒将我们死死缠住，让所有人都在劫难逃。我的肚子在我面前隆起，绷得紧紧的，圆鼓鼓的，但是，尽管我能看到婴儿在我薄薄的衣服下不安分地躁动，我却无法辨认出在子宫里踢腾的小脚的形状。它看上去像是一大坨沉重的、盘卷着的肉团，不像是人，倒像是蛇一样在我的肚子里蠕动。然后，我出现在自己的房间，旁边的婴儿床里放着褴褛，但是它在扭动，褶层里裹着一大团爬来爬去的生物。它们蜂拥而出，撕扯我的肉体，啃噬着我的骨头，我却无法尖叫，看不见，也动不得。梦魇让人眼花缭乱，头晕目眩。我站在外面广阔的平原上，远处的碎石冒着青烟，脚下的土地黏糊糊的，脚趾间渗出了闪闪发光的猩红色。这儿有一条河，但河水是红通通的、黑乎乎的，地上死尸成堆，鲜血流向大海，染红了浩瀚的海水。

我在晨曦中惊醒过来，气喘吁吁，恐惧像水蒸气一样紧紧黏着我。

# 第三十六章
# 伊莱克特拉

今夜注定无法入睡。俄瑞斯忒斯和皮拉德斯把他们的袍子铺在屋子中央，希望将就着睡一晚。乔治斯自从回屋以后就刻意躲开我的目光，挨着他俩躺了下来。我忧心忡忡地坐在那张窄小而硬邦邦的床上，聆听着他们的呼吸声，内心涌动的不安让我一分一秒都得不到放松。我再也坐不下去了，于是悄无声息地站起身，蹑手蹑脚地从他们身旁走过，来到屋外的小花园。流动的影子从四面八方冒出来，漆黑一片。猫头鹰的凄厉叫声听得我毛骨悚然，胳膊上起了好多鸡皮疙瘩。这样古老而原始的夜晚就是复仇的厄里倪厄斯现身的时候。她们最初就是从这样暗无天日的黑暗之中走出，从无形的混沌中走出，流淌着永远无法得到满足的怒火。又或者，当泰坦克洛诺斯用镰刀将自己的生身父亲剖开，她们便从浸满鲜血的土地中浮现，发出复仇的咆哮。不管哪一个故事才是真的，我都能感到她们近在咫尺。微风送来她们的气息，我能听到巨蛇游走的声音，她们在我耳边呼吸，发出冰冷的嘶嘶声。

如果她们愿意，就让她们来找我复仇吧。不论她们想出怎样的折磨，都不会比我已经经历的一切更糟糕。

不管我的想法多么勇敢无畏，当我感到胳膊肘被一只手紧紧抓住时，我还是尖叫了起来。黑暗中，我猛地转过身，胸口剧烈地起伏着。

"对不起。"他说话了，不是乔治斯的声音，也不是俄瑞斯忒斯。

"皮拉德斯？"

"我听到你起床的动静，"他说，"我也睡不着。"

我应当立刻回屋，但是莽撞的情绪占了上风。这是我弟弟信赖的朋友，和他在一起我很安全，而且我再也无法否认自己对他一直很好奇。"你为什么要来迈锡尼？"我想知道答案。

"俄瑞斯忒斯是我的朋友。"他说话时镇定自若，在漆黑的夜空中听起来让人十分宽慰。"我知道他听完神谕后一直心烦意乱。我不能让他一个人贸然行事。"

我努力在昏暗的夜色中看清他的面容。夜色的笼罩下，我变得更加随心所欲，更加大胆。"你认识我们的父亲吗？"

"不认识。希腊大军开赴特洛伊时，我还是个婴儿。尽管我的母后是阿特柔斯家族的女儿，她也并不认识他。"

所以，皮拉德斯并不能告诉我有关父王的轶事，但是我没有那么失望。今夜，躁动不安和无尽的期许让我的内心发生了翻天覆地的变化，突然之间，我不想再沉浸于过去的回忆之中。明天是我们迈向未来的一天。

"你害怕吗？"他问我。

我笑了起来。"我为什么要害怕？恐惧只是因为害怕失去，而我一无所有。"

他没有接话。我们之间的沉默变得紧绷起来，充斥着一种对我来说完全陌生的热切。

"我要害怕的时候，就会想到父亲的幽灵在祈求我们为他报仇，"我终于说话了，"他的魂魄无法得到安息。这是唯一能让我害怕的东西。"

"阿伽门农明天就可以安息了，"皮拉德斯说，"但是，俄瑞斯忒斯——"

"我们会陪着俄瑞斯忒斯的。"我的语气坚定而果断，不容置疑。

"不管之后发生了什么,我们可以照顾他。"

"你丈夫怎么办?"

"他娶我只是为了帮我逃出埃奎斯托斯的魔掌,"我说,"我们没有真的结婚。"

我不愿想起乔治斯。我只想考虑阿伽门农。但是,此刻与我并肩站在一起的是阿伽门农妹妹的儿子——这是现实世界中除了俄瑞斯忒斯的陪伴以外,我离父王最近的一次。这个念头瞬间在我心中升腾起一团如饥似渴的火焰,灼热而甜蜜。

"我们应该回去了。"他说。

自从那天晚上知道父王要回家以后,这是我第一次迫不及待地迎接黎明的到来。世界再次唱响了希望之歌,虽然我的希望像玻璃一样脆弱,却也和玻璃一样有形,这一次我们的母亲再也无法将它打破。这一次,我们是强者,而她无计可施。我跟着他回到屋里,本以为不可能睡着,可是当我躺回凹凸不平的床上时,我的眼睛眨着眨着就合上了,我睡着了。

## 第三十七章

## 克吕泰涅斯特拉

琥珀色的黎明静寂无声，我正在梳妆打扮，不由得惊叹自己居然在这里呆了这么久。是什么让我留在了迈锡尼？王宫里烈火烹油、鲜花着锦只是腐朽的幻象，巍峨大厦早已从内部摇摇欲坠。我并不害怕孤身一人远离这一切。我从不在意旁人的看法，而且我也足够聪明，完全可以独自生活，离这里越远越好。

过去我总是会想起伊菲革涅亚，想到她迷失在亡灵的地界，游荡在幽暗的地府，无法安息。如今，我发现喷涌而出的却是另一种记忆：院子里，一个孩子在廊柱间奔跑，发出银铃般的笑声，头发向后飘动；她的脸庞因为专注于学习织布而皱起，她为自己织出美丽的锦缎而满面自豪。我想到了特洛伊所有的母亲：赫卡柏王后眼睁睁地看着自己的儿子们在战场上被屠杀，女儿们被拖上希腊人的舰船；安德洛玛刻的婴儿从怀里被人抢走，然后从特洛伊的高塔上被人抛下，摔在了下面无情的石头上。我希望她们能听到阿伽门农的死讯，希望这位指挥希腊大军开赴特洛伊海岸的统帅横死的下场能为她们带来些许宽慰。别的我做不到，但至少这一件事我可以为她们做。然而，自从实现了目标之后，我就不知道还有什么能推动我继续前行。当愤怒不再冲昏我的头脑，血脉不再燃烧着复仇的欲望，我能感到的就是我的悲伤，纯粹而冰冷。

随着怒气渐渐消退，我注视着睡熟中的埃奎斯托斯，想知道到底是什么将我和他绑在了一起。除了复仇，我们还谈过别的话题吗？就算聊过，我也不记得了，我想不起来我们之间有过任何亲密，也找不到我们之间的任何共同点。看着他，我只会想到我缺失的孩子们。此刻让我心如刀绞的不是伊菲革涅亚的逝去，而是他们的离开。

如果我走了，伊莱克特拉是不是终于能得到些许安宁？我不知道对于我这个愤愤不平的女儿，我唯一能做的是不是只有离开。

我悄无声息地收拾起了自己的细软：厚重的金手镯和金耳环在昏暗的房间里闪着夺目的光芒，熠熠生辉的还有红玉髓项链和青金石项链，这些珠宝足以让我平安抵达世上任何一个想去的地方。伊莱克特拉结婚时对这一切不屑一顾，但是等我走了，她就会明白她只是在自取其辱，而我置身其外，也许到那时她就会厌倦炫耀自己的清贫了。

天空中的太阳爬得更高了，阳光洒满整个房间，我准备出发了，把一切都抛在身后。但是还没等我迈出脚步，一阵巨大的喧哗声打破了宁静，是男人的声音，在王宫外吵吵嚷嚷。而且，让我魂飞魄散的是，喧闹声中传来了我最怕听到的那句话。

## 第三十八章

## 伊莱克特拉

"伊莱克特拉,醒醒!"俄瑞斯忒斯的声音很轻,把我从睡梦中拉了回来,我愣了片刻,意识才完全恢复,猛地一下坐起身来。

"时间到了?"我问,"天快亮了?"

"是的,我们必须出发了,但是伊莱克特拉,你不需要和我们一起。我们会回来找你的,等一切了结后。"

我掀开破旧的被褥,站了起来。"我要和你们一起去。"环顾一圈屋子后我问:"皮拉德斯呢?"

"在外面等着。"

乔治斯坐在桌边,注视我们的一举一动。当我看向他时,他的目光迅速逃开了。俄瑞斯忒斯做出了要出门的动作,但他的斗篷被我一把拽住。"我准备好了。"我说。俄瑞斯忒斯看看我,又看看乔治斯,脸上带着疑问。但是我毅然决然地摇了摇头。此时我最不想要的就是告别,这会扰乱我的心智。我的确有过片刻好奇,想过乔治斯会不会开口说点什么,但他只是低头看着破旧的木头,一声不吭。一阵怜悯涌上心头,但我还是把它压了下去,让这股情绪埋藏在心底,然后跟着俄瑞斯忒斯最后一次走过家里的大门。

我什么也没带。那里没有我想要的东西。

我们顺着蜿蜒的小路朝王宫走去,一路无言。天空慢慢放亮,一缕缕粉色和金色的羽状云袅袅升起。皮拉德斯一直注视着俄瑞斯忒斯,眼神里充满体贴入微的关切。俄瑞斯忒斯面色严峻,仿佛被雕刻成某种东西,让我不禁有些胆战心惊。离王宫越来越近了,我开始头晕脑涨起来,我举目眺望,朝宫殿的屋顶望去。

她们就在那里。弓着背的黑色身影蹲伏在宏大的建筑顶端。在天空的映衬下,三者的身形如同瑰丽黎明中的硕大斑点。我惊慌失措地瞥了一眼俄瑞斯忒斯,但是他依然面容冷峻,目不斜视地注视着前方。我不知道皮拉德斯就算抬起了头,是否也能看到她们。

"来吧,"我咬牙切齿地低声说道,"那就冲我们来吧。"

我仿佛看到其中一位扭过头,伸长了脖子。缠绕的蛇身在她身边骚动,嘶嘶作响,扁平的蛇头四下摇摆,一会伸出,一会缩回。她怒目而视,死死盯着我,我看到自己暴露在大地上,被无情的烈焰鞭打得皮开肉绽,空洞的灵魂蜷缩在一旁。但是,我们仍然继续前行,任凭那些冷冰冰的目光跟随着我们的脚步。

这不是真的,我对自己说,喉咙里涌出一股挥之不去的歇斯底里,然而我知道这是真的。我们来到城门前,皮拉德斯和俄瑞斯忒斯互相看了一眼,然后点点头。我扶着柱子,膝盖有些发软,这时他们大喊大叫起来,一遍遍吆喝着,他们知道这句话一定会引出埃奎斯托斯。我想昂首挺立,表现得英勇无畏;我想让他临死前也看到我的脸,但是我却无法让自己向前迈出一步。我看见他朝弟弟跑来,那张让人深恶痛绝的脸上洋溢着希望,我看见俄瑞斯忒斯没有任何迟疑,没有两股战战,也没有抓着石柱寻求力量。我想,他应该没有听到群蛇紧贴在展开的双翼下发出的摩擦声,也没有捕捉到她们在我们头顶上蓄势待发的气息。我能感到她们的迫不及待和弥漫在空气中的心满意足——然后,突然间我的视线变得清晰起来,周遭染上的鲜红渐渐褪色,我独自站了起来。我和她们一样迫不及待。

伊莱克特拉 275

## 第三十九章

# 克吕泰涅斯特拉

"俄瑞斯忒斯死啦！"他们拍打着宫门，一遍又一遍地嚷着。

惊恐之下，我呆若木鸡，而埃奎斯托斯却动若脱兔。他从床上一跃而起，抓起一件斗篷披在肩上就朝门口跑去。被兴奋冲昏了头脑的他没有等卫兵们一起，通常无论他去哪儿，这些人总会如影随形。

我跟在他后面跑了出去，衣服外面随便套了件斗篷，披头散发地跑过王宫。除了前面的大门传来这些可怕的声音制造了无休无止的喧哗外，王宫里死一般的沉寂。就在那时，我恍然大悟。

我的儿子还活着。他举起剑，矗立在埃奎斯托斯面前，一声怒吼，面容扭曲。埃奎斯托斯愣在那里，他张开双臂，表情茫然。世界突然安静下来，空气中弥漫着危险的气息。

俄瑞斯忒斯发起了进攻。

他的剑刺入了埃奎斯托斯的脖颈。我一言不发地看着他向后踉踉跄跄，脸上写满了惊愕，双眼充满绝望。与我最后一次对视后，他倒在了地上。

我盯着血流成河的地面，我能听到俄瑞斯忒斯粗重的喘气声。宫殿里传来急促的脚步声，卫兵们来得太迟了。

我把目光从眼前的景象移开，用手挡住了意欲上前的卫兵。"你们的主人已死，"我的语气很镇定，"不许伤害我的儿子！"

我知道他们愤愤不平，也知道他们惊恐万分。篡位者已死，我和他在迈锡尼有多么招人怨恨，他们再清楚不过了。也许哀悼阿伽门农的人寥寥无几，但是他所向披靡、流亡归来的儿子必然要比他更能博得民众的同情和效忠。我看到他们在权衡：是逃跑还是战斗。

为首的几个人一脸怨恨地转身离去。我看到其他人一个接一个地跟上。

就这样，我独自面对我的孩子们。我能感到宫人们注视着我的目光。奴隶们聚集在大厅，屏气凝神窥探着屋外的景象，可是当我转过身面对俄瑞斯忒斯、伊莱克特拉还有他们的同伴时，我完全是孤家寡人。没有人会走上前为我辩护，没有朋友会为我求情，也没有人会挡在我和他们的正义之间。我为此感到高兴，因为在这个世界上，我不希望有任何人和我站在一边。

俄瑞斯忒斯回避我的目光。他的双手紧紧攥着利剑，关节发白，但是目光毅然转向一旁。我向他走近一步，又走近一步。我看到他的额头渗出了一层密密的汗珠。

如果我求他饶我一命，我想，他一定会手下留情的。我可以辩称我是生养他的母亲，所做的一切都是为了伸张正义，仅此而已，他已经向夺走他父亲王位的人一雪前耻，绝不能当着众神之面，绝不能在这冉冉升起的晨曦中犯下又一桩滔天罪行。我知道我能让他摇摇欲坠的决心土崩瓦解。每个人都料定我会这么做，所以他才不敢看着我的脸。

伊莱克特拉一定也心知肚明，因为她在喊他，语气带着警告的意味，斥责他的犹豫不决。我瞥了她一眼，看到她的脸上布满了义愤填膺的仇恨。

我意识到，任何珠宝都削减不了她高涨的仇恨，我也给不了伊莱克特拉任何东西，减轻哪怕是她一丁点的痛苦。只要我还活在这个世上，这种情绪就会从她内心深处吞噬她。想到梦魇中蜂拥而至的生物我不禁打了个寒颤，它们咬噬着我的骨头，我眼前的一切都开始东倒西歪。卡珊德拉也从记忆深处浮出水面，她凝视着我，默默请求我允许她在死亡中得到解脱。

十年来，除了让伊菲革涅亚安息，我别无他想。而在两倍于此的时间里，伊莱克特拉体会到的只有绵延不绝的不安与绝望。同样的折磨将我的儿子撕成两半。今天早上当我起身打算逃离时，我觉得自己唯一能给孩子们的礼物就是永远地离开他们。

我闭上了眼睛，希望这样可以减轻他们的痛苦。

# 第四十章

# 伊莱克特拉

　　我目不转睛地看着生命从汩汩血泊中的埃奎斯托斯身上一点点流走。就在这时,她发号施令,让卫兵们退下。我不禁抬起头。她想耍什么花招?是求我们饶她一命?还是不希望被别人目睹她的软弱?她是认为自己有资格和我们谈判,随便说点花言巧语就能打动我们吗?

　　我和头顶上黑黢黢的老妖婆一样纹丝不动,这些可怕的女巫俯下身子,作壁上观。

　　动手吧,我默默催促。你还等什么?动手就行!

　　但是他一动不动。他端详着她的面容,连我的目光也不听使唤地被吸引了过去。这才是她的真容,没有虚情假意的笑,也没有冷若冰霜的平静伪装,更没有冷酷的自鸣得意。岁月仿佛不曾流逝,我又看到了记忆中那个母亲,那时伊菲革涅亚还没死,一切都还不曾发生,她在生病时为我浸湿额头,向神灵祈求孩子们平安健康;她曾放声歌唱,为我们娓娓道来地讲起故事。她深爱着我们,我曾以为这种爱早就在姐姐的葬礼上灰飞烟灭了。

　　俄瑞斯忒斯对这个母亲毫无印象,因为她的所作所为,他根本没有机会认识这样的母亲。我回到了那里,被囚禁在那扇紧锁的门后,父王正昂首阔步走在回家的路上,但是我却再也见不到他,再也不能被他的臂膀环绕。他无法知道我变成了什么样的女人,这本不该是我的人生。

她从我们所有人那儿偷走了它。我记得我以为他要回家时的那份欢欣鼓舞,然后欢欣变成了惊恐,她一声令下,卫兵们立刻按住我,硬生生地把我拖走。

"俄瑞斯忒斯,"我只喊了他一声,无需多言,他能听到我们已经默念的一切,也能听到我告诉过他的一切。他绷紧身子,昂首挺立,准备就绪。

我没有移开目光,一秒钟也没有。我的拳头擦在身旁的石墙上,鲜血顺着指缝汩汩流淌,但是我始终盯着弟弟,目不转睛。我以为他会崩溃,以为他的勇气已荡然无存。但我转念一想,也许他也听到了——硬朗的翅膀张开的声音,还有巨蛇在宫殿屋顶上发出恶毒的嘶嘶声。我的脉搏在头颅里震耳欲聋地跳动着,就像永无休止的鼓点。他不能让我失望,我想朝他尖叫,告诉他绝不可以,但是我根本不需要再多说一个字。

我看着她倒下了,听到他把剑扔在地上,咣当一声掉落在她的尸体旁。

我听到她们展翅飞翔的动静,笨拙的身躯从高空俯冲而下。她们在头顶上盘旋,发出凄厉的叫声,愤怒地注视着庭院里的凶手。就在她们俯身冲下来的时候,我听到弟弟向阿波罗呼救,她们几乎贴着我掠过,吓得我赶紧闪开,我的头发在她们身后飞散,长啸响彻耳边。我弯腰蹲了下来,但她们根本不在意我,一心只想攻击俄瑞斯忒斯。

我紧闭双眼,但是我知道皮拉德斯正站在我身边。他把手搭在我的肩膀上,传递出的温暖让我恢复了理智,狂跳的心终于平静了下来,急促的呼吸也慢慢平稳。"结束了,伊莱克特拉。"他说话的时候,我大哭不止。结束了,一切终于画上了句号。

我直起身子,手被皮拉德斯紧紧攥住。庭院里掀起的血雨腥风慢慢复归平静。尸体就那么直挺挺地躺在中央。俄瑞斯忒斯跪在地上,双手抱头，眼神中满是绝望，嘴角扭曲成怪相，就好像遭受着最难以想象的折磨。在我们眼中，怪物已经不知所踪，皮拉德斯和我都看不见，重担落在了俄瑞斯忒斯身上，不过我们会与他同在，做他的坚强后盾。我们一起把他从地上拉了起来，虽然他哭哭啼啼，但还是默许了我们的做法。

皮拉德斯似乎想带我们离开这里，但是我犹豫了一下，挣脱了他。俄瑞斯忒斯身形佝偻，双肩颤抖，脸深深地埋进了斗篷里，但我无法移开自己的视线。她的斗篷之前只是松松垮垮地系在肩上，现在滑落在地上，就在她身旁，这一捧颜色鲜亮的绫罗绸缎，针线巧夺天工，浓郁的紫色点缀在褶皱处，我不禁看得入迷起来。俄瑞斯忒斯咕哝着一堆听不懂的词，语气低沉而密集，当我一步步朝她走过去的时候，他的喃喃自语变得惊恐起来。

周围的一切是那么的生动清晰，我一步步走近，脚下的大地坚如磐石。我拾起斗篷，她喷洒的香水味随之飘散在暖意融融的空气中。我闭上眼，深吸了一口，接着把斗篷盖在她的身上，尽力抚平它，然后起身站了起来。

过了一会儿，我感到皮拉德斯用手轻轻抚着我的后背，我转过身来。我不需要再看下去了。骄阳宛如一轮明亮的金色圆盘挂在了湛蓝的天空中。我们搂着弟弟，一起离开，向着光明走去。

# 后　记

今天，空气中弥漫着一丝寒意，刺骨寒风卷起的浪花泛着白沫。海水涌过我的脚踝，又慢慢退去，留下光溜溜的沙滩在脚下泛着暗金色。远处的地平线上，灰蒙蒙的雾气之中水天一色。

这是最惬意的日子。在这几个月里，大地寸草不生，万物归于沉寂，得墨忒耳还在为失去女儿怅然若失地游荡，此时却是我与世界心灵相通的时刻。我这辈子的大部分时光都在郁郁寡欢、夜不成寐中度过，那份寂静与忧伤是如此熟悉，令人欣慰。

但是，正如乔治斯曾经对我说过的那样，这种感觉不会没有终点。当我们被赶出迈锡尼，面对愤怒的复仇三女神束手无策之时，我以为一辈子都会这样。每当俄瑞斯忒斯痛苦地扭动着身体，又喊又叫，惊恐万分地盯着我们完全看不见的幻象时，皮拉德斯和我除了擦去他嘴角的唾沫，浸湿滚烫的额头，喃喃安慰他以外，根本无能为力。疯癫之下，他无法继承王位，王国于是四分五裂。我们又逃往菲西斯，想让皮拉德斯的父王伸出援手，可是我们犯下的罪行让他瞠目结舌，结果被他逐出了王国。

如果我以为自己早就知道被人鄙视和唾骂会是何等感受，那我就是大错特错了。没有朋友愿意收留我们，生怕像我们一样大逆不道，犯下弑母之罪。我悲哀地发现效忠父王的人屈指可数，也鲜有人愿意向他的孩子伸出援手。就连墨涅拉俄斯也对我们破口大骂，与他死去多年的兄长相比，海伦显然才是他的挚爱。我感到希腊的家家户户对我们唯恐避之不及。

前往德尔斐神庙的旅途有多么漫长，我已经不愿去回想。俄瑞斯忒斯被我和皮拉德斯夹在中间，强撑着迈出每一步。每个夜晚都会被他的厉声尖叫打破，他哭哭啼啼地哀求她们放过自己。那段日子，我有充裕的时间回味乔治斯的话，包括他如何看待诅咒折磨我的家族一代又一代人，还有诸神的无情无义，对我们的索取越来越多。在那暗无天日的岁月里，我真的以为一切将永无休止。

然后，我们终于在神谕那里得到了片刻喘息。这段记忆有些模糊了，我依稀记得洞穴里烟雾袅袅，女祭司翻着眼白，吐出一连串我听不懂的咒语。火光之中，鲜血四溅，带着油脂的骨头在祭坛上燃起，火焰熊熊，火花四溢，一直飘向高高的奥林匹斯山顶。然后是凉水拂面，空气里弥漫着花瓣捣在精油里散发出的芬芳。在一个恬静的黎明，俄瑞斯忒斯面容平静地仰望着初升的太阳。

尽管净化已行，罪孽已赎，我仍然无法回到迈锡尼。我在那里接触到的只有痛苦和渴望。对我来说，那里一无所有。摆脱了追杀的俄瑞斯忒斯独自启程回国。皮拉德斯则把我带到这里安家，远在天边，这样就不会有任何人认出我们。

地平线上雾气灰蒙蒙的，一片静谧，这让我想起了九泉之下父亲的幽灵。他再也不用因为大仇未报而痛不欲生。我们终于让他得到了安息，这让我略感宽慰。虽然胸口的伤痛仍在，但是只有回忆时才会隐隐作痛。伤口已然愈合，只要我愿意，就算想起她也无妨。昏暗而朦胧的洞穴里，暗河的水面泛着银色涟漪，她和身旁女孩的幽灵一起飘荡其间。我仿佛看到她们并肩而行，女孩银铃般的笑声和我记忆中一样甜美，这时我们的母亲回眸一笑。

襁褓中的婴儿在我胸前动了动，眨巴着眼皮。我的晃动哄她重新安静了下来,她叹了口气,蜷得更紧了。她紧靠在我怀里的时候睡得最香,对我的所作所为一无所知。现在谁会告诉她真相呢?俄瑞斯忒斯对迈锡尼的统治刚正不阿,不偏不倚。他给乔治斯在宫廷中安排了职位,乔治斯的理性和仁慈可以助他一臂之力,团结四分五裂的王国,将其建设得无比强大。这位朋友曾是一介草民,一举摆脱了卑微的出身,手握大权,呼风唤雨,为国王出谋划策。与此同时,承载着父亲对家族期望的我与世无争地生活在这里,乐于被世人遗忘。

  雨开始落下,起初只是绵绵细雨,不一会儿就越下越大。我把斗篷罩在女儿身上,为她的小脑袋遮挡住东边吹来的风,然后把她紧紧抱在怀里,转身朝家走去。

# 致　谢

我知道，写第二部小说是出了名的举步维艰。在《伊莱克特拉》的创作期间，疫情全球肆虐，封锁绵延不绝，这更让创作难上加难。如果没有这么多人的关心和支持，我真的不可能完成这部小说。

首先，我要感谢我的经纪人朱丽叶·穆申思。从第一稿开始，她就对小说青眼有加，也让我对它信心十足。我还要感谢你建议的书名！同时，我要感谢穆申思娱乐公司的整个团队，她们是一群怀揣豹纹梦想、才华横溢的女性。

我要感谢我的编辑们，她们是凯特·斯蒂芬森和卡罗琳·布里克。当我还在迷茫时，你们已经准确把握住小说应有的风貌。衷心感谢你们深刻的洞察力和理解力，是你们的编辑加工让我收获颇丰，也让我改变良多。

感谢 Wildfire 出版社和 Flatiron 出版社的所有人，感谢你们的信任和鼓励，感谢你们付出的不懈努力。能在贵社付梓出版，与有荣焉。我要特别感谢艾利克斯·克拉克、艾拉·戈登和瑟琳娜·亚瑟。

由衷感谢为我设计封面的乔安娜·奥尼尔和米卡艾拉·埃尔基诺，她们创作出了美轮美奂的艺术品。你们的才华令我折服。

在第一部小说《阿里阿德涅》的宣传和营销工作中，你们每一个人的投入和热情已经让我大为吃惊。非常感谢艾米莉亚·博萨赞、凯特琳·瑞诺、露西·夏普和维姬·柏德，是你们让新冠肆虐时推出新书变得激动人心。

感谢版权团队,还有我在世界各地的出版商、译者和读者们。能够被翻译成多国文字并在多个国家广为阅读,于我而言是件难以置信的幸事,我希望有朝一日能够目睹它们的风采。

支持《阿里阿德涅》的书商、博主、读者还有书评人们,你们个个都很了不起。谢谢你们每一个人,你们的热情和支持对我来说意义非凡。我要特别提到丹·巴斯特。任何人不买本书可别想走出他的书店。谢谢你,丹!还有利兹的水石书店,你们在我的心中一直占据特殊的位置,很高兴看到自己的书出现在你们的橱窗里,摆放在你们的书架上,谢谢你们的盛情款待。

非常感谢网上的经典读物社区,尤其要感谢《亲,让我们聊聊神话》的丽芙·阿尔伯特和《古代历史迷》的基恩·麦克梅内米和詹妮·威廉姆森,他们都是出色的播客主持人。疫情封城期间,我听了好多集,每天忙完写作和辅导孩子功课之余,我就把自己关在厨房里,喝着红酒,玩着拼图,从你们那儿汲取灵感,你们的节目让我大受启发,也收获了无尽的乐趣。能受邀成为两档播客的嘉宾是我出版经历中的一大亮点。

2021年新秀作家社团让我受益匪浅,我要感谢凯特·索亚创办了这一团体,感谢所有对我鼎力相助的作家们。感谢艾洛迪·哈普,很开心能与你为友,并一起举办一众活动。

在这不同寻常的年份里,北方女性作家社团给予我大力支持。比·巴克·霍顿和斯蒂芬·庞弗雷特——瑜伽、通信、袜子、Zoom会议,还有加油鼓劲,无一不是精彩纷呈,我迫不及待想让全世界都知道你们俩是多么的才华横溢。

乔·默里坎,我的超级摄影师兼好友,感谢你为网站提供的帮助,我们把酒言欢,一起分担家庭教育中的许多苦恼。

我要感谢我的家人，特别是我那些可爱的侄子和侄女们！他们是：埃文、卢克、托马斯、尤因和西娅，谢谢你们分享我的喜悦，谢谢你们的猜谜游戏，你们实在太棒了！感谢莎莉、加布里埃尔、凯瑟琳、艾伦、露西、蒂姆、杰玛、史蒂夫和琳恩，感谢你们所做的一切。

感谢我的父母汤姆和安吉拉，我的感激和爱无法用言语表达。

艾利克斯、特德和约瑟夫，是你们让一切成为可能，我写下的一切将永远献给你们。